KB155397

서정시학 산문선

미지의 한 젊은 시인에게

임 보

저자 약력(본명:姜洪基)

1962년 서울대학교 국문과 졸업. 1962년 『現代文學』지를 통해 詩壇에 등단함. 1988년 성균관대학교 대학원 문학박사. 충북대 국문과 교수를 역임했으며, 현재 우리詩진흥회 명예이사장. 월간 『우리詩』 편집인.

논문으로는 「한국현대시 운율연구」 「한국현대산문시 운율연구」 「시인의 세 시각」 「한국현대시 압운 가능성에 관한 연구」 「단형시고」 「정지용 산문시 연구」 「서정주 시의 율격적 특성」 「'접동새' 考」 「정호승 시문학 연구」 「육당의 '太白山賦'와 '太白山의 四時'」 「『님의 침묵』의 님의 한 양상에 대하여」 「박목월 초기시의 仙的 요소」 등과

시집으로는 『林步의 詩들 59-74』 『山房動動』 『木馬日記』 『은수달 사냥』 『황소의 뿔』 『날아가는 은빛 연못』 『겨울, 하늘소의 춤』 『구름 위의 다락마을』 『운주천불』 『사슴의 머리에 뿔은 왜 달았는가』 『자연학교』 『장닭 설법』 『가시연꽃』 등이 있고,

저서로는 『현대시 운율구조론』 『엄살의 시학』 등이 있음.

서정시학 산문선

미지의 한 젊은 시인에게

2009년 8월 15일 초판 1쇄 발행

저 자 • 임 보
펴낸이 • 김구슬
펴낸곳 • 서정시학
편 집 • 최진자 · 인차래
인 쇄 • 서정인쇄

주 소 • 서울시 성북구 동선동 1가 48 백옥빌딩 6층
전 화 • 02-928-7016
팩 스 • 02-922-7017
이메일 • poemq@dreamwiz.com
출판등록 • 209-07-99337

ISBN 978-89-92362-66-5 03810

값 11,000원

서정시학 산문선

미지의 한 젊은 시인에게

임 보

서정시학

책 머리에

여기에 수록된 글들은 『엄살의 시학』(태학사, 2000) 이후에 썼던 시에 대한 담론들이다. 주로 시지(詩誌) 『牛耳詩』의 머리에 실었던 것으로 분량이 비교적 길지 않은 글들이다. 전문적인 소론(小論)이기보다는 시와 시인에 대한 옹호의 심경을 부드러운 에세이 형식으로 피력했다.

시에 대한 내 견해는 온건한 편이다. 문학의 효용론자는 아니지만 시가 세상을 긍정적으로 변화시킬 수 있어야 한다는 지론을 갖고 있다. 아니, 세상을 맑고 아름답게 하는 데 시가 기여할 수 있을 것이라는 기대를 버리지 않고 있다. 따라서 세상을 혼란스럽게 하거나 아름다움과 거리가 먼 시들에 대해서는 나는 별로 호감을 갖지 않는다.

나는 시를 보통의 언술과는 달리 고귀한 정신의 산물로 본다. 적어도 시를 전문으로 하는 시인의 정신은 보통 사람의 그것과는 차원이 다르다고 믿는다. 그들이 추구하는 바는 세속적인 욕망을 넘어선 승화된 것이다. 진 · 선 · 미와 지조, 염결, 친자연을 지향하는 고결한 가치관을 이상으로 한다. 나는 이 시정신을 우리의 전통 정신인 선비정신과 동궤의 것으로 삼고자 한다.

나의 시론은 이러한 시정신을 바탕으로 하고 있다. 여기에 실린 글들은 이러한 시관의 소산이라고 할 수 있다. 나의 생각이 한국 현대시의 정체성을 형성하는 데 작은 도움이라도 되었으면 싶다.

2009년 7월 일

운수재에서 임 보

차 례

향기로운 시인들

시와 말

출산과 배설

풍요 속의 궁핍

시를 사랑하는 이들에게

시의 한 독자에게

미지의 한 시인에게

시를 묻는 한 독자에게

한 젊은 비평가에게

존경하는 H 주간에게

K 기자에게

C 의원에게

김춘수 선생님께

다시 김춘수 선생님께

우이동 소식

詩의 한 독자에게

시를 좋아한다고요? 그래서 시를 즐겨 읽는다고요? 시의 무엇이 그렇게 좋던가요? 시를 읽고 나면 마음이 평온해지던가요? 어떤 시들을 즐겨 읽나요? 달콤한 사랑의 시가 좋던가요? 날카로운 풍자시가 마음에 들던가요? 아니면 깊은 사색의 시에 매력을 느끼나요?

아무튼 현대와 같은 각박한 시대에 아직도 시라는 것에 미련을 못 버리고 있는 당신을 보니 꽤나 딱하다는 생각이 드는군요. 남들은 한 푼이라도 더 벌겠다고 돈이 되는 일에 매달려 아귀다툼인데, 당신은 생계에 하등의 보탬도 되지 못한 그 시라는 것에 관심을 기울이고 있다니 그렇지 않습니까? 그거야 평생 시에 매달려 살아가는 시인들도 있는데 그들에 비하면 아무것도 아니라고요? 딴은 그렇군요.

당신을 보면 가난한 자선가의 모습이 떠오릅니다. 어렵게 행상을 해서 모은 전 재산을 양로원이나 보육원 같은 곳에 희사하는 분들 말입니다. 또한 외로운 낙도를 전전하면서 어려운 섬사람들의 질병을 치료해 주며 살아가는 선량한 의료인들의 모습도 떠오릅니다. 아마도 당신은 실리에 무척 밝거나 세상살이에 너무 영악스럽지도 못하지요? 어딘가 수더분하고 인정이 넘치는 그런 사람일 것 같군요. 남의 말을 잘 믿고 슬픈 영화를 보면 눈물도 쉬 흘리지요? 네 틀림없습니다. 당신이야말로 이 세상을 보다 평화롭고 아름답게 가꿀 수 있는 꽤나 괜찮은 분입니다. 신이 만일 내게 이상적인 공화국을 하나 만들도록 허락해 준다면 그 나라의 일등 시민으로 당신을 가장 먼저 초대하고 싶습니다. 당신을 보면 '딱하다'는 느낌이 든다는 처음의 내 발언은 본심과는 전혀 다른 억설임을 이해하시기 바랍니다.

그런데 요즈음의 시들이 어렵다고요? 잘 이해할 수도 없는 골치 아픈 시들이 적지 않다고요? 그런 시들은 읽지 마세요. 당신을 괴롭히는 그런 글들은 그냥 팽개치세요. 그래도 차마 그럴 수 없다고요? 역시 무척 착하시군요. 그러나 당신처럼 그렇게 선량한 독자를 괴롭힌다면 이는 고약한 시인임에 틀림없습니다. 남은 거들떠보지도 않고 자기만의 아집에 사로잡힌 고집스런 자임에 틀림없을 테니까요. 그들은 당신의 사랑을 받을 만한 자격이 없는 사람입니다.

어떤 시들을 읽는 게 바람직하냐고요? 글쎄요. 추천하기가 쉽지 않군요. 감미롭게 속삭이는 출판사의 화려한 광고에 현혹되지 마세요. 그럴듯한 신문기사나 비평가의 서평에도 넘어가지 마세요. 겉으로는 공정한 척하지만 그들은 어쩌면 당신의 편이 아니라 출판사의 편일 수도 있습니다.

베스트셀러에 너무 마음을 빼앗기지 마세요. 지나치게 달콤한 맛이 나는 작품들도 경계하세요. 조미료와 설탕의 힘을 빌어 만든 음식에 잘못 길들면 우리의 미각을 잃고 드디어는 건강까지도 해를 입게 되지 않습니까. 작품도 그렇습니다. 당신이 지불할 인세에 마음이 팔려 사탕발림의 글을 쓰는 자들도 적지 않다는 것을 명심하세요.

유명한 시인의 작품을 골라 읽는다고요? 그 방법도 별로 권장하고 싶지 않군요. 세상 사람들을 보세요. 유명한 사람치고 훌륭한 사람은 별로 많지 않습니다. 특히 살아 생전에 이름을 얻은 사람 가운데 믿을 만한 사람은 더더욱 그렇습니다. 시인의 경우도 마찬가지여서 유명한 시인 가운네는 차라리 정치가가 되었더라면 더 어울리겠다 싶은 사람들이 적지 않습니다.

수상 경력이 많은 시인의 작품을 골라 읽는다고요? 글쎄요. 그 방법도 별로 찬성하고 싶진 않군요. 그것은 상이 공정하게 시행되는 사회에서나 기대할 수 있는 방법이니까요.

시와 시인에 대해 너무 부정적으로만 얘기해서 혼란스럽지요? 아무튼 세상을 떠들썩하게 하는 요란한 시인들의 작품은 읽지 마세요. 그들의 작품을 읽어 주기엔 우리들의 생애가 너무 짧습니다. 그러한 작품들은 당신이 아니더라도 눈먼 독자들이 많이 읽어 줄 테니까 미안해 할 것도 없습니다. 세상에는 마치 흙 속에 묻혀 빛을 보지 못하는 보석처럼 소중한 작품들이 적지 않습니다. 그러한 작품들은 당신 같은 현명한 독자들이 찾아 읽어주기를 기다리고 있지요. 차라리 선배나 친구가 읽고 권하는 시집을 읽으세요. 가능하면 책방에 들러 스스로 읽어보고 믿을 만한 시인이 누군가를 찾으세요.

예술은 결코 양이 아니라 질이 문제입니다. 세상이 필요로 하는 것은 천 명의 잡다한 작곡가보다는 하나의 모차르트입니다. 저질의 예술품들은 세계를 정화하기는커녕 지상을 어지럽히는 공해물에 지나지 않습니다. 세상을 아름답게 변화시킬 수 있는 그런 양질의 시를 찾아 읽으세요. 그런 시의 주인공— 당신이 존경할 만한 시인은 아직 세상에 드러나지 않고 어딘가에 지금 묻혀 있을지도 모릅니다. 그를 찾아보세요. 그는 그늘진 곳에서 혼자 외롭게 유서를 쓰듯 시를 쓰며 살아가고 있을 것입니다. 그런 시인을 하나 찾아 그의 후원자가 되세요. 물질적으로 돕는 후원자가 아니라, 그가 용기를 잃지 않고 계속 시를 쓸 수 있도록 격려를 보내주고, 때로는 그의 외로움을 달래주는 후견인이 되세요. 그의 아름다운 시를 주위 사람들에게 소개도 하고 혹 그가 모처럼 소중한 시집을 만들어냈다면 그의 시집을 몇 권 사서 가까운 이웃들에게 나누어주기도 하세요.

당신이 그렇게 하는 것이 별로 대단한 도움이 못 된다고 생각할는지 모릅니다. 그러나 그렇지 않습니다. 좋은 시에 대한 당신의 사랑이 간절할 때 당신은 불행한 한 시인의 생명을 건질 수도 있습니다. 어떤 비관적인 한 시인이 세상을 떠나려고 독배를 들려는 순간 그대가 보낸 한 통의 편지를 읽었다고 칩시다. 그리고 생면부지의 독자로부터 그의 작품에 대한 찬사를 들었다면 그의 죽음은 잠시 유예될 수도 있을 것입니다. 아니 경우에 따라서는 잠시가 아니라 평생 유예될지도 모르지 않습니까. 아름다운 시들은 점점 살아져가고 있습니다. 언젠가는 이 지상에 시인다운 시인은 한 사람도 존재하지 않게 될지도 모릅니다.

이 세상에 시가 사라지지 않고 존속될 수 있기를 원하십니까? 시에 대한 당신의 사랑이 곧 시의 생명입니다. 당신이 좋은 시들을 찾아 읽는 한 이 지상에서 훌륭한 시인은 사라지지 않을 것입니다. 당신은 시의 수호자입니다.

미지의 한 젊은 시인에게

요즈음 어떻게 지내십니까? 가족들의 사랑과 이웃들의 존경을 받으며 즐겁게 살아가나요? 별로 그렇지 못하다고요? 아마 가족과 이웃들이 당신의 시에 대해 별로 관심을 안 가진 모양이군요. 그러나 너무 속상해 할 것 없습니다. 반 세기 가까이 시를 써 온 나도 아직 내 가족 가운데서 내 작품을 즐겨 읽는 독자를 얻지 못했으니까요. 그러나 말입니다. 잠깐 농담을 해 볼까요. 당신이 쓴 한 편의 시가 한 일천만 원쯤 호가되는 그런 세상이 온다면, (하기야 그런 세상이 오지 말라는 법도 없지요. 어떤 운동선수가 때린 공 하나는 수만 달러에 상당한 값을 지닌다고 하지 않던가요.) 당신의 인생은 그야말로 180도 달라질 것입니다. 당신의 가족들은 제왕처럼 당신을 모실 것이고, 당신의 이웃들은 영웅처럼 당신을 우러러볼 것이 아닙니까? 어떻습니까. 시가 고가(高價)의 상품으로 평가되는 그런 세상에서 한번 살아보고 싶지요? 나도 가끔 그런 허황된 꿈에 젖은 때가 없지 않기는 합니다. 그러나 나는 별로 그런 세상이 오는 것을 환영하고 싶지는 않군요. 왜냐구요? 생각해 보세요. 시가 그렇게 비싼 값으로 팔리는 세상이 온다면 너도나도 시인이 되겠다고 매달릴 것이고, 그렇게 된다면 나 같은 보통사람은 머리 좋은 사람들에게 밀리고 밀려 어디 시인의 자리를 쉽게 차지할 수 있겠습니까? 오늘 내가 이렇게라도 시인의 대열에 낄 수 있는 것은 사람들이 시를 별로 쓸모없는 것이라고 생각하는 세상에 살고 있기 때문에 가능한 일이라고 여겨집니다.

그런데 참, 어떻게 해서 시인이 되었습니까? 시인이 그럴듯해 보이던가요? 시 쓰는 일이 즐거워서 시를 떠나 살 수 없던가요? 나는 중학교 시절 시를 좋아하는 한 스승을 잘못(?) 만나 그만 물정도 모르고 시의 병이 들고 말았는데, 당신의 경우는 어떠합니까? 혹 시의 길을 선택하게 된 것을 후회하지는 않습니까? 때로 그런 생각을 가질 때가 없지 않다고요? 당연하지요. 어떤 시인이 노래했듯이 우리에게 선택되지 않은 나머지 길들에 대한 궁금증을 우리는 쉽게 떨쳐버릴 수 없으니까요. 지금 당신의 앞에 시보다도 더 근사해 보인 길이 혹 있다면, 그리고 당신이 아직 젊다고 느낀다면 시를 버리고 그 길을 선택해 보세요. 평생 시를 붙들고 후회하는 것보다는 좀 늦더라도 스스로 만족하면서 살아갈 수 있는 그 길을 선택하는 것이 현명한 일일 테니까요. 당신은 시를 능가하는 다른 재능을 지니고 있는 지도 모를 일입니다.

젊은 시절의 나도 한때 시를 내팽개친 적이 있답니다. 돈이 많이 벌린다는 무역회사의 주위를 어정거려 보기도 했고, 생산 공장의 기계 소리를 들으며 날을 지새우기도 했습니다. 물론 얼마 가지 않아 나는 시의 길로 다시 되돌아왔습니다. 돌아오게 된 이유는 간단합니다. 내가 그나마 덜 서투르게 할 수 있는 일은 이 지상에서 시 쓰는 것밖에 없다는 사실을 스스로 터득하게 된 것입니다. 내게 선망의 대상으로 보였던 어떠한 것도 시처럼 마음의 화평을 제공해 주지 못했습니다.

아니, 화평은커녕 불안과 초조의 가시방석으로 나를 괴롭혔습니다. 지금 생각해 보면 시에 대한 한때의 배반이 반드시 나쁜 것만은 아니었다는 생각이 들기도 합니다. 그러한 시련을 통해서 결과적으로는 시에 대한 애정을 더욱 키울 수 있었으니까요. 뉘우친 탕자(蕩子)가 새로운 애정을 가지고 그의 조강지처(糟糠之妻)의 품으로 되돌아오듯 말입니다.

모임에도 자주 나가나요? 동창회나 향우회 같은 이런저런 모임들 있지 않습니까? 그런 모임들에 나가서 즐겁게 지낼 수 있다면 당신은 참 무던한 분입니다. 나는 그런 주변머리도 없습니다. 나는 그들의 화제에 쉽게 끼어들지 못합니다. 그들이 관심을 갖고 있는 골프나 주식, 그리고 정치가나 운동선수 탤런트들에 관해서 나는 아는 바가 거의 없습니다. 그들이 신나게 떠들며 즐거워할 때 나는 한귀퉁이에서 혼자 소주나 홀짝거리다 일찍 일어나곤 합니다. 그러니 특별한 경우가 아니고는 모임에 거의 나가지 않습니다.

그래도 문인들의 모임 같은 건 괜찮지 않느냐고요? 글쎄요. 그런 모임에 자주 나가 보았던가요? 회장이나 임원들을 선출하기 위해 일 년에 한두 번씩 모인 그런 모임 말입니까? 세미나 같은 행사도 한다고요? 네, 참 그렇군요. 국제적인 행사도 더러 하더군요. 문인들과의 교유가 필요하다고 생각되면 그런 모임에 참석하는 것도 괜찮겠지요. 문예지의 편집자도 알게 되고, 유명한 출판사의 주간과도 사귈 수 있고, 더욱이 역량 있는 문인들과 친분을 쌓다보면 당신에게 그 흔한 문학상이라도 하나 굴러들어올지 누가 압니까.

그러나 당신이 좋은 글을 쓰는 데 도움이 되는 모임은 결코 많지 않습니다. 아니 대개의 모임들은 당신의 아까운 시간을 탕진케 할 뿐입니다. 글을 쓴다는 것은 혼자서 해결해야 할 문제가 아닐까요? 우리는 혼자 있는 시간을 많이 가질수록 나만의 깊은 생각에 이를 수 있습니다. 좋은 글은 역시 깊은 생각의 뿌리에서 돋아날 수밖에 없습니다. 그러니 별 쓸모없는 모임들에 드나들며 당신의 소중한 인생을 소진키보다는 혼자 지내는 외로운 시간들을 많이 향유하면서 당신의 유일한 생애를 두텁게 가꾸시기 바랍니다.

그리고 나도 그런 충동에서 완전히 자유롭지 못합니다만 작품을 서둘러 발표할 생각을 억제하기 바랍니다. 보잘것없는 작품은 아무리 일찍 발표해도 금방 묻히고 말지만, 좋은 작품은 아무리 늦게 드러내도 세상에 오래 남습니다. 발표가 늦는 것을 조급해 하지 말고 좋은 작품을 만드는 데 충분한 시간을 쏟아야 합니다.

요즈음 어떤 시들을 쓰고 있는지 물어봐도 괜찮겠습니까? 생활 주변에서 만난 이런저런 것들을 닥치는 대로 그냥 쓴다고요? 쓰지 않고 빈둥거리며 기다리는 것보다야 가리지 않고 많이 쓰는 것도 나쁠 건 없겠지요. 그러나 이것은 시간이 충분한 사람들에게나 가능한 일입니다. 시간이 많지 않은 사람들은 가려 쓸 수밖에 없습니다.

몇 사람이 잠시 읽고 마는 평범한 백 편의 작품을 갖는 것보다 백 사람이 즐겨 읽는 한 편의 걸출한 작품을 만들고 싶지 않습니까? 물론 동의할 것입니다. 예술 작품은 그 생명이 양이 아니라 질에 있으니까요. 그러나 우리가 살고 있는 이 시대는 순탄한 것 같지 않습니다. 한두 편의 작품만 가지고 세상과 대결할 수 있는 시대는 지났습니다. 이제는 소월이나 지용처럼 몇 편의 작품만 가지고 문학사에 남을 수는 없습니다. 오늘의 문단은 엄청난 시인들에 의해 엄청난 작품들이 쏟아져 나오기 때문에 소수의 작품으로 세상의 이목을 끌기는 쉽지 않습니다.

그리고 중요한 것은 잡화상 같은 시의 점포가 아니라 개성이 있는 시의 전문점을 개설하는 일입니다. 거기에 당신만의 상표가 달린 작품을 진열해야 합니다. 당신의 상표가 있습니까? 당신의 상표가 달리지 않는 상품을 당신의 상점에 진열하지 마십시오. 그것은 당신의 이미지를 흐리게 할 뿐이기 때문입니다. 아직 당신의 상표가 없다면 어서 깊이 파고 들어가 시의 광맥을 하나 찾아내십시오. 당신의 남은 생애를 즐겁게 투여할 수 있는 당신만의 세계를 찾아내십시오. 이러한 충고를 하고 있는 나 역시 평소 음풍농월이나 신변 잡타령의 한계를 크게 벗어나지 못하고 있기는 합니다만—. 건필을 빕니다.

시를 묻는 독자에게

오늘 아침 메일 박스를 열었더니 '시가 어떤 글인가'를 묻는 당신의 편지가 기다리고 있더군요. 당신의 물음을 계기로 해서 잠시 시에 대해서 다시 생각해 봅니다. 그러나 겉으로 보기에 평범한 것 같은 이 질문에 대한 대답은 결코 쉽지만은 않군요. 한평생 시를 써 온 소위 시인인, 그리고 대학에서 학생들에게 시를 가르치고 있는 시학 교수인 내가 선뜻 대답을 못하니 실망하셨나요?

어디 시뿐이겠습니까? 이 세상에 존재한 모든 사물들의 실체를 정의하기란 쉽지 않습니다. 아니 불가능하다는 표현이 더 적절할지 모릅니다. 왜냐하면 이 세상의 모든 사물들은 끊임없이 변모하기 때문입니다. 이 세상에 변하지 않는 것은 아무것도 없습니다. 긴 세월을 놓고 보면 큰 바위도 언젠가는 미세한 모래알들로 부서져 내리고, 태산준령도 허물어지고 가라앉아 물속에 묻히기도 합니다. 자연이 이렇거늘 하물며 사람들의 손에 의해 만들어진 문화라는 것들은 얼마나 덧없이 변하겠습니까? 10년이 못 가서, 아니 1년을 채 기다리지 못하고 바뀌는 것도 얼마나 많던가요?

시 역시 시대와 지역에 따라 끊임없이 변모해 오고 있습니다. 이백(李白)과 소월(素月)의 시가 얼마나 다르며, 소네트(sonnet)와 향가(鄕歌)는 얼마나 거리가 있습니까. 아니 나라마다의 시가 서로 다른 것은 말할 것도 없고, 같은 나라의 시에서도 시대에 따라 개인에 따라 천차만별 다르게 마련입니다. 글을 쓰는 경향 역시 시대의 요구나 개인의 욕망에 따라 변할 수밖에 없기 때문이지요.

따라서 시를 포함해서 이 세상의 모든 사물에 대한 정의는 항구적인 것이 아니라 잠정적인 것에 지나지 않습니다. 왜냐하면 이들 정의는 일반적이기보다는 국부적이며, 보편적이기보다는 특수적이며, 객관적이기보다는 주관적인 것에 기울기 때문입니다. 비근한 예를 들어볼까요. 누가 '사과'에 관해 다음과 같이 정의했다고 칩시다. '사과는 새콤하게 맛있는 주먹만한 크기의 빨간 과일이다.' 이 정의는 얼핏 보기엔 사과의 특성을 간결하게 지적해 낸 것 같지만 세상의 모든 사과를 아우를 수 있는 보편적이고 일반적인 정의가 되지 못합니다. 세상엔 빨간 빛깔 이외의 연둣빛이나 노란빛의 사과도 있지 않습니까? 그리고 사과의 맛을 '새콤하다'고 지적했는데 사과에는 그런 맛 이외의 다양한 맛들을 지니고 있지 않습니까? 또한 크기도 사과의 종류에 따라 여러 가지여서 '주먹만하다'는 표현은 적절하다고 하기 어렵습니다. 그러니 이러한 정의는 일반성과 보편성이 결여된 것입니다. 더욱이 '맛있는'이라는 수식어는 사과를 싫어하는 사람은 동의할 수 없을 테니까 이는 주관적인 생각에 불과한 것입니다.

그렇다고 시에 대한 정의에 너무 절망해 할 필요는 없습니다. 절대불변의 객관적인 정의가 어렵다는 것은 정의의 불필요성을 주장하는 견해는 아닙니다. 어느 시대 어느 한 개인의 정의가 비록 잠정적이고 주관적이라 할지라도 그것은 그것대로 가치가 없지 않으니까요.

지금까지 수많은 문학인들에 의해 시에 대한 정의가 시도되었습니다. 멀리는 아리스토텔레스나 공자로부터 가까이는 최근의 문학이론가들에 이르기까지 시에 대한 그들의 견해를 피력해 놓은 글들은 이루 다 헤아릴 수 없이 많습니다. 그러나 대개는 그들이 향유했던 당대의 시나 그들이 지향했던 시에 관한 주관적 담론을 넘어서지 못한 것들입니다. '시에 대한 모든 정의는 오류의 역사' 라고 말한 T. S. 엘리엇의 지적은 시에 대한 주관적 담론의 오류를 비판한 것입니다. 그러나 어떡합니까. 이 자리에서의 시에 대한 내 담론도 주관적 한계를 넘어서기 어려울 터이므로 새로운 오류를 하나 더 보태는 결과가 되겠군요.

지금까지 있었던 시나, 지금 있는 시들을 총괄해서 논의하기는 여간 번거로운 일이 아니므로 접어두기로 하고, 앞으로 시가 이랬으면 싶은 그 '미래의 시' 에 관해 함께 생각해 보기로 하겠습니다. 시가 갖추었으면 싶은 몇 가지 요소들을 제시하면서 당신의 동의를 얻어 가는 방식으로 논의해 보고자 합니다.

먼저 시의 효용성에 관해서 생각해 볼까요. 어떻습니까? 시가 이 세상에 필요한 글이어야 한다는 생각에는 동의하십니까? 시가 읽는 이로 하여금 즐거움을 맛보게 한다든지, 생활의 한 활력소가 될 수 있다면 좋지 않겠습니까? 나는 시가 반드시 윤리적이기를 주장하는 사람은 아닙니다만, 적어도 시가 세상을 어지럽히는 글이어서는 곤란하다는 생각입니다. 세상을 긍정적으로 변화시킬 수 있는 글이기를 바랍니다. 그렇지 않습니까?

둘째, 심미성(審美性)에 관한 문제입니다. 시가 아름다운 글이어야 한다는 데 이견(異見)이 있나요? 시 속에 담긴 시인의 정서가 아름답든지, 표현이 아름답든지 간에 어떤 아름다움을 지니고 있어야 합니다. 시가 예술의 자리에 머물러 있기를 바라는 한 시의 심미성은 필요조건입니다. 만일 아름다움을 거부한 시가 있다면 이는 엄격히 말해 예술의 반열에 낄 수 없는 잡문에 지나지 않습니다.

셋째, 함축성에 관한 얘깁니다. 시의 분량은 역시 길지 않고 짧다는 데 그 특성이 있습니다. 서사시나 극시와 같은 긴 형식의 시가 과거에 없었던 것은 아니나, 이들은 소설이나 희곡문학으로 발전한 것이니까 시의 범주로 다루기는 적절치 못합니다. 시는 산문문학과는 달리 표현의 압축 곧 간결미를 추구합니다. 비약적인 진개, 실명보다는 암시, 그리고 생략 등의 기법을 즐겨 사용하는 것은 시의 이러한 특성과 무관하지 않습니다.

넷째, 운율에 관해서 생각해 볼까요. 시가 운문이라는 것은 시의 전통적 특성입니다. 그런데 근래에 자유시가 등장하면서 운율에 대해 그릇된 인식을 가진 시인들이 없지 않아 보입니다. 자유시는 정형시의 틀로부터 자유롭다는 것이지, 운율로부터도 해방된다고 생각하면 이는 큰 오산입니다. 시가 운율을 떠나면 산문이 되고 맙니다. 물론 산문시라는 것도 있기는 하지요. 그러나 산문시도 운율을 담고 있을 때만 시의 범주에서 다룰 수 있다고 생각합니다. 시의 흥은 운율에서 일어납니다. 글쎄요. 자신의 작품이 흥겹게 읽히기를 바라지 않는 사람이라면 운율을 소홀히 다룰 수 있을지 모르겠습니다만, 그렇더라도 운율을 떠난 시는 마치 성전환을 한 인물처럼 본성을 잃은 것 같아서 개운치가 않습니다.

앞에서 나는 네 가지 항목을 들어 바람직한 시의 틀을 얽어보고자 시도했습니다. 이들을 종합하면 '아름답고 짧은 유용한 운문' 으로 요약되는군요. 그렇다면 이러한 조건만 갖추면 훌륭한 시가 되는 것인가? 그러나 어딘가 미진하다는 생각이 없지 않습니다. 네, 그렇습니다. 시는 그 시인만이 지닌 개성적인 맑은 세계관에 뿌리를 두고 있어야 합니다. 좀 모호하기는 합니다만 어떤 이는 이를 '시정신' 혹은 '시혼(詩魂)'이라는 말로 표현하기도 합니다. 나는 어느 글에서 시정신을 선비정신과 동궤의 것으로 보고자 하는 견해를 밝힌 바 있습니다. 시정신은 세속적 욕망을 벗어나고자 하는 승화된 정신입니다. 그래서 나는 앞에서 '개성적인 맑은 세계관'이라는 표현을 썼습니다. 시인은 고급의 정신 영역을 향유한 사람들입니다. 나는 시인을 언어를 잘 다루는 장인(匠人)으로 보기에 앞서 하나의 구도자(求道者)로 보고자 합니다. 시는 바로 이러한 구도자에 의해 쓰인 글입니다.

어떻습니까? 시에 대한 설명이 더 번거롭게 되고 말았나요? 어떻게 해도 시에 대한 흡족한 설명은 어렵겠군요. 역시 시는 설명할 수 없는 괴물단지인 모양입니다. 직접 쓰면서 터득하는 수밖에 없을 것 같습니다. 한번 써 보시지요.

한 젊은 비평가에게

얼마 전 신문에 발표한 귀하의 글 잘 읽었습니다. 아무나 쓸 수 없는 용기 있는 글이었습니다. 그것은 그릇된 세태에 대한 날카로운 비판이면서 한 지식인의 정의로운 양심선언으로 생각되었습니다. 제대로의 의식 구조를 지닌 지식인이라면 사리의 옳고 그른 것을 판단하기란 그렇게 어렵지 않습니다. 그러나 막상 그릇된 사태에 접했을 때 그 잘못을 지적하고 시정을 촉구하는 것은 아무나 할 수 있는 일은 아닙니다. 이는 지식이나 인격의 고하와는 상관없이 정의를 소중히 생각하는 용기 있는 분들에게서나 기대되는 일이기 때문입니다.

귀하는 오늘날의 그릇된 비평계를 신랄하게 비판했습니다. 비평인의 한 사람으로서 자신이 몸담고 있는 분야에 비판의 메스를 가한다는 것은 쉽지 않은 일입니다. 그것은 자신에게 되돌아오게 될지도 모르는 많은 비난과 불이익을 감수할 용기를 필요로 하기 때문입니다. 나는 그러한 용기를 가진 귀하에게 박수를 보내며 귀하가 지적했던 몇 가지 문제점들을 여기에 다시 들추어냄으로 우리 문단이 스스로 반성할 수 있는 계기를 거듭 갖고자 합니다.

첫째, 귀하는 '주례사 비평'의 풍조를 비판했습니다.

주례사 비평이란 말이 언제부터 생겼는지는 잘 알 수 없습니다만 재미있는 용어라는 생각이 들었습니다. 결혼식장에서의 주례가 신랑 신부에게 듣기 좋은 말만 늘어놓듯이 의례적인 칭찬일변도의 비평을 이르는 말이지요. 요새 작품집의 끝에 붙어 있는 해설류의 글들이 그 대표적인 예라고 할 수 있겠습니다. 전문적인 비평가는 아닙니다만 내게도 가끔 그런 유의 글을 써 달라는 청을 받게 되는 경우가 있습니다. 부탁한 사람의 작품이 썩 마음 내키지 않을 때 이런 글을 쓴다는 것은 여간한 곤욕이 아닙니다. 비평가는 마땅히 쓰고 싶지 않는 글은 쓰지 않을 수 있는 냉철한 양심을 지니고 있어야 합니다. 친분이나 문학적 권력에 얽매어 정직하지 못한 글을 썼다면 그 글은 특정인에게는 일시적으로 만족스러울지 몰라도 두고두고 수많은 사람들의 비난거리로 남게 될 것이니 실로 부끄러운 일이 아닐 수 없습니다.

둘째, '도제(徒弟) 비평'의 폐단을 지적했습니다.

비평가들은 대개 대학에서 지도를 받았던 지도교수와 또한 비평가라는 관문을 통과토록 배려해 준 추천문인과의 인연을 갖게 마련입니다. 이들은 사제의 관계라 할 수 있으므로 평소 제자로서 스승을 정중히 모시는 것은 마땅합니다. 그러나 문학적 담론에서조차 스승의 이론에 맹종한다는 것은 봉건적 도제 행위라고 지적했습니다. 그렇습니다. 스승의 문학이론이라고 해서 다 금과옥조일 수는 없습니다. 오히려 제자의 신선한 견해가 청출어람(靑出於藍)으로 스승을 능가하는 경우도 없지 않을 것입니다. 그럼에도 불구하고 현 비평계는 몇 원로들을 중심으로 비평의 사단이 형성되어 있습니다. 비평 행위는 문학 작품의 가치를 평가하는 작업이지 원로들의 둘러리를 서는 일은 아닙니다. 그런데 어떤 비평가들은 자기 스승과 적대적인 관계에 있는 다른 비평가들을 마치 자신의 적인 양 혹독하게 공격하기도 합니다. 그렇게 하는 것이 자기 스승에 대한 충정을 드러낸 것이라고 판단하는 모양입니다. 이런 이들은 차라리 정당에 들어가 총수를 모시는 정치인으로 활동하는 편이 더 적격이 아니었을까 생각되기도 합니다.

셋째, '예속 비평' 의 문제를 거론했습니다.

특정한 잡지사나 출판사 등에 예속되어 있는 비평가가 많습니다. 비평 활동을 원활히 하기 위해서는 비평의 지면(비평의 기회)을 확보하는 것이 중요한 일인데 바로 이들 매체들이 그 관건을 쥐고 있기 때문으로 보입니다. 뿐만 아니라 이들 집단에 의해 기획되는 여러 행사에서 특권을 누릴 수 있게도 되므로 이들은 문학적 이념과는 상관없이 예속되어 있는 회사의 이익을 위해서 때로는 시녀로 때로는 선전원으로 충실히 활동합니다. 그런 일을 부끄럽게 생각하기는커녕 그런 기회를 못 얻은 다른 사람들은 오히려 선망의 눈으로 이들을 바라보기까지 하니 얼마나 한심한 풍조입니까. 하기야 요즈음 큰 출판사나 잡지사의 편집위원쯤의 직함만 가져도 아주 거들먹거리는 모양이니 그럴 만도 할지 모르겠습니다.

넷째, '집단 비평' 의 폭력성을 문제 삼았습니다.

집단을 형성하여 자신들의 세력을 불리고자 합니다. 문학적 이념을 같이하는 사람들이라면 동인을 형성하여 함께 활동하는 것도 바람직한 일이긴 합니다. 그러나 문학적 이념이 같다 할지라도 패거리를 만들어 자신들만의 권익을 수호 내지는 확장코자 하는 행위는 긍정적으로 평가할 수 없습니다. 이는 문학의 범주를 넘어선 불순한 야합이라고 규탄하지 않을 수 없습니다. 이들은 언론사들을 공략하여 선전을 꾀하기도 하고, 각종 문학상들의 운영에 관여하여 자파의 이득을 노립니다. 그리고 자기의 집단 외의 문인들은 무조건 도외시 배척하여 그들만의 아성을 쌓습니다. 여기서의 비평가는 문학적 안목보다는 투사적 기질이 중요시될 수밖에 없습니다.

다섯째, '무능 비평'을 고발했습니다.

비평의 안목이 결여된 사람의 비평은 문제가 아닐 수 없습니다. 문학비평은 문학작품의 가치를 따지는 행위입니다. 따라서 비평가에게는 우선 작품을 식별해 낼 수 있는 안목이 요구됩니다. 좋은 작품을 선별해 낼 수 있는 잣대를 지니고 있어야 합니다. 그 잣대는 비평가의 문학관과 세계관에서 만들어집니다. 그 잣대는 편협한 것이어서는 곤란합니다. 개성적이면서도 객관적인 것이어야 합니다. 이는 비평가의 독창적인 가치관을 필요로 하면서도 또한 객관적인 설득력을 지닌 것이어야 한다는 의미입니다. 여기에 비평의 어려움이 없지 않습니다.

그런데 항간의 비평가들 가운데는 그러한 비평의 잣대를 구유하지 못한 자격 미달의 비평가가 적지 않다는 사실입니다. 이들에 의해 쓰여진 글들은 독자들을 호도(糊塗)하는 공해물에 지나지 않습니다.

귀하가 문제로 제기한 내용들을 대강 앞의 다섯 가지로 나누어 정리해 보았습니다. 물론 모든 비평가가 규탄의 대상이 되는 것은 아닙니다. 양심적인 훌륭한 비평가도 적지 않습니다. 그러나 악화가 양화를 구축하듯 불량한 집단들에 의해 현명한 비평가들이 빛을 보지 못한다면 이는 안타까운 노릇이 아닐 수 없습니다. 어떤 이는 말하기를 한국 비평계는 되지 못한 원로들과 몇 출판 집단들이 망치고 있다고 빈정대기도 합니다. 그러나 무엇보다도 비평가 자신들의 자질이 문제라고 생각됩니다. 비평가로서 스스로의 위의(威儀)를 지키지 못하고 우유부단하고 부화뇌동하는 무리들이 가시지 않는 한 한국 비평의 앞날은 백년하청일 것만 같습니다. 다시 한 번 귀하의 용기 있는 비판의 글에 박수를 보내면서 귀하의 뜻에 호응하는 많은 문인들이 새롭게 태어나서 우리 문단을 보다 맑고 밝게 할 수 있기를 기대해 봅니다.

존경하는 H 주간에게

날씨가 매우 추워졌습니다. H형, (형이라 호칭하는 것이 다감해서 좋군요) 건강은 괜찮은지 궁금합니다. 생각하니 그동안 너무 소원했던 것 같습니다. 나는 우이동 골짝에서 매일 소주나 홀짝이면서 지내고, 형은 형대로 매달 시지(詩誌)를 꾸려 나가노라 분망하다 보니 서로 자리를 함께 하기가 쉽지 않았나 봅니다.

오늘날 잡지를 운영한다는 것이 얼마나 힘든 일인가를 잘 압니다. 잡지 중에서도 문예지, 문예지 가운데서도 특히 시전문지를 매달 만드는 고충을 충분히 짐작할 수 있습니다. 시를 읽는 독자들이 많지 않으니 잡지는 팔리지 않고, 광고를 줄 만한 기업체들도 거의 없다 보니 얼마나 난감한 일입니까? 그러니 이러한 시지를 운영하는 일은 어느 뜻 있는 독지가나 혹은 사회단체의 도움을 받는 것이 바람직하겠지요. 그러나 현실은 우리의 기대처럼 되지 않아서 시잡지들은 시에 대한 의욕을 가진 몇 사람들에 의해 겨우 연명해 가고 있는 실정이 아닙니까?

이처럼 열악한 여건 속에서 시지들이 간행되고 있으니 적지 않은 문제점들이 야기되는 줄 압니다. 대부분의 시잡지들은 게재된 작품의 고료를 지불하지 못합니다. 하기야 시인들의 과잉으로 발표지면이 부족하다 보니 다수의 시인들은 이러한 홀대를 감수하면서도 작품을 발표하지 못해 안달인 것 같기도 합니다. 어떤 잡지들은 후원 회원들을 모집하여 지원을 받기도 하고, 함량미달의 신인들을 매달 등단시켜 재원을 충당키도 하는가 봅니다. 그런가 하면 문학상들을 만들어 운영하면서 상 주변에 모여드는 무리들을 장악하기도 하고, 젊은 비평가들을 동원하여 특정 문인을 조명 부각해 줌으로 세도를 부리기도 합니다. 어디 그뿐입니까. 문단 선거철이면 후보들의 문지방을 기웃거리면서 산하 문인들을 동원하여 영향력을 발휘하기도 하고, 암암리에 배타적 섹트를 형성하여 각종 이권에 문학적 권력을 행사하기도 합니다. 그리하여 세도를 부리는 잡지의 주간쯤 되면 그를 추종하는 무리들로 문전성시를 이룬다고 하지 않습니까?

H형, 내가 형을 존경하는 것은 이러한 문학 풍토 속에서도 형이 지닌 의연함 때문입니다. 형은 어려운 시절 한 시지의 주간을 맡아 십수 년 동안 운영해 오고 있지요. 형은 처음에 쓰러져 가는 한 시지를 일으켜 세우려고 꽤 괜찮은 직장도 그만두고 선뜻 나서지 않았습니까? 보통 사람은 쉽게 선택하기 어려운 용단이었습니다. 이는 다른 어떤 욕심보다도 시에 대한 형의 간절한 사랑 때문이었다고 생각합니다. 그러했기에 형은 평소에 그렇게 소중히 아끼던 골동품들을 처분해 가면서까지 시지를 이끌어 왔던 것이 아닙니까?

어려운 여건 속에서도 형은 필자들에게 고료를 지불하지 않은 적이 없습니다. 물론 상징적인 액수이기는 합니다만 이는 문인들의 자존심을 지켜주겠다는 형의 피나는 배려로 보입니다. 대신 형은 아무런 원고나 싣지 않았습니다. 주로 청탁에 의해 작품을 실었지요. 친분에 얽매어 흡족하지 못한 작품을 부득이 게재하는 일은 거의 없었습니다. 그것 때문에 적지 않은 곤욕도 많이 겪었으리라 짐작됩니다.

신인 등용에도 얼마나 엄격했습니까? 일 년에 겨우 몇 명으로 제한했습니다. 형은 애초에 문단 권력에의 욕심이 없었기 때문에(속마음은 잘 모르기는 합니다만) 패거리를 많이 만들어 이용하겠다는 불순한 생각을 떨쳐버릴 수 있었을 것으로 생각됩니다. 형은 아직 그 흔한 문학상들을 제정하여 문인들을 유혹하지도 않고, 문학 집단을 형성하여 문단에 영향력을 행사한 적도 없습니다. 그러니 형이 주간하는 잡지는 비록 골방 같은 작은 사무실에서 책상 하나 놓고 만들어집니다만 이제는 한국 제일의 권위를 지닌 시지로 자리잡았습니다. 형의 청렬(淸冽)한 선비정신이 빚어낸 당연한 결과라고 여겨집니다.

그런데 H형, 오늘 내가 모처럼 형에게 글을 쓰는 것은 새삼 형의 칭찬을 늘어놓고자 해서가 아닙니다. 아니 칭찬보다는 오히려 형에게 한 가지 어려운 과제를 안겨주고자 해서입니다.

시의 시대는 이미 지나갔다고 시의 오늘을 비관적으로 진단하는 사람도 없지 않습니다. 아직 시가 살아남아 있기는 하지만 시가 퇴락해 가고 있는 시기인 것은 틀림없는 것 같습니다. 시 없이도 이 세상이 잘 굴러간다면 크게 애석해 할 것도 없습니다만, 시가 이 세상에 필요한 존재라면 팔짱만 끼고 볼 일은 아닌 것 같습니다.

물론 시가 경제적인 생산력을 지닌 것이 아니므로 물질적 가치관이 지배하는 현대인들에게 소외되고 있는 것은 사실입니다. 그러나 이 세상을 부드럽고 아름답게 가꾸는 예술의 역할을 부인하지 않는다면, 언어 예술의 진수라고 할 수 있는 시문학의 가치를 인정하지 않을 수 없는 일이지요. 이는 이미 한 생애의 중요한 시기를 시를 위해 할애하고 있는 형의 삶이 웅변으로 반증하고 있다고 봅니다.

어떻든 지금 우리는 한국의 현대시가 퇴락해 가고 있는 문제를 함께 고민해야 될 시기에 도달한 것 같습니다. 나는 퇴락이라는 표현을 사용하였습니다만 이 용어에 동의하지 않는다면 현대 한국시가 안고 있는 부정적인 요소라고 이해해도 상관없습니다. 한국시는 지금 고삐 풀린 망아지처럼 제멋대로 날뛰고 있는 것 같습니다. 시와 산문의 경계도 모호하고 시(詩)와 비시(非詩)의 한계도 애매합니다. 한국의 현대시는 한시의 절구(絕句)나 서구의 소네트(sonnet) 같은 형식의 제약이 없다 보니 그만 자유방임의 글이 되고 말았습니다. 시를 쓰는 사람이 시라는 이름으로 써 놓은 글은 시로 불러주어야 되는 판국이지 않습니까? 그래서 시보다 쓰기 쉬운 글이 없는 것처럼 되고 말았습니다. 그래서 시의 위의(威儀)가 실추되고, 독자들은 난삽한 현대시를 갈수록 외면하게 되는 것 같습니다.

오늘 우리가 해야 할 급선무는 실추된 시의 위의를 다시 세우는 일이라고 생각합니다. 아무런 형식의 제한도 없는 자유시 속에 어떻게 시의 위의를 담을 수 있겠습니까? 좀 막연한 감이 없지 않기는 합니다만 나는 이 문제를 '시정신' 속에서 풀고자 합니다. 무릇 좋은 시는 고결한 시정신을 바탕으로 세워집니다. 그렇다면 '고결한 시정신'이 무엇인가? 이를 천착하는 일이 시의 위의를 되살리는 길이라고 여겨집니다.

H형, 오늘 내가 형에게 부탁하고자 한 것은 바로 이 '고결한 시정신의 천착'에 관한 과제입니다. 물론 이 문제는 시인들 각자의 과제입니다만, 개인들의 일로만 방치할 수는 없다고 봅니다. 개인들의 다양한 견해를 수렴하여 보편적인 틀을 세우는 일이 또한 중요하기 때문입니

다.

우선 역대 한국의 고전적인 작품 속에 서려 있는 전통적인 시정신을 발굴해 내는 작업이 필요할 것입니다. 다음은 현대 시인들이 지니고 있는 창조적인 시정신들을 또한 탐색해내는 일입니다. 그리하여 전통과 창조의 승화된 통합을 통해 바람직한 시정신을 창출해 낼 수 있을 것으로 보입니다. 이것이 한국시의 정체성을 수립하는 길이기도 하며 또한 우리시의 앞길을 밝히는 지표가 되기도 할 것입니다.

H형, 이러한 과업은 아무에게나 맡길 수 없습니다. 작업의 양도 적지 않을 뿐만 아니라, 현명한 기획과 선별과 판단이 요구되는 일이므로 혜안(慧眼)을 지닌 분이어야 하기 때문입니다. 이 일을 해낼 수 있는 분은 오직 형이라는 생각을 하고 있습니다. 시가 세상으로부터 버림받지 않고 이 세상을 긍정적으로 변화시키는 데 기여할 수 있도록 하기 위해 형이 한번 십자가를 지시지요. 건투를 빕니다.

K 기자에게

K 기자, 요즈음 어떻게 지내시나요? 근래엔 귀하가 쓴 문화면 기사를 읽을 수가 없어 적잖이 아쉽습니다. 사물을 보는 예리한 안목과 생동감이 넘치는 문장은 많은 독자들의 심금을 울렸는데 말입니다.

우리는 꼭 한번 만난 적이 있지요. 귀하도 아마 기억하고 있으리라고 생각됩니다만, 몇 해 전 내 단시집(短詩集) 『운주천불』을 간행했을 무렵입니다. 귀하는 지방에 있는 내 직장으로 전화를 걸어 만나보고 싶다고 했습니다. 신문사 문화부로 우송했던 내 시집이 매일 산더미처럼 쏟아져 들어오는 많은 출판물들 틈에서 어쩌다 귀하의 눈에 띄었던 것 같습니다. 그리하여 우리는 어느 주말에 서울 우이동 인근의 작은 찻집에서 만나게 되지 않았습니까?

귀하는 출퇴근 시간 전철 속에서 재미있게 읽었다며 내 시집을 꺼냈습니다. 그리고 곳곳에 접혀 있는 책갈피들을 들춰 가면서 여러 가지 질문을 해 왔습니다. 사진 기자까지 대동하고 와서 몇 시간 동안 열심히 취재를 했습니다. 끝날 때쯤이 마침 저녁 무렵이어서 나는 간단한 식사라도 함께 하고 싶었습니다만 귀하는 완강히 거절하고 떠났습니다. 그리고 며칠 뒤 내 얼굴과 함께 『운주천불』에 관한 기사가 큼지막하게 보도되었습니다.

『운주천불』은 〈우이동 사람들〉이라고 하는 이름 없는 출판사가 만들어 냈습니다. 〈우이동 사람들〉은 말이 출판사지 사무실도 제대로 못 갖추고 있는, 시인들 몇 사람이 만든 이름뿐인 출판사입니다. 이 출판사가 생겨난 경위는 다음과 같습니다.

별로 유명하지도 않은 시인들의 시집을 선뜻 간행해 줄 출판사는 거의 없습니다. 나도 과거에 명망 있는 몇 출판사에 출판 의뢰를 해 본 적이 있습니다. 돌아오는 대답은 한결같았습니다. 그해의 출판계획은 이미 다 짜여 있어서 곤란하니 다음 기회에 보자는 것입니다. 그것이 거절의 뜻이라는 것을 뒤늦게 알아챈 나는 기왕 자비출판을 할 것이면 우리가 만든 출판사의 이름으로 내는 것도 괜찮겠다는 생각을 한 것입니다. 그래서 몇 시인들이 뜻을 모아 만든 것이 바로 〈우이동 사람들〉입니다. 이 이름으로 10여 권의 시집을 간행했습니다. 『운주천불』도 그 중의 하나입니다.

K 기자, 내가 오늘 새삼스럽게 출판사 얘기를 꺼낸 것은 〈우이동 사람들〉에 대한 이해를 돕기 위해서가 아닙니다. 출판사의 이름에 아무런 선입견을 갖지 않고 책을 대해준 귀하의 안목을 높이 사고자 해서입니다. 오늘의 실정이 어떻습니까? 귀하도 잘 아는 사실일 것입니다만 대형 출판사들의 농간에 매스컴의 문화부 기자들이 얼마나 농락당하고 있습니까? 문화란의 기사들이 몇 출판사들의 광고란이라고 해도 과언이 아닐 정도로 어지럽게 되고 말았습니다. 물론 큰 출판사가 간행한 많은 책들 가운데는 양서(良書)도 적지 않습니다. 양서를 식별하여 독자들에게 알리는 것은 문화부 기자의 당연한 몫이지요. 다만 상

업적인 의도로 간행된 책에 대해 부화뇌동하는 기사를 문제삼는 것입니다.

오늘의 매스컴의 위력은 대단합니다. 몇 줄의 기사가 무명작가를 하루아침에 유명하게 만들 수도 있고, 잘 팔리지 않은 책을 베스트셀러의 대열에 올려놓기도 합니다. 그러니 비록 안목을 갖춘 기자라 할지라도 의지가 굳지 못하면 주위의 많은 유혹으로부터 쉽게 자유로울 수 없을 것입니다. 그런데 귀하는 보기 드문 기자였습니다. 문화에 대한 안목도 깊고 자기를 지키는 고집도 적지 않아 보였습니다.

식자들 사이에서는 기자의 전문성에 관하여 자주 거론하기도 합니다. 기자들 역시 자기 분야에서 학자들 못지않은 넓고 깊은 지식을 필요로 합니다. 그래야 전문적인 지식이 요구되는 문제를 다루게 될 경우에도 심도 있는 취재를 할 수 있기 때문입니다. 그런데 요즈음 문화부, 그 중에서도 특히 문학 분야에서 그런 전문성(안목과 지식과 문장력)을 갖춘 기자를 찾기가 쉽지 않습니다. 타 분야에 비해 문학이 별 볼 일 없는 곳이라고 판단되어 문학전문기자를 지망하는 사람이 드물기 때문인지도 모르겠습니다. 정말 그렇다면 안타까운 일이 아닐 수 없습니다.

앞에서도 잠깐 거론한 바 있습니다만 오늘날 매스컴의 위력은 대단합니다. 돌아가는 세상의 형편을 그때그때 신속하게 일러주는 것은 말할 것도 없고, 모든 정치가나 실업가 등 영향력을 가진 사람들의 발언이 다 언론 매체를 통해 보도되고 있지 않습니까? 말하자면 오늘의 언론매체들은 대중들의 이목을 장악하고 있다고 할 수 있습니다. 따라서 어떠한 정부기관이나 교육기관도 갖지 못한 막강한 영향력을 지니게 된 것입니다. 이제 언론기관은 단순한 보도의 기능을 넘어서 언중들을 긍정적으로 교화시켜야 하는 중요한 책무를 스스로 통감해야 한다고 봅니다.

물론 사설이나 칼럼 등을 통해 직접적으로 교화의 기능을 펼칠 수 있습니다. 그러나 가장 자연스럽게 언중을 계도해 나갈 수 있는 대표적인 부처는 역시 문화부가 아닌가 생각합니다. 언중들에게 다양한 문화적 감각을 심어주고, 삶의 질과 가치에 대해서 일깨워주는 것이 얼마나 소중한 일입니까? 문화부 가운데서도 특히 '출판'에 관계하는 기자들의 몫이 막중하다고 봅니다. 출판물이란 곧 당대 정신 활동의 결실이라고 할 수 있지 않습니까? 물론 그 가운데는 세상을 어지럽히는 수준미달의 쓰레기도 적지는 않습니다. 그렇기 때문에 훌륭한 문화적 생산물을 식별하여 대중들에게 안내하는 일이 더더욱 소중한 것입니다.

K 기자, 귀하는 독자들이 존경하는 몇 안 되는 능력 있는 기자 중의 한 분입니다. 귀하는 아직 인정을 받지 못한 유능한 작가와 작품을 찾아내고자 노력했습니다. 대형 출판사가 간행한 상업성 출판물에 대해 광고성 기사를 거의 쓰지 않았습니다. 작품을 보는 날카로운 안목을 지니고 있고, 가슴에 파고드는 감동적인 문장력을 갖추고도 있습니다. 또한 비리에 타협하지 않는 곧은 정신의 소유자이기도 합니다. 당신 같은 이를 두고 가히 명기자라고 이를 만합니다.

그런데 지금 귀하는 어디 있습니까? 혹 못된 자들의 모함에 밀려 자리를 옮긴 것이나 아닌지 모르겠습니다. 어서 문화부로 다시 돌아와 감동적인 필봉을 날리시기 바랍니다. 건필을 기대합니다.

C 의원에게

여전히 바쁘시지요? 얼마 전에 있었던 귀하의 후원회에 많은 분들이 운집하여 뜨거운 성원을 보내주었다는 보도를 접한 바 있습니다. 귀하는 수백만 네티즌들에 의해 '올해의 정치인' 으로 뽑혔고, 또한 기자들에 의해 가장 양심적인 국회의원으로 평가되기도 했습니다. 귀하의 인기는 대단합니다. 국민들이 귀하를 그렇게 좋아한 것은 다 까닭이 없지 않습니다.

귀하는 어려운 시절 야당으로 출발하였습니다만 한 번도 소신을 굽혀 당적을 바꾼 적이 없었습니다. 정권이 바뀔 때마다 얼마나 많은 정치인들이 이권을 좇아 이합집산의 변절을 거듭했습니까? 그러나 귀하는 그렇지 않았습니다. 어떠한 실권자에게 아부하거나 어떠한 재벌과도 야합한 적이 없었습니다. 불굴의 신념과 청렬한 의기를 지닌 분으로 국민들은 믿고 있습니다.

귀하가 당선되어 처음으로 국회에 등원할 때의 일화는 유명하지요. 자전거를 타고 출근하려 하자 수위가 몰라보고 제지했다는 얘기는 신화처럼 전해지고 있습니다. 처음엔 그런 귀하의 행동이 혹 쇼맨십이 아닌가 싶기도 했습니다만 시일이 지나면서 귀하의 진면목이 서서히 드러나자 그것이 가식이 아니라는 사실을 알게 되었습니다.

귀하는 국회도서관을 가장 많이 이용한 의원이고, 또한 가장 많은 입법 시안을 상정한 분으로 알려지고 있습니다. 국회의원들이 지역구에 돌아가서 주민들의 민원을 살피는 일도 중요하지만 전체 국민의 권익을 위해 입법 활동을 성실히 하는 모습이야말로 얼마나 아름답습니까? 귀하는 유권자들의 환심을 사기 위해 실천할 수 없는 공약을 남발하지도 않았고, 권모술수를 부려 경쟁 대상의 정치인을 공략한 적도 없었습니다.

귀하는 골프 회동을 하지 않는 국회의원으로 또한 유명합니다. 그 까닭을 어느 기자가 묻자, 골프를 칠 줄 모른다고 대답했습니다. 골프장 대신 산을 즐겨 오르는 것을 잘 알고 있습니다. 골프가 한국에서는 아직 사치스런 운동일 뿐만 아니라, 골프를 빙자해서 상류층의 떳떳치 못한 회동들이 이루어지고 있음을 못마땅하게 여기시는 것으로 이해됩니다.

또한 귀하는 외유 경력이 가장 적은 국회의원으로 보도된 바 있습니다. 외유할 만한 특별한 이유가 없었고, 여행할 만한 충분한 여가가 없었기 때문이라고 귀하는 설명합니다. 요사이 얼마나 많은 사람들이 무분별하게 해외여행을 하느라 야단법석입니까? 더욱이 정치인들인 경우는 여러 가지 명목을 내세워 얼마나 빈번히 비생산적인 나들이를 즐깁니까? 여행이 안목을 넓히는 중요한 수단이기는 합니다만 지금 우리의 경제적 현실은 관광으로 외화를 낭비해도 될 만큼 여유롭지 못합니다. 귀하의 외유 근신은 이러한 낭비적 풍조에 대한 무언의 질책이라고 생각됩니다.

귀하는 국민들이 선망하는 정치인의 귀감이라고 할 수 있습니다.

귀하와 같은 양심적인 정치인이 몇 사람만 있어도 이 나라의 미래는 얼마나 밝겠습니까? 그러나 비록 한 분이기는 하지만 귀하와 더불어 살아가는 우리의 내일은 결코 어둡지만은 않을 것으로 믿습니다.

내가 오늘 이 글을 쓰고 있는 것은 귀하에 대한 칭찬을 늘어놓기 위해서가 아닙니다. 좀 주제넘은 짓인 줄 알기는 합니다만 몇 가지 부탁을 드리고자 해서입니다.

첫 번째는 우리의 한복을 즐겨 입어달라는 당부입니다. 언제부터서인가 우리 사회는 양복을 정장으로 여기게 되었습니다. 그래서 정부관료며 기업인이며 학자며 할 것 없이 공식 석상에는 으레 넥타이로 목을 조여 맨 양복 차림으로 참석합니다. 개화 이후 서양의 문물을 분별없이 받아들이는 가운데 양복도 아마 그렇게 들어와 자리잡은 것 같습니다. 의식주 전반에 걸쳐 서구화가 되어 가고 있는 마당에 무슨 새삼스런 트집이냐고요? 혹 국수주의자적 발상이 아니냐고 하실지도 모르겠습니다. 네 그렇게 생각할 수도 있겠습니다. 그러나 나는 주체성이라는 말로 바꾸어 표현하고 싶습니다.

요즈음 글로벌이니 세계화니 하면서 개방의 물결이 거세게 일고 있습니다. 그 바람에 이 땅의 전통적인 문화들은 마치 빗물에 눈 녹듯 사라져 가는 것 같습니다. 삶의 궁극적인 목표는 무엇일까요? 얼마나 배불리 먹고 사느냐의 문제가 아니라, 어떻게 남다른 특성을 지닌 삶을 사느냐의 문제가 아닙니까? 그것이 곧 주체적 삶입니다. 주체성을 잃어버린 삶은 비록 경제적으로 곤궁치 않다 하더라도 아무런 의미가 없습니다.

한복의 문제를 제기한 것은 우리 문화에 대한 긍지를 일깨우자는 데 뜻이 있습니다. 어떤 이는 한복은 활동하기에 거북하다고 그 비능률성을 지적하기도 합니다. 그래서 요즈음은 개량된 생활한복이 만들어지고 있지 않습니까? 우리 문화가 최상이 아니라고 해서 이를 버리고 남의 것을 택할 것이 아니라, 우리의 것이 최상이 되도록 개량 발전시켜 나가야 할 일입니다.

귀하가 한복을 착용함으로 해서 국회에 한복 바람이 일기를 기대해 봅니다. 그래서 온 국민이 즐겨 한복을 입게 된다면 우리 문화에 대한 사랑도 크게 신장되리라 믿습니다.

두 번째의 부탁입니다. 가끔 시를 읽어 주시기 바랍니다. 할 일이 태산 같은데 한가하게 시를 읽을 겨를이 어디 있느냐고요? 바쁠수록 잠시 짬을 내어 시와 함께 지내는 여유를 갖는 것이 소중합니다. 시는 사랑의 글입니다. 시 속에는 세상에 대한 따스한 사랑이 담겨 있습니다.

근래 시집을 사 본 적이 있습니까? 아니, 시를 한 편이라도 읽어본 적이 있습니까? 아마 대부분의 사람들은 학창시절 교과서에 수록된 작품을 읽은 것이 시와의 마지막 만남이었을지도 모릅니다. 잡다한 일상사에 시달리며 바삐 지내다 보니 시를 찾을 만한 여유를 못 가진 것이지요. 그러나 한편 생각하면 분망한 삶일수록 마음의 여유를 갖도록 배려하는 일이 중요할 것 같습니다. 그래야 이처럼 삭막한 세상을 그나마 덜 각박하게 살아갈 수 있겠기 때문입니다.

이런 경우를 상상해 보십시다. 귀하가 국회에서 발언하기에 앞서 한 편의 아름다운 시를 낭송하는 장면을 말입니다. 그러면 어떠한 변화가 일어날까요? 비록 첨예한 문제를 놓고 여야가 격렬한 대립을 보이고 있는 상황이라 할지라도 어쩌면 분위기를 부드럽게 일전시킬지도 모릅니다. 시는 마음의 여유이며 세상을 부드럽게 하는 윤활유입니다. 시가 있는 곳은 늘 평화가 함께 합니다.

무거운 법전이 아닌 아름다운 시집을 끼고 다니는 한복 차림의 귀하를 보고 싶습니다. 그렇게 되면 세상 사람들은 시를 읽기 위해 다투어 서점에 드나들고, 시인들은 감동적인 시를 쓰기 위해 밤잠을 설치는 일이 많아질지도 모릅니다. 그러면 세상이 얼마나 부드럽게 돌아가겠습니까? 아마 대통령도 연두교서를 시로 써 보겠다고 작정할는지 누가 압니까? 시는 사랑과 평화를 싹틔우는 씨앗입니다. 어서 사랑과 평화의 씨앗들이 국민들의 가슴마다에서 싹을 틔우도록 길을 내 주십시오. 건투를 빕니다.

김춘수 선생님께

1.

선생님 안녕하신지요?

『현대시학』 2001년 1월호에 발표하신 권두시화 「蹇蹇錄抄」를 잘 읽었습니다.

한국의 현대시는 그동안 일본이나 서구의 풍조들을 받아들이는 입장이었으므로 늘 뒤쳐져 왔지만, 이제는 우리시도 심리적 아류 상태를 극복하고 세계문학의 대열에 끼어야 한다는 말씀에 적극적으로 동의합니다. '주눅을 떨쳐버려야 한다. 뭐가 어떻게 빠지고 처진단 말인가?' 라는 구절을 읽으면서는 우리시에 대한 강한 긍지와 자신감을 심어주는 것 같아 가슴이 벅차기도 했습니다. 또한 선생님께서는 '한국에도 문학전통이 없는 것도 아니고 고전이 없지도 않다. 사상이나 철학의 전통과 고전이 또한 없는 것도 아니다. 한국인이 스스로의 전통과 고전을 돌보지 않거나 소홀히 다루고 있기 때문에 빛을 보지 못하고 있는지도 모른다.' 고 넌지시 우리문학의 방법론을 제시하기도 하셨습니다. 말하자면 전통과 고전의 중요성을 지적하신 것으로 이해됩니다. 역시 지당한 말씀이 아닐 수 없습니다.

2.

소생이 오늘 이 글을 쓰게 된 것은 「건건록초」 후반부에 진술된 선생님의 시론에 대해 몇 말씀 드리고자 해서입니다. 우선 선생님의 글을 인용합니다.

> 시가 creation, 즉 창조를 뜻하는 것이라면 시는 사람의 人格의 문제가 아니라 사람의 재능의 문제가 된다. 인격과 시의 연결은 낭만주의적 발상이다. 이건 또 다분히 동양적 중국적 발상이기도 하다. 예술을 인격의 반영이라고 보는 태도는 매우 삽상한 데가 있다. 그러나 그것은 예술가를 천재로 치부하거나 생활과 결부시켜 작품을 만들어 가는 과정이 소홀해진다. 시도 예술이라고 한다면 과정(artistic process)이 있어야 한다. 이 과정은 뭔가를(시의 경우에는 poem) 만들어 가는 과정이기 때문에 인격과는 직접 관계가 없다. 이런 따위 관점은 고전주의적이라고 할 수 있다. 시를 보는 입장도 마찬가지다. 인격이 훌륭한 사람이 쓴 시는 달리 보인다. 아니 다르게 보려고 한다. 자칫하면 이순신의 시를 그 인격 때문에 은연중 돋보게 되는 경우가 있을는지도 모른다. 시인이 훌륭한 인격자이기도 할 적에 그 인격이 더욱 빛을 내는 것이지 그 때문에 시까지 더 돋보이게 된다면 그것은 로맨티스트의 시감상이 된다. 훌륭한 인격은 훌륭한 시쓰기보다 더욱 힘드는 일일 게다. 그러나 다시 또 말하지만 시는 인격이 아니라 재능이다.

인용한 글의 내용을 요약하면 시를 쓰는 행위는 시인의 인격과는 무관한 재능에 속하는 문제라는 것이지요. '인격' 은 작품의 내용 곧 메시지에 연관이 있고 '재능' 은 작품의 형식 곧 표현에 관련된 것으로 생각됩니다. 그렇다면 이 말씀도 시에서의 메시지를 의도적으로 거부하려는 선생님의 그 '무의미의 시' 의 지론에 바탕을 두고 있는 것으로 보입니다.

저는 시도 일종의 발언이라고 생각합니다. 아주 범박한 말로 표현하자면 어떤 내용을 타자에게 들려주기 위한 기술적인 언술 행위가 아닙니까. 그런데 전통적인 동양적 시관에서는 무엇을 들려줄 것인가를 더 중요시해 왔고, 선생님의 경우 같으면 어떻게 들려줄 것인가를 문제삼고 있는 것으로 압니다. 내용과 형식으로 구분해서 따지는 것을 달갑게 여기지 않는 사람들도 있기는 합니다만, 편의상 앞의 경우를 편내용주의 그리고 뒤의 경우를 편형식주의라고 구분하여 부르고자 합니다. '思無邪' 의 이론은 전자의 예라고 한다면 '무의미의 시' 이론은 후자의 대표적인 예가 될 것 같습니다. 편내용주의나 편형식주의나 다 각기 그렇게 주장하는 근거가 없는 바는 아니지만, 어딘지 편협하다는 생각이 듭니다. 상대적 입장을 포용하는 원만성이 부족합니다. 바람직한 시는 좋은 내용을 효율적으로 표현해 내는 즉 내용과 형식의 원만한 조화에서 빚어진다고 상식적으로 생각한다면 크게 문제될 것이 없어 보입니다. 물론 어떤 것이 좋은 것이고 어떤 것이 효율적인가 하는 문제가 남기는 합니다만.

선생님께서는 시를 창조(creation)라는 입장에서만 따지신 것 같습니다. 그래서 창조 행위는 재능에만 해당되는 것이므로 인격과는 상관없다고 판단하십니다. 혹 비구상화 같은 미술 행위에서는 그렇게 설명할 수도 있을지 모르겠습니다. 그러나 문학인 시 예술은 창조성만으로 이루어진 것이라고 한정지을 수는 없다고 봅니다. 편내용주의자들은 효용성이나 비판성을 더 소중하게 생각할 수도 있고, 유미주의자들은 심미성을 더 높게 평가할 수도 있지 않습니까. 그러니 창조성만을 따져서 작품과 인격의 무관함을 주장하는 것은 편형식주의적인 편견이라고 생각됩니다.

무릇 언어로 기록된 모든 글에는 작자의 생각과 감정이 실리게 마련입니다. 특히 시인 경우는 여다의 문학 장르에서와는 달리 수준 높은 고급의 발언이기를 소생은 개인적으로 소망합니다. 효용론자적 발상일는지는 모르겠습니다. 어떻든 소생은 시가 내용을 무시하기보다는 내용을 소홀히 하지 않기를 바라고, 더 나아가서는 그 내용이 이 세상을 보다 긍정적으로 변화시킬 수 있기를 기대합니다. 시에서 메시지를 의도적으로 거부하지 않는 이상 그 메시지의 내용은 작자의 인격과 무관하지 않습니다. 고급의 발언은 저급의 인격에서 기대하기 어렵습니다. 이순신이 쓴 시는 어느 졸개가 쓴 시와는 분명 다릅니다. 물론 졸개가 이순신보다 훌륭한 시를 쓸 수 없다는 뜻은 아닙니다. 선생님의 말씀처럼 창의력에 있어서는 졸개의 것이 더 위일 수도 있습니다. 그러니 작품을 논할 때는 부분만 가지고 따질 것이 아니라 총체적인 입장에서 평가해야 될 줄 압니다.

3.

다음에 또 한 가지 거론하고 싶은 것은 시의 '애매성'에 관한 문제입니다. 선생님께서는 애매성을 산문과 다른 시의 중요한 특징으로 지적하셨습니다. 그리고 시에서의 분행의 문제와 메시지를 경계해야 하는 이유도 이 애매성과 연관을 지어 설명하고 있습니다. 서구인들이 현대시의 특성을 애매성(ambiguity)이라고 규정하는 데는 수긍이 갑니다. 시어들이 다양한 내포적 의미를 지니고 있고, 고급의 은유들과 난해한 상징의 장치들이 즐겨 구사되다 보니 시의 구조가 복잡해진 것이지요. 그러니 현대시의 특성을 애매성으로 규정할 만도 합니다. 그러나 그 애매성은 현대시가 갖는 어쩔 수 없는 결과로서의 특성이지 시의 본질이라고 할 수는 없습니다. 간결 명료하게 표현해서 좋을 것을 일부러 애매하게 표현하는 것이 시다운 표현이라고 생각한다면 이는 큰 잘못입니다. 드러내고자 하는 심상이나 정서를 명료하게 표현할 수만 있다면 이것처럼 바람직한 일이 어디 있겠습니까. 시가 애매한 글이어야 한다는 것은 설득력이 없습니다. 어쩌면 현대시가 지니고 있는 그 애매성으로부터 벗어나는 것이 지금 우리가 풀어야 할 중요한 과제의 하나일지도 모릅니다.

한편 선생님께서는 분행의 중요한 기능을 논리의 비약으로 보고 애매성과 관계를 지어 설명하십니다. 어떻게 보면 선생님의 지론은 '애매성을 많이 조장하는 분행 방법이 바람직한 것이다' 라는 뜻으로 해석되기도 합니다. 그런데 정말 그럴까요?

요즈음 젊은 시인들의 행갈이 방식을 보고 저도 문제가 적지 않다는 생각을 해 왔습니다. 산문과는 달리 시가 분행된 것은 잘 아시다시피 그것이 운문이기 때문이었습니다. 말하자면 운율을 기준으로 하여 나누었던 것이지요. 그런데 현대 자유시에 이르러 외형률의 간섭으로부터 자유스러워지자 혼란이 일어난 것으로 생각됩니다. 그래서 이미저리나 의미의 덩어리를 기준으로 하여 분행하는 것을 자연스럽게 여겨 오고 있습니다. 그것이 또한 내재율의 바탕이 되기도 하지요. 시행은 운율이 기준이 되든 의미가 기준이 되든 간에 한 작품을 쌓아 올리는 단위라고 생각됩니다. 그런데 요즈음 젊은 시인들의 분행 방식은 무질서한 것처럼 보입니다. 수식어와 피수식어 사이가 분행의 경계가 되기도 하고, 주어와 서술어 사이가 분리되기도 합니다. 물론 압운을 중요시한 서구시에서는 운에 따라 그렇게 나눈 경우를 자주 보게 됩니다. 그런데 우리시에서는 그럴 만한 아무 이유도 없는데 서구시의 겉모양만 보고 흉내내는 것이나 아닌지 모르겠습니다. 시는 산문과는 달리 조화와 질서를 가진 글이라고 생각합니다. 분행은 그 조화와 질서를 구현하는 한 형식이라고 할 수 있지 않겠습니까? 애매성을 조장하기 위한 분행 이론에는 납득할 수가 없군요. 소생은 아직 고전주의자적 발상에서 벗어나지 못하고 있는 건가요?

끝으로 선생님께서는 메시지는 사람을 구속한다는 평소의 지론을 되풀이하셨습니다. 그리고 시를 해방이라고 선언하십니다. 물론 선생님께서는 절대시의 세계를 구축하면서 통쾌한 자유를 향유하실는지 모르겠습니다. 그러나 거기에는 세상을 처단하는 괴로움과 외로움이 혹 따르지 않는지요? 선생님, 소생도 시를 통해 해방과 평온을 누립니다. 일상 속에서 하지 못한 말들을 작품을 통해 내뱉으면서 평소 얽매였던 감정으로부터 벗어나기도 하고, 현실 속에서 이루지 못한 꿈들을 작품 속에서 실현시키면서 마음의 갈등을 해소하기도 합니다. 선생님께서는 부정의 칼을 휘둘러 자유를 쟁취하시지만, 소생은 긍정의 벽돌을 쌓아 화평의 집을 짓습니다. 어느 길이 현명한가 하는 객관적인 평가는 쉽지 않다고 봅니다.

4.

한국 현대시에서의 선생님의 공적은 대단합니다. 무의미의 시론은 우리시의 폭을 넓히기도 했습니다. 선생님의 그동안의 작업은 우리 시사에서 지워지지 않을 평가를 받을 것입니다. 그러나 그 작업의 의미는 선생님 한 분만으로 족하다는 생각이 듭니다. 혹 판단력이 흐린 젊은이들이 원로이신 선생님의 말씀을 금과옥조로 받아들여 선생님 흉내를 내는 아류적인 작품에 사로잡히지나 않을까 염려스럽습니다. 이 글을 쓰게 된 동기도 바로 여기에 있습니다.

바야흐로 우리 시단은 여러 가지 부정적인 문제들이 적지 않기는 합니다만 역사적으로 가장 풍성한 시기에 이르렀다는 선생님의 견해에 동의합니다. 이제 우리는 한국시의 정체성을 생각하고 가능하면 우리시 이론을 모색해야 되리라고 봅니다. 선생님의 지적처럼 전통과 고전에서 실마리를 풀 수도 있을지 모릅니다. 그러나 바람직한 것은 포괄과 보편의 원리가 아닌가 합니다. 편내용과 편형식을 지양하는 중용의 지혜가 필요하다는 생각입니다.

제 생각들은 어쩌면 선생님께서 염려하신 것처럼 아직 아마추어리즘을 벗어나지 못한 유치한 것일지는 모르겠습니다. 혹 선생님의 심기를 불편케 해 드렸다면 질타해 주시기 바랍니다. 선생님의 건강과 건필을 빕니다.(『현대시학』, 2001년 2월호, 권두시화)

다시 김춘수 선생님께

『현대시학』(2000. 3)의 「續蹇蹇錄抄」를 잘 읽었습니다. 소생의 졸문에 대하여 치지도외(置之度外)하시지 않고 대답의 글을 보내주신 선생님의 배려에 우선 감사합니다.

1.

두 번째 글에서도 선생님께서는 같은 주장을 되풀이하신 것으로 보입니다. 먼저 선생님의 논리 전개에 문제가 없지 않음을 감히 지적하고자 합니다.

'시는 예술(art)이다. 예술은 기술(craft)이라는 어원에 근거한다. 그러니 시는 기술이므로 인격과는 무관하다.'

선생님의 지론은 이렇게 요약됩니다. 이러한 삼단논법적 논리 전개는 단순논리의 문제점을 배제할 수 없습니다. 한 가닥만 선택하여 외곬로 빠져나가는 오류를 범할 염려가 없지 않다는 것입니다. 어떤 사람이 '시는 예술이다. 예술은 아름다움에 바탕을 둔 것이다. 그러므로 시는 아름답게만 쓰면 된다' 이런 논리를 전개할 수도 있습니다. 그러나 이러한 논리는 부분적으로는 타당할지 몰라도 전체를 포괄할 수 있는 현명한 결론을 도출해 내기는 어렵습니다. 선생님의 지론도 부분적으로는 타당합니다. 시에 기술적인 요소가 관여한다는 것을 소생이 부정하는 것은 아닙니다. 단지 '기술적'이라고 하는 것은 시가 지닌 부분적인 특성에 지나지 않는데 그것(craft)만이 마치 시의 전부인 것처럼 재단하려는 견해에 동의할 수 없다는 것이지요.

'시는 예술이다' 라는 말은 '시는 언어의 예술이다' 라는 말의 축약으로 이해해야 될 줄 압니다. 따라서 시예술에 대한 논의가 매체인 언어를 도외시하고 예술성만을 문제삼는 것은 온전치 못하다고 봅니다. 시는 물론 언어를 기술적으로 표현한 것입니다. 그러나 그 언어가 발신자의 감정이나 생각을 담고 있는 이상 인격과 무관하다는 주장은 수긍하기가 어렵습니다.

2.

한편 선생님께서는 『장자』의 매미잡이 우화를 예로 들어 교(巧)의 중요성을 다음과 같이 지적하셨습니다.

> 한자문화권에서는 老莊사상의 전통에서 보듯이 자연을 존중한다. 예술에서도 巧(기교)를 멀리하고 인격의 자연스런 발로를 취한다. 그러나 반드시 그렇지만은 않다. 장자의 매미잡이 우화에서처럼 변증법적 과정이 있다. 오랜 수련 끝에 매미가 매미잡이 채에 절로 와서 붙게 된다. 장

자의 이 교훈은 교를 밖에 드러내지 말라는 뜻이다. 교를 통하지 않고는 높은 경지에 이르지 못한다는 뜻이다.

선생님께서 거론하셨기에 저도 〈達生〉편의 그 우화를 다시 찾아 읽어보았습니다. 공자의 이름을 빌어 소개하고 있는 이 우화의 앞부분은 선생님의 지적처럼 부단한 수련의 중요성을 말하고 있습니다. 그러나 뒷부분에서 그 꼽추 매미잡이와 공자는 다음과 같은 말을 남기고 이 우화는 끝을 맺습니다.

> "…나는 몸은 고목같이, 팔은 나뭇가지같이 움직이지 않고 있소. 천지는 넓고 크며 만물이 많으나 오직 매미밖에 모르니 꿋꿋이 서서 사방을 돌아보지 않고, 만물로 매미를 바꾸지 않으니 내가 매미를 놓칠 리가 있겠소?"
>
> 그러자 공자는 제자를 돌아보며 "뜻을 나누지 않으면 신에 엉긴다. 이는 꼽추 늙은이를 두고 하는 말이로구나(用志不分乃凝於神 其痀瘻丈人之謂乎)" 하였다.

이 우화는 수련도 수련이지만 달인이 되려면 어떤 사물에 혼신의 정신을 쏟지 않으면 안 된다는 뜻으로 소생은 읽었습니다. '교를 통하지 않고는 높은 경지에 이르지 못한다'는 선생님의 해석은 비약이 아닌가 합니다. 차라리 '비록 교가 높더라도 정신의 수련이 없고서는 달인이 될 수 없다'로 해석하고 싶습니다. '無爲之道'를 설파하고 있는 『莊子』에서 '人爲之巧'를 강조하는 것으로 해석하는 것은 어울리지 않는 일로 보입니다.

아무튼 전통적인 동양적 시관에서는 선생님의 지적처럼 교를 별로 높이 평가하지 않았던가 봅니다. 졸박(拙樸)을 소중히 여겼던 것만 보아도 짐작이 갑니다. 그렇다고 해서 전통적인 동양의 시관만을 좇아 교(巧)를 무시하자는 것은 물론 아닙니다.

3.

또한 선생님께서는 시의 애매성의 문제에 관하여 다음과 같이 피력하셨습니다.

> 논리나 지성으로는 정확하게 포착이 안 되는 대상이 있다. 그것이 바로 시의 대상이다. 시는 원래 그런 대상을 위하여 생겨났다. 시는 그러니까 사물에 대한 안타까움의 표정이다. 이 감각을 되살려주는 것이 시의 가장 요긴한 임무다.

말하자면 시적 소재의 조건을 애매성으로 한정하신 것 같습니다. 즉 애매성을 갖지 않는 사물은 시의 적절한 소재가 될 수 없다는 논리로도 이해됩니다. 그러나 대상이 지닌 애매성의 문제는 그렇게 쉽게 풀리지 않습니다. 애매성은 대상의 속성이라기보다 대상을 바라다보는 주체의 문제로 귀착되는 것이기 때문입니다. 즉 동일한 대상을 놓고 단순하게 받아들이는 사람이 있는가 하면 이와는 달리 심각하게 받아들이는 사람도 있을 수 있습니다. 더 적극적으로 말한다면 세상의 모든 만물들은 인간의 이성과 논리로는 쉽게 궁구되지 않는 신비성을 담고 있습니다. 따라서 깊게 바라다보는 입장에서는 사물 모두가 다 애매성의 대상이 됩니다. 시인은 사물을 깊게 바라다보는 사람들이라고 규정한다면 그들에게 시적 소재의 제한은 있을 수 없습니다.

한편 사물이 환기하는 애매성만을 시의 대상으로 삼는 것도 편협합니다. 사물은 우리에게 다양한 정서와 이미지들을 환기시킵니다. 어떤 것은 명료한 기쁨의 정서를 불러일으키기도 하고 또 어떤 것은 강렬한 슬픔의 정서를 빚어내기도 합니다. 사물은 우리에게 다양한 감동으로 다가옵니다. 사물이 불러일으키는 오욕칠정의 모든 감정들이 아름다운 서정시를 만들어낼 수 있는 좋은 소재라고 생각합니다. 시적 소재에 제한을 두고 싶지 않은 것이 저의 생각입니다. 전문적인 시인이라면 어떠한 소재가 주어져도 이를 시로 만들어낼 수 있는 능력의 소유자이기를 바랍니다. 물론 그런 시인은 선생님께서 소중히 생각하는 기능적인 재능을 충분히 소지하고 있는 사람이기도 할 것입니다.

4.

선생님의 두 번째 글에서도 '시=기교' 라는 생각과 '시의 특성=애매성' 이라는 생각은 변함이 없는 것 같습니다. 선생님께서는 시가 지닌 부분적인 특성에 집착하신 것 같고 소생은 시를 좀 더 포괄적인 입장에서 보고자 하는 차이라고 생각됩니다. 대개의 시인들은 자기 나름의 고유한 시관이 있어서 자기가 좋아하는 유의 작품을 쓰게 마련이지요. 그러니 자기의 생각만이 옳다고 고집하는 것은 의미가 없을지 모릅니다. 어떻게 보면 선생님과 저 사이의 시에 관한 이러한 논의는 서로에게는 쉽게 용납이 안 되는 무의미한 일일 수도 있습니다. 그러나 우리시의 정체성을 모색하는 입장에서 본다면 이러한 논의들이 우리시를 살지게 하는 의미 있는 작업이 될 수도 있을 것이라는 생각이 듭니다. 선생님과의 논의를 통해서 가장 바람직한 한국 현대시의 정체성은 어떤 것이어야 할 것인가를 다시 생각해 보는 좋은 기회를 갖게 되었습니다. 감사합니다. (2001년 3월 일)

* 이 글은 김춘수 선생의 답신에 대한 재 반론으로 썼던 것인데, 원로와 계속 논쟁을 벌이는 일이 별로 바람직해 보이지 않아 발표를 보류했던 것임.

우이동 소식

—고불 이생진 선생님께

고불 선생님, 무슨 일이 있으면 금방 전화나 이메일을 의지해 왔기 때문에 이렇게 글월 드리게 된 것이 조금은 부자연스런 것도 같습니다. 70년대부터 우리는 우이동 골짝에 자리를 잡고 살아 왔지요. 선생님께서는 몇 차례 거처를 옮기시긴 했지만 우이동 인근을 크게 벗어나진 않으셨습니다.

선생님을 자주 뵙기 시작한 것은 86부터인 것으로 기억됩니다. 〈우이동 시인들〉이라는 동인지를 만들 무렵부터지요. 이웃에 살고 있는 홍해리, 채희문 시인들과 사흘이 멀다고 어울려 술자리를 벌이곤 했는데, 선생님께선 약주를 즐기지 않으셨지만 술꾼들의 자리를 마다하지 않고 늘 함께 하셨습니다. 내 생애에서의 가장 즐겁고 유익한 만남은 우이동 시인들과의 인연이라고 주저하지 않고 말할 수 있습니다.

〈우이동 시인들〉 네 사람은 1987년에서 1999년에 이르도록 사화집 25권을 엮어낸 다음, 보다 큰 모임인 〈우이시회〉로 발전적인 해체를 하지 않았습니까? 그리고 비록 초라하기는 했지만 매달 『牛耳詩』를 엮어냈었지요. 그러다가 2007년에 이르러 사단법인화하면서 〈우리시

진흥회〉로 명칭을 바꾸고 월간 『우리시』를 간행하게 되었습니다.

고불 선생님, 우리가 익히 알고 있는 이 사실을 오늘 새삼스럽게 거론한 것은 변모해 가는 우이동 시인들의 모습을 지켜보시면서 우리의 초심이 혹 변해 가지나 않나 하고 염려하실지도 모른다는 생각이 들어서입니다.

원래 〈우이동 시인들〉이란 우이동 골짝에서 세상을 등지고 조용히 지낸, 세상과의 교류에 능하지 못한 숙맥들이 동병상련의 정으로 만난 모임이 아닙니까? 그런 사람들이 이제 법인을 만들어 일을 벌이고 있으니 선생님께서는 아마 못마땅하게 생각하실지도 모르겠습니다. 그러나 선생님께서도 잘 아시겠지만 아직 우리시회의 회원들 가운데는 세속적인 야망을 가진 사람은 없는 것 같습니다. 단체를 이용해 문단 활동의 발판으로 삼으려 한다든지, 아류를 만들어 군림해 보겠다든지 하는 야욕을 가진 사람은 없는 것으로 압니다.

선생님께서도 인정하시겠지만 오늘의 현대시는 적지 않은 문제를 안고 있는 것으로 보입니다. 시가 아름다움과 감동성을 상실한 난삽한 글이 되어 가면서 독자들의 외면을 면치 못하게 되었습니다. 과거 우리 선조들이 지녔던 청렬한 시정신도 찾아보기 어렵고, 정련된 고급문학으로서의 시의 위의를 잃어버린 것 같기도 합니다. 아니, 더 극단적으로 말하면 한국의 현대시는 시와 시 아닌 글의 한계가 허물어진 가운데 혼란 속에 허덕이고 있는 것처럼 보입니다.

시라는 장르의 글이 계속 이 지상에 남기를 바란다면, 그리고 시가 세상을 긍정적으로 변화시키는 데 기여할 수 있는 글이 되기를 바란다면, 시인들이 크게 각성해야 되는 시점에 이른 것 같습니다. 말하자면 바람직한 시, 한국 현대시의 정체성에 관하여 모색하는 작업이 이젠 필요하지 않을까 하는 생각입니다. 이러한 작업은 개인도 개인이지만 문예지나 문학단체가 중심이 되어 주도하는 것이 보다 효율적일 것으로 판단됩니다.

고불 선생님, '우이시회'가 '우리시회'로 법인화한 것은 한국 현대시의 정체성을 모색하는 작업을 우선 우리라도 시도해 보고, 그러한 일을 효율적으로 수행하는 데 법인체의 자격을 갖춘 것이 도움이 되지 않을까 해서입니다.

지난 5월 6일 '삼각산 시화제(詩花祭)'가 열리지 않았습니까? 해마다 '우이도원(牛耳桃源)'에서 우이동 시인들은 봄과 가을철에 자연과 시를 위한 제의를 천지신명께 올리고 있지요. 선생님께서 맨 처음 우이동의 한 골짝에 오래된 복숭아나무 한 그루를 발견하시고, 그 꽃의 황홀함에 반해 우이동 시인들이 매년 찾아다녔지요. 그러다가 아예 그곳에 복숭아꽃 동산을 만들자고 의기투합해서 수십 그루의 복숭아나무를 옮겨다 심어 '우이도원'을 만들지 않았습니까? 지금은 그 복숭아나무들이 흐드러져 그야말로 도원을 이루는 별유천지가 되었지요. 그 복숭아꽃이 어우러져 삼각산 골짝을 환히 밝힌 것처럼 우리시회도 시로 세상을 환히 밝히는 모임이 되었으면 싶습니다.

고불 선생님은 그동안 제게 많은 것을 일깨워 주셨습니다. 선생님이 지니신 장점은 헤아릴 수 없이 많습니다만 그 가운데서도 첫째는 근면하심입니다. 수많은 산천과 섬들을 섭렵하시면서 얼마나 많은 시집들을 엮어내셨습니까? 10년에 겨우 시집 한 권 만들어 내기 힘들었던 게으름뱅이 임보가 선생님을 만난 뒤부터는 일 년에 한 권 분량의 작품을 쓰게 되었습니다. 물론 저의 경우는 거의가 태작입니다만 부지런하신 선생님을 지켜보면서 과작의 인습에서 벗어나게 된 것이지요.

둘째는 겸손하심입니다. 젊은 후배들이나 제자들에게도 언제나 깍듯이 대하시고, 남의 생각이나 말을 거역함이 없으십니다. 저는 술 한 잔 들어가면 말도 함부로 하고 남에 앞서 내 생각을 드러내고자 안달이니 선생님의 경지에 이르기는 그야말로 백년하청일 것만 같습니다.

셋째는 한결같음이지요. 선생님은 처음 만났던 수십 년 전이나 지금이나 변함이 없으십니다. 세상이 이(利)를 좇아서 조변석개하는 풍조인데 선생님이야말로 초지일관하신 의연한 선비이십니다.

지금 8순을 바라다보는 연세인데도 여전히 아름다운 섬들을 찾아다니시고, 몇 군데의 정기적인 시낭송회를 꾸준히 가지시며, 열심히 작품 활동하신 모습을 지켜보면서 저도 선생님의 연치에 이르도록 그렇게 건강할 수 있을까 부럽기만 합니다. 수년 전 거문도에 따라가서 며칠 함께 지냈던 때가 꿈결처럼 떠오릅니다. 이번 여름에도 어느 한적한 섬에 들러 며칠 뒹굴며 선생님께 푸념이라도 좀 늘어놓다 오고 싶군요. 부디 더욱 강건하시고 좋은 글 더 많이 쓰시길 기원합니다.

시정신에 관하여

시정신에 관하여

시정신이란 말이 시를 논하는 자리에서 자주 거론된다. 그런데 막상 무엇이 시정신인가를 따져 물으면 그 대답이 석연치만은 않다. 시정신이란 작게는 개별적인 시 작품들 속에 내재해 있는 정신을 가리키기도 하고, 크게는 다른 문학 장르와는 달리 시를 시 되게 하는 시문학의 정신적 특성을 이르는 말로 사용하기도 한다. 편의상 전자를 협의의 시정신 그리고 후자를 광의의 시정신이라고 부르기로 하자.

개별적인 작품들 속에 담겨 있는 협의의 시정신들이 모여 한 시인의 시정신을 형성하고, 동시대를 살고 있는 시인들의 시정신이 그 시대의 시정신을 형성하게 되며, 시공을 초월해서 시인들이 지닌 보편적인 시정신이 시문학의 특성을 드러내는 광의의 시정신이 된다. 따라서 협의의 시정신은 구체적이고 개별적인 것이라면 광의의 시정신은 보편적이며 종합적인 것이라고 할 수 있다.

어떤 이는 시에서의 정신 같은 것을 아예 무시하려고도 한다. 즉 예술은 기술이 문제니까, 언어 예술인 시도 언어를 잘 다룰 수 있는 기교적인 것만 중요시하면 된다는 것이다. 마치 나무를 잘 다루는 목수처럼 언어를 잘 다루는 기술만 있으면 좋은 시를 쓸 수 있다고 믿는 모양이다. 그러나 목수가 만든 가구 속에도 정신이 들어 있다. 속된 정신이든 고매한 정신이든 정신적인 요소가 배어 있게 마련이다. 보통의 목수가 만든 가구와 인간 문화재급의 장인들의 손에 의해 만들어진 그것은 분명 풍격(風格)이 다르다. 기술의 수준에서 오는 차이뿐만이 아니라, 작가의 인품과 정신력이 크게 관여하기 때문이다. 하물며 의미를 지닌 언어 구조물인 시가 작자의 정신적 세계와 무관하다는 생각은 납득할 수 없는 견해다. 하찮은 잡문 속에도 글쓴 이의 넋이 서려 있거늘 하물며 언어 예술의 정수라고 하는 시는 더 말할 나위도 없지 않겠는가.

무릇 모든 발언은 발화자의 의도에서 비롯된다. 말하자면 인간은 무엇인가를 실현하고자 언어를 구사한다. 아무런 목적의식이 없는 발언은 존재하지 않는다. 그 목적의식을 욕망의 실현이라고 해도 상관없다. 시라는 형식의 언술도 분명 목적의식을 지니고 있다. 말하자면 시는 시인의 욕망 실현의 한 수단이라고 할 수 있다.

그런데 시를 통해 실현코자 하는 시인들의 욕망은 보통 사람들이 언술을 통해 실현코자 하는 욕망과는 같지 않다. 지금까지 수많은 사람들의 흉금을 울려온 좋은 시들을 살펴보건대 그 작품들 속에 서려 있는 시인의 욕망은 세속적인 것과는 사뭇 다르다. 그것은 맑고 깨끗한 승화된 욕망이다. 나는 이를 이상적인 시정신으로 삼고자 한다. 이 시정신은 진 · 선 · 미를 추구하고 염결(廉潔)과 절조(節操)를 중요시하는 선비정신과 상통한 것으로 나는 보고 있다.

나는 앞에서 개별적인 작품들 속에 담겨 있는 협의의 시정신들이 개인의 시정신을 형성하고, 개인의 시정신들이 모여 광의의 시정신을 형성한다고 말했다. 이러한 귀납적인 논리와는 달리 반대로 연역적인 논리도 가능하다. 즉 한 시대가 요구하는 시정신이 여러 시인들의 호응을 얻어서 그러한 시정신을 바탕으로 한 개별적인 작품들을 생산해 내게도 할 수 있다. 귀납적인 논리는 결과를 중요시하고, 연역적인 논리는 원인을 중요시한 사고다. 전자는 시에 대해 수동적으로 대처하는 자세라면 후자는 능동적으로 대처하는 자세다.

오늘의 한국시단을 나는 부정적으로 진단한다. 시에서 감동성이 사라져 가고 있다. 시가 읽는 이에게 흥겨움과 감동으로 다가오는 것이 아니라, 오히려 답답함과 괴로움을 안겨준다. 시가 욕설인가 하면 말장난이요, 잡배들의 장타령처럼 난삽한가 하면 술 취한 자의 주정처럼 거친 푸념 같기도 하다. 시가 이처럼 퇴락하게 된 요인은 무엇인가? 나는 그 원인을 자유시에 대한 잘못된 인식과 무분별한 모방 행위 때문이라고 지적한 바 있지만, 여기에 하나를 더 첨가하자면 고매한 시정신의 상실을 들 수 있을 것 같다. 오늘의 시에는 청렬한 시정신을 담고 있는 작품들이 흔치 않다. 고결한 선비정신을 지닌 시인들이 많지 않다.

오늘날 실추된 시의 위의(威儀)를 회복하기 위해서는 무엇보다도 시정신을 되살리는 일이 급선무다. 양질의 상품 생산을 독려하는 운동이 있는 것처럼 오늘의 시단에 청렬한 시정신을 불러일으키는 운동이 절실히 필요하다. 어떤 이는 '자유'를 핑계삼아 청렬한 시정신으로 우리시의 정체성을 수립하자는 데 선뜻 동의하지 않을지도 모른다. 그러나 우리의 현대시가 어디로 가든 오불관언 방관 방치한다면 이는 태만을 넘어 자신의 소임을 저버리는 무책임한 일이 아닐 수 없다. 우리시가 긍정적이고 바람직한 방향으로 발전해 갈 수 있도록 모색하는 것이 어찌 우리의 소중한 책무가 아니겠는가.

시는 언어의 정련 못지않게 정신의 정련을 필요로 한다. 시인은 언어를 다루는 기술자이기 이전에 정신을 다스리는 수행자여야 한다.

시정신의 삼각도

나는 모든 생명 활동 현상을 '세계의 자아화(自我化),' 또는 '객체의 주체화'라고 정의한 바[1] 있다. 말하자면 '삶'이란 생명체 밖의 대상(사물)들을 생명체 내부로 끌어들여 자아확대를 꾀하는 현상이라고 할 수 있다. 한 그루의 식물이 어떻게 살아가고 있는가를 살펴보면 쉽게 이해되리라. 뿌리로는 땅 속의 여러 요소들을, 잎으로는 태양 광선을 위시해서 대기 중의 여러 요소들을 끊임없이 흡수해 들이며 살아가고 있지 않던가. 식물들보다도 동물들은 주체화의 의지가 더 적극적인 생명체라고 할 수 있다. 따지고 보면 생명체뿐만 아니라 이 세상의 모든 사물들은 주체화(자아화)의 의지를 지니고 있다. 길가에 굴러다닌 한 덩이 돌멩이도 끌어당기는 힘[引力]을 지니고 있다는 사실이 이를 증명한다.

인간은 이 지상에서 어떠한 생명체보다도 주체화의 의지를 가장 능

1) 졸저 『엄살의 시학』(태학사, 2000) p.20

률적으로 실행하고 있는 존재다. 인간들이 창안해 낸 모든 문화유산들은 주체화의 욕망을 실현시키기 위한 도구들에 지나지 않는다. 언어는 주체화를 위한 정보 교환의 수단으로 만들어 낸 것이며, 자연과학은 주체화할 대상(객체)에 대한 탐색의 목적으로 발전한 것이다. 정치는 타자에 대한 자아화의 의지에 근거한 것이고, 경제는 물질에 대한 자아화의 욕망에서 비롯된 것이다. 문학은 작자의 자아화의 소망이 기술적으로 표현된 글이다. '기술적' 이라는 것의 양식에 따라 또한 장르가 나누어진다. 즉 이야기 형식이면 소설이 되고, 대화 형식이면 희곡이 되고, 운문 형식이면 시가 된다.

그런데 문학의 내용이 되는 '자아화의 소망' 이란 것이 단순하지 않다. 특히 시인 경우 여타의 욕망과는 성격이 아주 다르다. 즉 좋은 시 속에 담겨 있는 시인의 소망이란 생명체의 본능적인 욕망과는 같지 않다. 말하자면 세속적인 성취욕과는 거리가 멀다. 그것은 세속적인 욕망을 넘어서고자 하는 승화된 욕망이다. 시인의 가치관은 일반 사람들과는 달라서 그들이 지향하는 세계는 초월적인 것으로 보인다. 세속적인 것을 극복하고자 하는 시인의 승화된 욕망을 나는 시정신이라 부른다. 우리의 전통적인 시정신은 선비정신과 궤를 같이한 것으로 생각된다.

선비정신을 따지는 것도 간단하지 않지만 나는 다음과 같은 몇 항목을 선비정신으로부터 빌어와 시정신으로 삼고자 한다.

첫째, 시정신은 진(眞) 선(善) 미(美)에 바탕을 둔 정신이다.

진의 정신은 세계 곧 만상의 실상(實相)을 소중히 여기는 마음이다. 기왕의 문학이론을 끌어들인다면 사실주의나 자연주의와 맥을 같이하는 문학관이 된다. 작품이 세계에 대한 충실한 반영이 되어야 한다는 모방론적 입장과 크게 다르지 않다.

선의 정신은 타자와의 관계에 대한 배려다. 따라서 작품의 효용성과 무관하지 않다. 작품이 교훈적이거나 윤리적이기를 요구하는 공리적인 문학관은 말할 것도 없고, 작품이 독자를 긍정적으로 변화시킬 수 있기를 기대하는 건전한 문학관도 여기에 근거한다. 작품이 무책임하게 세상에 내던져진 공해물이 되어서는 곤란하지 않겠는가.

미의 정신은 창조적인 미의식이다. 시가 예술이기 위해서는 미적 구조물이어야 한다. 시인의 개성과 깊은 관계를 갖게 된다. 표현론적 문학관과 무관하지 않다.

둘째, 시정신은 절조(節操)와 염결(廉潔) 그리고 친자연(親自然)을 지향한다.

절조는 세계[眞]와 인간[善] 사이에 설정된 도덕률이라고 할 수 있다. 불변의 자연을 향해 가변적인 인간이 지향하는 신의(信義)와 바름의 정신이다. '곧음' 이 바탕이 된다.

염결은 인간[善]을 향한 자아[美]의 자존(自尊)이다. 염치를 중히 여기며 신독(愼獨)을 이상으로 삼는다. '깨끗함' 이 바탕이 된다.

친자연은 세계[眞]와 자아[美]의 화해, 객체에 대한 주체의 순응이기도 하다. 안분지족(安分知足) 무욕청정(無慾淸淨)을 지향한다. '맑음' 이 바탕이 된다.

앞에 제시한 시정신의 제요소들을 다음과 같이 도식화해 보도록 한다.

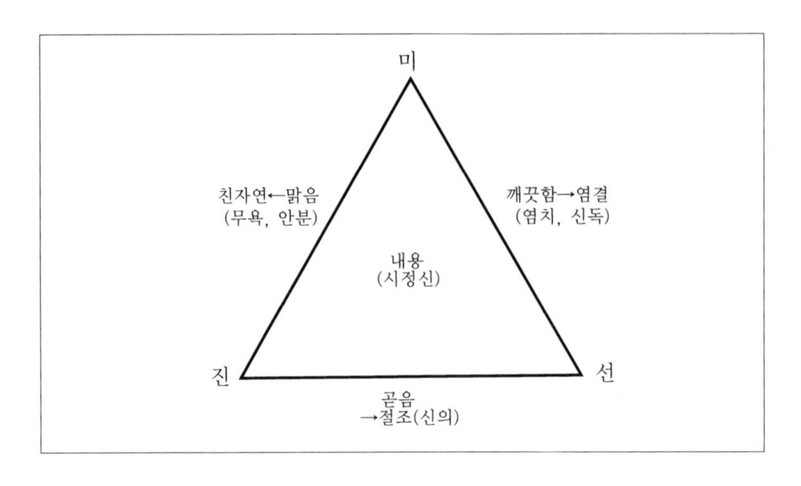

시정신을 진 · 선 · 미의 꼭짓점을 가진 정삼각형으로 구상화했다. 곧음이 바탕인 절조는 진과 선의 중간에, 깨끗함이 바탕인 염결은 선과 미의 중간에, 그리고 맑음이 바탕인 친자연은 진과 미의 중간에 각각 설정했다. 그렇게 설정한 이유는 앞에서도 잠깐 암시한 바 있지만 진을 세계 내지는 자연의 진리로, 선을 다른 동물과는 달리 인간만이 지닌 특성으로, 그리고 미를 자아 곧 주관적인 감성으로 판단했기 때문이다. 각 변의 중간에 놓인 '곧음'과 '깨끗함'과 '맑음'을 꼭짓점으로 해서 또한 작은 정삼각형을 그려 넣을 수도 있다.

이러한 도식적 구성은 물론 견강부회한 면도 없지 않으리라고 생각한다. 그러나 이러한 시도를 감행한 것은 앞에 제시한 시정신의 요소들이 어느 한 쪽에 편중되거나 혹은 소홀히 되어서는 곤란하다는 것을 보이고자 함이다. 말하자면 시에서 지나치게 리얼리티[眞]만을 고집한다든지, 도덕성[善]만을 주장한다든지 혹은 예술성[美]만을 평가하려 한다든지 하는 태도는 바람직하지 못하다는 것이다.

이 세상에 존재한 어떠한 것이든지 좋은 구조물은 균형과 조화의 소산이다. 시정신의 구조 역시 예외일 수는 없지 않겠는가.

시적 장치의 삼각도

시를 설명하기 위해 편의상 내용과 형식으로 구분하여 따져보기로 한다*. 훌륭한 시는 좋은 내용이 적절한 형식을 빌어서 표현된 글이다. 나는 시에서의 좋은 내용은 시정신이 주도하는 것으로 보며, 시다운 표현 형식을 시적 장치라는 말로 설명해 오고 있다. 말하자면 이상적인 좋은 시는 시정신*이 시적 장치를 통해 표현된 글이라고 할 수 있다. 그런데 시적 장치 곧 시다운 표현 형식이 무엇인가를 따지는 일이 간단하지가 않다. 이것을 탐색하는 것이 우리시 이론을 세우는 중요한 과제의 하나로 생각된다.

일반 산문과는 달리 시에서 즐겨 사용하는 표현법 곧 수사적 특성은 무엇인가. 나는 훌륭한 작품이라는 평판을 얻은 기존의 시들을 바탕으로 해서 시적 표현의 특성을 고구해 본 결과 다음과 같은 결론에 이르렀다.

첫째, '감춤' (은폐지향성)의 특성이다. 시적인 문장은 다른 산문과는 달리 명확하게 드러나도록 표현하기보다는 은근히 감추어 표현하려는 경향이 있다. 상징이 그 대표적인 기법이다. 주지하다시피 상징은 추상적인 정황을 구체적인 사물을 빌어 표현하는 기법이 아닌가. 그런데 그 추상적 정황[主旨]은 숨겨져 있고 구체적 사물[媒體]만 드러나 있기 때문에 독자는 그 본의(本意)에 쉽게 접근할 수 없다. 이러한 은폐지향적 성향은 인간의 이야기를 동식물의 입장에서 서술하는 우의(寓意)나, 자기의 사정을 남의 입장으로 옮겨서 표현하는 전이(轉移) 등에서도 확인된다. 또한 공유소(共有素)*나 원관념[主旨]이 생략된 은유의 구조도 이런 성향을 지녔다고 할 수 있다.

둘째, '불림' (과장지향성)의 특성이다. '백발이 삼천 장' 같은 표현은 시에서 자주 만나는 과장법이다. 시에서 즐겨 쓰이는 비유도 과장이 담겨 있을 때 능률적으로 살아난다. 임산부의 큰 배를 가리켜 '남산만하다' (가)나 '간장독만하다' (나)라고 비유했을 때, 실제의 정황에 가까운 (나)보다는 과장이 크게 실현된 (가)가 보다 설득력을 지닌다. 시적 비유의 속성이 사실대로의 적확성보다는 과장인 것을 알 수 있다. 논리적 모순을 내포하고 있는 역설이나, 비 인물을 인물로 표현하는 의인법도 과장의 범주에 든다고 볼 수 있다.

셋째, '꾸밈' (심미지향성)의 특성이다. 훌륭한 시인은 예로부터 시어의 조탁(彫琢)을 게을리 하지 않았다. 적절하고 아름다운 시어를 얻기 위해서였으리라. 요즈음 시어와 비 시어를 구분할 것이 아니라는 견해도 있지만, 이는 일상어도 시어로 쓰일 수 있음을 인정하는 것이지 아름다운 시어[雅語]가 따로 있음을 부정하는 것은 아니라고 본다. 균형과 조화를 위해 대구와 대조 같은 대우(對偶)의 틀을 구사한다든지, 압운과 율격 등으로 운율을 실현시켜 율동감을 자아내게 하는 것 등이 다 미의식에서 발현된 장치들이라고 할 수 있다.

앞에서 지적한 세 가지 특성과 그 예로 제시한 기법들을 다시 정리해 보이면 다음과 같다.

〈감춤〉 — 상징, 우의, 전이, 은유
〈불림〉 — 과장, 비유, 역설, 의인
〈꾸밈〉 — 아어(雅語), 대우, 운율

위의 분류를 보면 '비유'는 〈불림〉의 속성으로 판단했는데, '비유'의 일종인 '은유'는 〈감춤〉의 속성을 지녔다고 구분한 것을 알 수 있다. 얼핏 보면 모순 같지만 그렇지 않다. 왜냐하면 어느 기법이 하나의 속성만 지닌 것이 아니라 대개는 두 개의 속성을 아울러 지니고 있기 때문이다. 예를 들면 '상징'은 〈감춤〉의 속성으로 분류했지만 〈꾸밈〉의 속성도 없지 않고, '운율' 역시 〈꾸밈〉의 속성뿐만 아니라 〈불림〉의 속성도 간직하고 있는 것으로 보인다. 다만 앞의 분류는 설명의 편이를 위해서 더 기운 쪽을 따라 그렇게 구분했을 뿐이다. 그러니 이와 같은 획일적인 분류는 적절한 것 같지 않아 보인다. 이를 극복하기 위해서 다음과 같은 삼각도를 다시 그려보기로 한다.

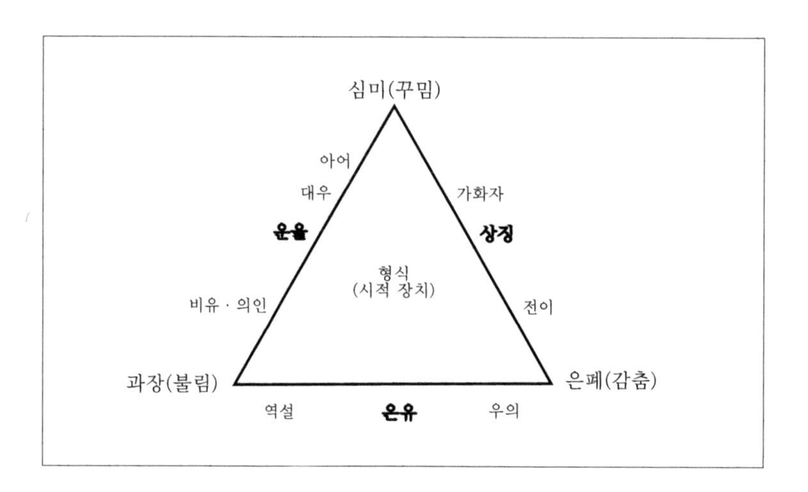

심미 · 과장 · 은폐의 세 꼭짓점을 잇는 정삼각형을 설정했다. 이는 곧 이 세 속성을 바탕으로 하여 시적 표현들이 실현됨을 의미한다. 속성들에 경도(傾倒)되는 정도를 내 나름대로 판단하여 기법들의 위치를 선상에 배치했는데 문제점이 없지 않아 보인다. 경도에 대한 판단도 객관성을 확보하기가 쉽지 않고, 어떤 기법은 세 속성을 아울러 지닌 것도 같아서 일직선 위에 배열한다는 것이 흡족하지만은 않다. 앞으로 관심 있는 분들의 질정을 얻어 기법들의 위치를 삼각형 내부로 끌어들이는 시도가 필요하리라 생각한다.

시적 장치 곧 '감춤,' '불림,' '꾸밈'의 세 가지 특성을 함께 아우르는 말로 나는 '엄살'이라는 우리말을 선호한다. 시적 장치는 곧 엄살스럽게 표현한 기법이라고 할 수 있다. 그러니 시는 승화된 욕망이 엄살스럽게 표현된 짧은 글이라고 정의할 만하다.

---

* 구조주의 문학이론에서는 작품을 내용과 형식으로 구분하여 따지는 것을 달갑게 생각지 않는다. 그 이유는 한 작품의 구성 요소 가운데는 내용과 형식으로 구분하기 어려운 것도 있기 때문이라는 것이다. 그러나 구분하기 곤란한 요소가 있기 때문에 구분하지 말아야 한다는 주장은 설득력이 없다. 왜냐하면 구분할 수 있는 요소도 많고, 설령 구분하기 곤란하다고 해도 내용과 형식이 없는 것은 아니기 때문이다.
* 시정신을 나는 선비정신과 상통한 것으로 보고 진 · 선 · 미와 염결 절조 친자연을 지향하는 정신으로 설명하면서 '시정신의 삼각도'를 제시한 바 있다.
* 공유소 : 비유의 구조에서 주지와 매체가 함께 지니고 있는 동일성이나 유사성이다. 예를 들어 '쟁반같이 둥근 달'에서 '둥근'이 '달'(주지)과 '쟁반'(매체)이 공유하고 있는 동일성이다. 그런데 'A는 B다'의 은유 구조는 직유와는 달리 공유소가 생략되어 있다.

시의 구제

나는 한때 어리석은 꿈을 가진 적이 있었다. 그야말로 백일몽이다. 어떤 꿈인가 하면 시가 이 거친 세상을 보다 맑고 아름답고 부드럽게 변화시킬 수 있을 것이라는—시가 이 세상을 구제할 수도 있을 것이라는 꿈이었다. 말하자면 어떤 정치가도 감히 할 수 없는 민중들의 정서적 교화를 시인들은 감동적인 작품으로 실현시킬 수 있을 것이라고 믿었다.

그러나 세상은 나의 기대와는 달리 변해 갔다. 시를 쓰는 사람들의 수효는 불어났지만 시를 사랑하는 사람들의 수효는 점점 줄어든 것 같이 보였다. 시는 사람들로부터 관심의 대상 밖의 것이 되어 갔다. 그렇게 된 원인은 세상이 필요로 한 것을 시는 갖고 있지 못하기 때문인 것 같다. 이러다가는 시인들조차 시를 외면하게 되고, 드디어는 이 지상에서 시라는 글은 사라지고 말 것인가? 시가 세상 구제하기를 기대하기는커녕 이제는 세상이 시를 구제해야 될 판국에 이른 것 같다.

그런데 이 세상에는 구제를 기다리는 대상들이 얼마나 많은가. 무의탁 노인으로부터 소년 소녀 가장, 생활구호 대상자 그리고 난치병

환자 등에 이르기까지 세상의 도움을 시급히 요하는 대상들은 끝도 없다. 그러니 시에 구제의 손길이 미칠 날을 기다린다는 것은 백년하청의 일이다.

세상을 향해 시를 구제해 달라고 호소하기 이전에 우선 시인들부터 시를 사랑하는 마음을 기르는 일이 시급해 보인다. 시인마저 시를 소홀히 대한다면 누가 시에 관심을 가져 주겠는가. 그렇다면 시를 사랑하는 방법부터 생각해 볼 일이다.

첫째, 시를 너무 헤프게 쓰지 말아야 할 것 같다. 일 년에 몇 편밖에 못 생산하는 과작(寡作)도 문제이긴 하지만 하루에 수 편씩 만들어 내는 것도 문제가 아닐 수 없다. 비록 천재적인 시인이라도 그렇게 양산한 작품이 다 수작이긴 어렵다. 이 시대는 시인들도 많고 시도 너무 많아 보인다. 무엇이든지 많고 흔하면 귀히 여기지 않는다. 어느 나라에서는 농산물도 너무 많이 생산되면 폐기처분을 해서 양을 조정한다고도 하지 않던가. 오늘날 시가 대접받지 못한 것은 시가 너무 흔하기 때문인지도 모른다.

둘째, 시집을 함부로 돌리지 말 일이다. 나도 시집을 한번 출간하면 수백 부를 문단의 동료들에게 우송한다. 자비 출판인 경우는 수백 권의 시집을 그냥 보유하기도 번거로운 일이어서 처분하는 심경으로 그렇게 발송한다. 그러나 한번 생각해 볼 일이다. 저자가 자신의 저서를 공짜로 보내 주다니 그런 일이 세상에 어디 있는가. 시집 말고는 그런 일이 거의 없다. 어떤 수필가도 어떤 소설가도 하지 않는 일을 시인들은 한다. 읽히지 않는 자신의 작품을 그렇게 해서라도 읽히기를 기대하고 있으니 참 딱한 노릇이다. 그러나 광고 인쇄물처럼 도착한 그 시집을 반겨 읽어 줄 수취인은 별로 많지 않다. 비록 시집을 폐지로 처분하는 일이 있더라도 자신의 시집을 값싸게 시중에 내돌릴 일이 아니라고 생각한다. 외국의 어떤 시인들은 시집을 몇십 부 한정판으로 호화롭게 만들어 고가(高價)로 세상에 내놓는다고 하지 않던가. 자신의 작품에 대한 시인의 자존심을 엿보게 하는 일화다.

셋째, 시집을 많이 사 주어야 할 일이다. 좋은 작품을 쓰는 시인들이 시집을 낼 경우 시인들이 먼저 달려가 시집을 사 주고 격려도 해 준다면 얼마나 위안을 받겠는가. 시인들끼리나마 동병상련의 정을 나누는 것이 시를 사랑하는 소중한 방법의 하나라고 생각한다.

그래도 나는 아직 시에 일루의 희망을 걸고 싶다. 비록 세상이 다 오염되고 각박할지라도 시가 있는 곳은 생명이 소생할 것만 같다. 시에 담긴 생각들이 그래도 아직은 순수하고, 시를 쓰는 사람들이 그래도 아직은 마음의 여유를 지녔다고 믿기 때문이다. 그래서 시가 세상을 맑고 밝게 하리라는 그 허황된 꿈을 다시 간직하기로 한다. 그리고 서민들이 로또복권에 당첨의 꿈을 간직하며 사는 것처럼 나도 시를 구제할 수 있는 백일몽을 다시 꾸어 보기로 한다.

서울시에서 그랬던가. 한때 공식 행사장에서 식이 시작되는 첫머리에 시인을 초대하여 시를 낭송케 한 일이 있었다. 아마 뜻 있는 어떤 행정가가 시를 사랑하는 마음으로 그러한 시도를 했는지 모른다. 딱딱한 의식을 거행하기에 앞서 청중들의 마음을 부드럽게 하고자 하는 의도 때문에 그랬을지도 모른다. 의식에 앞서 아름다운 시를 들려주는 것은 '우리의 맹세' 나 '국민교육헌장' 을 따라 읽게 하는 것보다 얼마나 흐뭇한 정경인가? 딱딱한 광복절 기념행사장에 참석하고 돌아온 어떤 공무원의 머리속엔 그날 등장했던 시인의 목소리만 인상 깊게 남아 있을 수도 있으리라. 어떤 규탄대회 앞서 읽힌 한 편의 시가 성난

군중들을 양처럼 유순하게 만들 수도 있으리라. 그런데 얼마 가지 않아 이러한 제도(?)는 슬그머니 사라지고 말았다. 기대했던 만큼의 성과를 거두지 못했다고 판단했기 때문인지, 아니면 다른 행정가가 등장하면서 폐기된 것인지 모를 일이다.

시가 세상을 구원하지 못한다고? 국무회의나 국회가 시작되기에 앞서 '서두시(序頭詩)' (편의상 이렇게 부르기로 한다)를 낭송토록 해 보라. 그리하면 시의 정기(精氣)가 그 회의에 축복을 내리리라. 그리고 온 세상이 시로서 새롭게 열리리라. 그렇게 되면 정부나 국회에 전속 계관시인(桂冠詩人)이 필요할지도 모른다. 아니 수많은 지방자치단체들과 거대한 기업체들도 그들의 전속 시인을 물색하노라고 아름다운 경쟁을 벌일 수도 있으리라. 시를 잘 쓰는 이들이여, 그날에 그대들은 자신의 스폰서들을 선택하느라 행복한 고민을 하게 되리라.

정말 허황된 꿈일까? 그러나 나는 실현 가능성이 전혀 없다고는 생각지 않는다. 그 꿈을 실현시키는 것은 시인들 스스로에 달려 있다. 무엇보다도 세상의 사랑을 받을 수 있는 감동적인 작품들을 쓸 일이다. 감동이 없는 시들을 어느 모임의 모두(冒頭)에서 읽으려 하겠는가? 시를 구제할 수 있는 사람은 오직 시인 자신들일 뿐이다.

시와 운율

오늘날 현대시의 운율 문제를 거론하는 일은 별로 많지 않은 것 같다. 자유시는 운율과 무관하다는 생각 때문에 그렇게 된 것인지 모르겠다. 그러나 자유시가 정형적인 형식의 틀로부터 벗어난 것을 마치 운율로부터도 자유로워진 것처럼 생각한다면 이는 큰 잘못이다.

어떤 글이든 문장을 분행하여 배열하면 운율이 살아나기 마련이다. 운율은 배행의 형태에 따라 다양하게 형성된다. 정형시는 정형적인 행들이 되풀이되기 때문에 일관된 운율 구조를 지닌다. 그러나 자유시는 행의 형태가 다양하기 때문에 행마다 개성적인 운율을 담게 된다. 말하자면 어떤 형태의 시든 운율과 무관한 글은 있을 수 없다.

그런데 문제가 되는 것은,

첫째로, 각 행이 지닌 개별적인 운율이 그 행이 내포하고 있는 의미 · 정조 · 이미지 등과 어떻게 잘 어울리느냐 하는 것이고, 둘째로, 그 행의 운율이 이웃 행들의 운율과 어떻게 해조를 이루며 전개될 수 있느냐 하는 것이다. 따라서 현대시에서의 운율을 돌보는 일은 여간 만만치 않다. 결국 귀착되는 것은 적절한 시어의 선택과 분행의 문제라고 할 수 있는데, 정형시보다 자유시를 만들어내는 일의 어려움이 여기에 있다.

만약 어떤 시인이 자신의 시가 어떤 운율을 달게 되든 상관하지 않겠다고 한다면 이는 자신의 작품이 독자에게 보다 감동적으로 가 닿기를 포기한 나태한 시인이라고 하지 않을 수 없다. 시의 감동성은 내용에 못지않게 그 작품이 지니고 있는 운율에서 빚어진다. 노래가 청중들을 사로잡은 것은 그 가사 때문이기보다 그 노래의 가락 때문인 것을 보면 쉽게 짐작할 수 있다. 가락 곧 리듬은 우리의 가슴을 울리는 선험적인 장치다.

사물의 존재 방식을 나는 '대우(對偶)'와 '율동(律動)'으로 파악한다. 대우는 공간적 존재방식의 특성이고, 율동은 시간적 존재방식의 특성이다.

이 세상에 존재하는 모든 사물의 형태는 다 대칭의 구조를 지향한다. 식물의 잎들이 그렇고 모든 동물들의 생김새가 다 그렇다. 거대한 공룡에서부터 하찮은 곤충들에 이르기까지, 아니 눈에 보이지도 않는 미생물들의 모양도 예외가 아니다. 생명체뿐만 아니라 원자와 분자 그리고 천체의 구조도 대칭이다.

이와는 상대적으로 사물의 시간적 존재 양식은 율동이라고 할 수 있다. 생명체의 호흡과 심장의 박동 같은 동작에서 우리는 율동의 구조를 확인할 수 있다. 동물들의 움직임(걸음걸이)이나 곤충이나 날짐승들의 날갯짓도 그렇지 않던가. 아니 주야(晝夜)나 사계(四季)의 반복 그리고 천체의 운행이나 미립자들의 움직임이 다 율동적 구조다.

생명체는 균형과 조화를 지향하는 대우와 율동의 세계구조에 적응하면서 살아온 것이다. 우리는 태어나기 이전 태반에 자리잡기 시작하면서부터 모체의 심장 박동을 감지하면서 리듬과 친근하게 된다. 아니 어쩌면 우리의 유전자는 수십만 년 동안 인류 조상들이 이미 체득한 대우와 율동의 세계 구조에 선천적으로 친숙한지 모른다.

나는 십여 년 전 춤꾼 공옥진(孔玉振)의 소문을 듣고 그녀의 공연장을 찾은 적이 있었다. 대학로의 한 극장에서 「심청가」를 펼치고 있었다. 그 유명한 병신춤뿐 아니라 소리도 수준급이었다. 그녀는 심청이, 심봉사 때로는 뺑덕어미가 되어, 창과 아니리 그리고 춤으로 혼자서 심청전을 엮어 갔다. 그녀는 한순간에 관객들을 울렸다 웃겼다 자유자재로 움직였다. 그녀에겐 관중들을 사로잡는 어떤 마력이 있는 것 같았다. 심청이가 인당수에 몸을 던지려는 순간 청중들은 가슴이 저미는 슬픔을 못 이겨 눈물을 글썽이게 된다. 청중들의 가슴을 움직이는 것은 무엇인가? 심청의 슬픈 사연인가? 그러나 거기에 와 있는 청중들 가운데 『심청전』의 줄거리를 모르는 사람은 하나도 없을 것이다. 심청이가 지금 비록 바다에 몸을 던지지만 그녀는 죽지 않고 환생하여 장차 왕비가 되고, 심봉사도 눈을 뜨게 되어 행복한 종말을 맞는다는 것을 이미 다 알고 있다. 그런데 무엇이 관중들의 흉금에 비수를 꽂는가? 몸짓(춤)인가? 말(아니리)인가? 창(노래)인가? 나는 그날 집에 돌아와서 밤늦도록 곰곰이 생각해 보았다. 그리고 드디어 해답을 얻어냈다. 그것은 가락의 힘이라고—.

예를 들자면, "불쌍한 우리 부친 어이 두고 떠날거나!" 이 가사만으로 우리는 쉽게 감정의 동요를 보이지 않는다. 이 가사에 계면조의 구슬픈 가락이 얹혔을 때 그것은 화살처럼 우리의 가슴에 들어와 박힌다. 바로 가락— 리듬의 힘이다. 음악이 다른 어떤 예술 장르보다 강력한 호소력을 지닌 것은 바로 이 리듬 때문이다. 시가 지닌 음악적인 요소—리들은 운율이 아닌가. 시의 운율은 독자들의 가슴을 저미는 창이다. 무릇 수많은 사람들의 입에 회자된 명시들은 다 운율의 해조를 지닌 작품들이 아니던가.

시가 운율을 떠난 것은 병사가 무기를 버리는 것과 다름이 없다. 운율을 돌보는 일이 번거로우니 그냥 써 댄다고? 이는 무책임하게 자손을 생산하여 황야에 내팽개치는 행위와 무엇이 다른가? 오늘의 시들이 독자들의 사랑을 잃어가고 있는 중요한 요인의 하나가 운율의 난삽성인지 모른다. 해조로운 운율의 회복으로 무기력한 현대시에 생명력을 불어넣을 일이다. 이것이 오늘의 현대시를 침체의 늪으로부터 끌어낼 수 있는 한 방법이기도 하다.

시와 논리

시는 논리적인 성격을 띤 글은 아니다. 정보나 지식을 전달하는 산문인 경우는 명확하고 논리적인 구조를 지닐수록 설득력을 가진다. 그러나 시가 전달하고자 하는 것은 객관적인 정보나 지식이 아니라 화자의 주관적인 이미지나 정서적 양태이기 때문에 이를 명확하게 표현해 내기는 쉽지 않다. 그래서 고도의 비유나 역설, 상징, 의인법 등에 의존하게 된다. 그런데 이러한 수사법들은 논리의 틀에 얽매이지 않는다.

'내 마음은 마른 나뭇가지' 라는 시구는 A=B의 은유구조인데 이는 논리적으로 설명되기 어려운 역설이다. 마음이 어떻게 나뭇가지란 말인가. 이는 거짓말이다. 그러나 외롭고 삭막하고 거친 마음을 겨울 하늘 찬바람에 흔들리는 마른 나뭇가지를 끌어다 비유했다면 이보다 더 적절한 표현을 찾기도 쉽지 않을 것이다. 또한 어떤 시인이 '울고 있는 바위' 라는 시구를 구사했다고 하자. 바위가 운다? 생명이 없는 바위가 운다고 표현한 것은 어불성설이다. 그러나 시에서는 이러한 활유법이 화자의 감정을 사물에 실어 드러내는 자리에 즐겨 사용된다.

그래서 서양의 문학 이론가들 가운데는 현대시의 구조를 놓고 역설이니 의사진술(擬似陳述)이니 하고 규정짓기도 한다.

시의 서술구조가 논리적인 규제를 벗어날 수 있다는 것은 사실이다. 그러나 이는 시가 비논리적인 글이어야 한다는 의미는 아니다. 시도 설득력을 가지려면 튼튼한 논리적 구조에 자리잡고 있어야 한다. 문법의 통제에 순응해야 되고, 상식과 보편을 존중해야 하며 가급적이면 합리적이어야 한다. 시의 서술에 비논리를 허용한 것은 어쩔 수 없는 경우에 한한 것이지 그것을 능사로 여겨서는 곤란하다.

시에서 비논리성을 적극적으로 수용한 유파가 소위 초현실주의와 무의미의 시들이라고 할 수 있다. 초현실주의자들이 지향하는 것은 심층심리의 사실적 묘사다. 말하자면 머리속에 떠오르는 이미지들을 아무런 여과도 없이 있는 그대로 복사해 보이려고 한다. 그런데 심층심리 곧 내면세계는 여러 가지 상념들로 복잡하게 뒤얽혀 있지 않은가. 거기는 어떤 시공적(時空的) 질서도, 윤리적 규제도, 논리도 없다.

또한 무의미의 시는 의도적으로 현실적 정황을 깨뜨리거나 이질적인 대상들을 폭력적으로 결합함으로써 비 지상적 세계를 창조해 낸다. 거기에는 일상적 질서와 논리가 적극적으로 거부된다. 의미를 배제한 말장난쯤으로 시를 생각한다. 세계를 온통 부정하는 허무주의에 닿아 있다고 할 수 있다.

그러니 초현실주의나 무의미의 시파들이 걷는 길은 시의 정도(正道)라고 할 수 없다. 그것은 정통적인 시에 대한 저항이며 이단에 지나지 않는다. 일시적인 유행이며 극단적인 실험 이상의 어떠한 의미도 부여할 수 없다. 만약 이러한 시들을 시의 전범으로 잘못 알고 이를 흉내내는 무리들이 많아진다면 이는 시단의 큰 불행이 아닐 수 없다. 시의 위의(威儀)를 무너뜨리고 마침내는 시를 파탄의 길로 이끌지도 모르기 때문이다. 시가 비논리적인 글이라는 견해를 이러한 비정통적인 시류들 때문에 갖게 되었다면 이는 극히 편협된 생각이라는 사실을 깨달아야 할 일이다.

한편 시적 언술의 비논리성을 잘못 받아들여 시를 논리적인 입장에서 파악하는 일을 거부하는 경향도 있는 것 같다. 말하자면 시론에 대해 부정적으로 생각하는 태도다. 그러나 시가 비논리적인 글이기 때문에 시라는 장르를 논리적으로 설명할 수 없다고 생각하는 것은 크게 잘못된 것이다. 비논리성을 함유하고 있는 시들을 대상으로 하여 논리적인 이론(시론)을 모색하는 일은 다른 분야에 비해 상대적으로 용이치 않을는지는 몰라도 미리부터 할 수 없는 일로 치부해 버리는 것은 자포자기에 지나지 않는다. 오히려 논리적인 이론을 세우기가 쉽지 않은 대상일수록 이를 이론화(학문화)하는 것이 보다 더 의미가 있는 일이 아니겠는가? 사실 논리를 필요로 한 대상은 비논리적인 것들일지 모른다. 논리적인 체계가 되어 있는 것들은 굳이 논리적으로 따질 필요가 없겠기 때문이다. 잡다하고 모호한 구조의 것일수록 논리적인 정리를 요하는 대상이라고 할 수 있다.

시문학 못지않게 개성적이고 창의적인 예술이라고 할 수 있는 미술이나 음악도 이론적인 체계를 갖추려고 노력해 왔다. 그 결과로 훌륭한 '화론' 들과 '화성론' 의 성과를 얻고 있지 않는가. 물론 시도 이들 못지않게 헤아릴 수 없을 만큼 많은 시론들을 탄생시켰다.

시가 아름다움을 구현해 내는 언어의 구조물이라면, 그 효율적인 미적 구조를 역대의 명시들을 토대로 해서 논리적으로 설명할 수 없는 바도 아니다. 과거 우리 시사(詩史)에서는 시를 논리적으로 밝히는 일을 소홀히 했던 것처럼 보인다. 시평(詩評)이나 시화(詩話) 등의 글이 없는 바는 아니지만 논리적 진술이라기보다는 즉흥적인 감상에 머물고 있는 단편적인 글들에 지나지 않아 보인다. 양에 있어서도 서구나 중국에 비해 상대적으로 우리 시론의 빈곤을 느끼지 않을 수 없다.

이제부터라도 시를 학문의 대상으로 삼는 활발한 시학의 연찬이 절실히 요구되는 바이다. 더욱이 한국 현대시는 서구시나 한시(漢詩)와는 다른 한국 고유의 시라고 할 수 있기 때문에 우리 시에 합당한 시론의 정립이 필요하지 않겠는가. 아니, 한국 현대시의 정체성을 수립하기 위해서도 우리의 실정에 맞는 새로운 시론들의 모색은 절실히 요구되는 일이 아닐 수 없다.

궁(窮)과 공(工)

시궁이후공(詩窮而後工)이라는 말이 있다. 시는 곤궁한 뒤라야 공교해진다는 뜻이다. 다시 말하면 시인이 곤궁한 처지에 놓여야 그가 만든 시는 더욱 정교한 경지에 이른다는 것이다. 이 말은 구양수로부터 비롯된 것이라고 하는데, 공감을 자아냈든지 천년을 내려오면서 시인묵객들의 입에 자주 오르내리고 있다. 왜 처지가 어려워야 좋은 시를 낳는단 말인가?

> 옛날 서백(西伯)은 유리(羑里)에 구금되어 『주역』을 부연하였고, 공자는 진채(陳蔡)에서 곤액을 당하여 『춘추』를 지었다. 굴원은 쫓겨나 『이소(離騷)』를 지었고, 좌구(左丘)는 실명한 뒤 『국어(國語)』를 남겼다. 손자(孫子)는 다리가 잘린 뒤에 병법을 논하였고, 여불위(呂不韋)는 촉(蜀) 땅으로 옮긴 뒤 『여람(呂覽)』이 세상에 전한다. 한비자(韓非子)는 진(秦)나라에 갇혀서 「세난(說難)」과 「고분(孤憤)」을 지었다. 『시경』 삼백 편은 대개 성현이 발분하여 지은 바다. 이 분들은 모두 뜻이 맺힌 바가 있으나 이를 펼쳐 통함을 얻지 못한 까닭에 지나간 일을 서술하여 장차 올

것을 생각한 것이다.

사마천의 「태사공자서(太史公自序)」에 있는 글이다. 무제의 격노를 사 궁형에 처해진 사마천은 발분(發憤)하여 『사기(史記)』라는 명저를 저술해냈다. 그리고 그 책의 서문에 위와 같이 기록한 것이다. 역사적으로 훌륭한 저술이나 시문(詩文)은 작자가 곤궁한 상태에 놓여 있을 때 생산되었다는 것이다. 즉 발분지심이 불후의 저작들을 만들어 냈다는 주장이다. 맞는 말이다. 『목민심서』를 비롯한 다산(茶山)의 명저들이 다 적거(謫居)의 신고(辛苦) 속에서 집필되었고, 「세한도(歲寒圖)」를 위시한 추사(秋史)의 명품들이 유배(流配)의 곤고(困苦) 속에서 이루어진 사실만 보아도 알 수 있다.

그런데 곤궁이 명저를 만들어낸다는 이 명제는 하나의 전제(前提) 아래서만 유효하다. 즉 누구나 곤궁에 처한다고 해서 명저를 생산해 낼 수 있는 것은 아니다. 역사적으로 헤아릴 수 없이 많은 인물들이 위리안치(圍籬安置)의 곤욕을 치렀건만 다산과 추사처럼 발분하여 명저를 남긴 사람들은 흔치 않다. 그러니 사람됨의 문제가 전제되지 않을 수 없다. 첫째는 곤고를 발분으로 이겨낼 수 있는 정신력의 소유자여야 하고, 다음은 자신의 생각이나 감정을 구상화할 수 있는 표현력을 지니고 있어야 한다. 사마천이 거론한 앞의 인물들은 다 그러한 능력의 소유자였기 때문에 가능했던 것이라고 볼 수 있다.

그런 정신력과 표현력의 소유자라 할지라도 영달의 자리에 있으면서 환락에 젖어 살게 된다면 자신이 지닌 능력을 충분히 발휘치 못할 것이 뻔하다. 그러니까 이런 경우에 '詩窮而後工' 은 유효하다고 할 수 있다.

'궁' 이 발분의 요인이 되는 것은 어디 저술이나 시에만 국한된 일이겠는가? 이 세상의 모든 분야가 다 그렇다. 어느 분야에서나 성공한 사람들은 대개 궁핍을 딛고 일어선 사람들이다.

굴지의 정치가나 사업가는 말할 것도 없고, 유명한 예술가나 운동선수도 다 분발인들이라 할 수 있다. 그들의 과거가 곤궁을 모르는 탄탄대로였다면 아마 오늘의 그들은 평범한 인물에 지나지 않았을지도 모른다. 역경은 그들로 하여금 각고의 노력을 하도록 분발심을 불어넣었던 것이다.

어둠을 탓하지 말라
모든 빛나는 것들은
어둠의 어깨를 짚고
비로소 일어선다
어둠이 깊을수록
별들이 더 반짝이듯
그렇게
한 시대의 별들도
어둠의 수렁에서 솟아오른다.

졸시 「별」 전문

어둠이 깊을수록 별빛이 더 빛난다는 이야기는 곧 궁이 교를 만들어낸다는 말과 크게 다르지 않다.

오늘의 우리 문단은 얼마나 많은 명저의 보고(寶庫)를 자산으로 지니고 있는지 모르겠다. 그동안 우리 민족이 겪은 역사적인 시련으로 본다면 적잖은 명작들이 쏟아져 나올 법도 한데 사정이 어떠한지 쉽게 판단키 어렵다. 그것이 절대적인 평가라고는 할 수 없지만 아직 노벨 문학상의 영예를 얻은 작가도 없고, 온 국민이 기릴 만한 훌륭한 작품의 출현도 아직은 있는 것 같지 않다. 하기야 좋은 작품들은 있지만 미처 인정을 받지 못해 초야에 묻혀 있는 경우도 생각할 수 없는 바는 아니다.

작품의 빈곤을 느끼는 것은 산문에 있어서보다도 시의 경우가 더욱 절실한 것 같다. 어느 때보다도 많은 시인들이 등단하여 매일 방대한 분량의 작품들을 생산해내고는 있지만 작자의 고혈(膏血)로 이루어진 회심작들은 별로 눈에 띄는 것 같지 않다.

오늘의 시인들은 궁함을 모르기 때문에 그런 것일까? 비록 궁하지만 발분지정이 약해서 그런 것인가? 시는 사람을 궁하게 한다[詩能窮人]는 말도 있는데 궁이 두려워 시에 적극적으로 매달리지 못해서 그런 것인가?

내 자신을 가만히 들여다보아도 너무 나태한 것 같다. 사물에 부딪치는 치열한 열정도 부족하고 지구력도 약하다. 도대체 발분지정이 없다. 이런 정신력을 가지고 무엇을 이루겠다는 것인지 참 답답한 노릇이다. 그러니 시랍시고 써 놓은 글이 기백을 잃은 타령에 지나지 않아 보인다.

巧(교)와 拙(졸)

'교졸(巧拙)' 이라는 말이 있는데 사전에는 교묘함과 졸렬함이라고 풀이하고 있다. 주로 예술 작품의 표현형식에 관한 두 가지 상반된 경향을 두고 이르는 말이다.

'巧' 는 솜씨 부림을 뜻하는 글자다. '工' 은 끌을, '万' 는 구부러진 조각도(彫刻刀)를 상형한 것이라고 하니 나무를 쪼고 깎는 연장들을 의미한다. 목수가 연장으로 목재를 잘 다듬고 새겨 아름다운 공예품을 만들어 내는 기술을 뜻한다. 말하자면 손으로 겉을 잘 매만져서 보기 좋게 꾸미는 행위다. 그러다 보니 뜻이 변하여 부정적으로 쓰이기도 한다. 겉만 번지르르 하게 꾸며서 하는 말을 '교언(巧言)' 이라고 하고, 약삭빠르게 남을 속이는 것을 '교사(巧詐)' 라고 하는 것 등이 그런 경우다.

이와는 반대로 '拙' 은 서툴음, 곧 솜씨 없음을 뜻하는 글자다. 글자의 구조를 보건대 '재주[才] 부림을 내보낸다[出]' 라고 풀이할 수 있다. 그러니 기교를 부리지 않는 볼품없는 상태를 이르는 글자다. 옹졸하다는 뜻으로 '졸렬(拙劣)'이나 '졸장부(拙丈夫)' 같은 말에 쓰인다. 전(轉)하여 자신이나 자신에게 딸린 물건을 겸손히 이르는 경우에 쓰기도 한다. 승려가 스스로를 낮추어 '졸승(拙僧)'이라 칭한다든지, 자신의 글을 낮추어 '졸문(拙文)' 혹은 '졸고(拙稿)'라고 이르는 것 등이 그런 예다.

작품의 구조를 내용과 형식으로 구분해 본다면(물론 그렇게 구분하기 어려운 경우도 없는 바 아니지만) 교와 졸의 문제는 형식에 관한 논의라고 할 수 있다. 표현 형식에 솜씨를 잘 부리는 것이 교이고, 솜씨를 잘 부리지 못함이 졸이다.

문학으로 보자면 화려한 수사나 언어의 조탁 그리고 시에서의 감미로운 운율의 설정 등은 교의 영역에 속한다고 할 수 있다. 문학 역시 예술의 범주에 속하므로 작품 속에 어떻게 보다 효과적인 미적 장치를 설정하느냐가 관건이 아닐 수 없다. 그래서 많은 작가들이 언어에 매달려 고군분투(孤軍奮鬪)해 왔던 것이다.

그런데 만일 어떤 글이 아름답게 보이려고 지나치게 치장한 나머지 내용을 잘못 드러내게 된다면 어떠 할까? 이는 짙은 화장으로 자신의 얼굴을 속이는 야한 여인의 치장과 크게 다를 바가 없다. 지나친 치장은 본질을 해치기 마련이다. 치장은 본질을 잘 드러내기 위한 수단이어야 한다. 만일 치장이 그 도를 넘어서게 되어 본질을 은폐하는 장애물이 되거나, 본질을 과장하는 허장성세(虛張聲勢)가 된다면 문제가 아닐 수 없다. 예로부터 글의 '교(巧)'를 꺼려했던 것은 바로 이런 폐단으로부터 벗어나고자 해서였을 것이다.

나는 앞에서 '교(巧)'와 '졸(拙)'은 작품의 형식에 관계된 말이라고 지적했다. 또한 '졸(拙)'을 '서툴음,' '솜씨 없음,' '솜씨를 잘 부리지 못함' 등으로 풀이했다. 그런데 겉으로 보기엔 '졸'이 형식에 관여한 말로 보이나 속을 가만히 들여다보면 글의 내용을 주장하는 말로 파악되기도 한다. '졸'은 '교'의 반대개념이니 '수사(修辭)' 곧 '형식'에 치우침을 경계하는 말로 받아들일 수 있기 때문이다. 그러니 이는 형식보다는 내용의 중요성을 은근히 이르는 말이 아니겠는가? 형식이 내용을 다치게 해서는 곤란하다.

옛 어른들에게 있어서 '졸(拙)'은 작품의 수사학적 한계를 넘어서 인품을 연마하는 귀한 덕목으로 받들였다. 고인들은 '졸박(拙樸)'을 중요시했다. '樸'은 통나무를 뜻하는 글자다. 아직 손질하지 않아 본연의 모습을 잃지 않은 상태다. 그러니 '졸박'은 꾸밈이 없이 생긴 대로의 순박함을 이르는 말이다. 또한 어린 아이와 같이 천진난만한 '치졸(稚拙)'을 기렸고, 예스러우면서도 서툰 맛을 지닌 '고졸(古拙)'을 높이 평가하기도 했다.

오죽이나 졸을 좋아했으면 '수졸(守拙)'이라는 말을 만들어 썼겠는가. 처세에 융통성이 없음을 스스로 알면서도 이를 고치지 않고 주어진 분복에 만족하면서 살아가고자 하는 지조로운 삶의 자세다. 그래서 옛 선비들은 아호에 즐겨 졸을 심어 스스로를 다스렸다. 졸재(拙齋), 졸은(拙隱), 졸옹(拙翁), 졸당(拙堂), 구졸(九拙), 담졸(澹拙), 의졸(宜拙), 졸수공(拙修公) 등 그 예를 이루 다 헤아릴 수 없다. 어느 선비의 집안에서는 정자(亭子)에 '백졸헌(百拙軒)'이라는 이름을 달아 '拙'의 덕목을 세상에 드러내려고도 하지 않았던가.

노자의 『도덕경』에 대교약졸(大巧若拙)이라는 구절이 있다. 글자 그대로 풀이하면 위대한 '교'는 '졸'과 다름없다는 말이다. 훌륭한 기교는 꾸민 흔적이 없이 어수룩해 보인다는 뜻이리라. 한편 '졸'이야말로 가장 훌륭한 기교라고 해석할 수도 있을 것 같다. 아무튼 교에 앞서 졸의 가치를 두둔하는 말이다.

그러나 글에 어떻게 졸을 지닌단 말인가. 실로 지난한 문제가 아닐 수 없다. 치장의 욕망을 벗어나기도 어렵거니와 본연의 순박함을 잃지 않는다는 것이 쉬울 리 없기 때문이다. 졸은 억지로 지어 흉내낼 수 있는 성질의 것이 아니다. 만일 그런 가식의 졸을 의도적으로 부린다면 이는 남을 속이기에 앞서 자신을 속이는 기만이니 나락(奈落)에 떨어지고도 남을 일이다.

'졸'은 궁극적으로 인품의 문제인 것 같다. 난초가 눈에 잡히지도 않은 그윽한 향기를 조용히 뿜어내듯 '졸'은 인격자의 몸에서 풍기는 맑은 체취다. 그러니 '졸'은 기교의 범주에서 다루어질 성질의 것이 아니라 정신 영역의 것으로 보아야 할 것 같다.

향기로운 시인들

육당

공초

다형

보연재 주인

시인 구상

대여 김춘수

「詩 · 八十八壽」

물질 고아원

고불과 호일당

『물 있는 풍경』

육당(六堂)

서울 우이동에 이르면 유원지가 시작되는 입구에 '소원(素園)'이라는 낡은 기와집이 한 채 있었다. 삼각산이 건너다보이는 우이천변에 자리잡고 있었는데, 육당 최남선(崔南善, 1890~1957)이 1941년 11월 그의 나이 52세 때 지은 집이다. 1950년 6·25전란을 맞을 때까지 살았으니 10년 가까이 육당의 체취가 스민 곳이다. 어수선한 세파를 피해 산골에 들어와 칩거할 생각으로 마련했던 것 같다. 당시 창동에 거주한 벽초 홍명희, 위당 정인보 등과 내왕하는 외에는 조선역사사전 편찬에 전념했다고 전한다. 더러는 천년 변함없는 인수봉도 바라보고 소귀천 맑은 물에 발도 담그면서 여러 가지 상념에 젖기도 했으리라. 소원은 『古事通』(1943)을 위시해서 많은 역사적인 논저들이 탄생한 산실이다.

소원(素園)을 문화유물로 보존해야 한다는 여론이 없지 않았으나, 어느 날 소문도 없이 이 집은 말끔히 헐리고 그 자리에 상업적인 콩크리트 건물이 들어서고 말았다. 시나 구청 등 관계 부처에서는 여러 가지 핑계를 대고 방치한 것인데, 실은 국민들의 육당에 대한 애정의 결

최남선이 17만 권의 장서를 가지고 집필에 전념하던 소원(素園)

핍 때문에 잃게 된 것으로 보아야 할 것이다. 미당의 '봉산산방(蓬蒜山房)'의 경우처럼 몇 사람이라도 끈질기게 버텼더라면 결과는 달라졌을지 모른다. 그러나 오늘날 육당을 옹호하는 사람은 한 사람도 없는 것처럼 보인다.

1928년 조선사편수회 편수위원으로 활동하고, 1939년 일제가 세운 만주 건국대학 교수를 역임했으며, 1943년 동경 명치대에서 조선인 대학생 학병 권유 연설 및 친일적인 논문들을 발표한 것 등이 그의 친일행각으로 규탄을 받는 항목들이다. 일제말의 친일행각에 있어서는 변명의 여지가 없어 보인다. 그러나 조선사 편수위원이나 건국대 교수 역임의 경우는 다른 각도에서 생각해 볼 수도 있을 것 같다.

그가 건국대 교수직을 수락한 것은 만주에 가고자 해서였던 것으로 추측된다. 육당은 건국대학 예과에서 교양과목에 불과한 〈만몽문화사〉를 강의하면서, 북경에 자주 내왕하여 『清朝實錄』, 『圖書集成』, 『四部叢刊』 등 많은 서책들을 구입해 온 것으로 알려지고 있다. 그가 관심

崔南善의 58세 때 모습(1947)

을 기울였던 일들로 미루어 보아 아마도 고구려의 유적지들을 직접 답사하며 조선사의 자료들을 수집하기 위해 만주에 갔던 것으로 생각된다. 그러한 맥락에서 생각해 본다면 조선사 편수위원이 된 것도 조선사의 지나친 왜곡을 막아보자는 충심에서 비롯된 것인지도 모른다. 일제에 기대어 이(利)를 좇는다는 것이 개운치 않아 보이기는 하지만, 대리(大利)를 위해서 개인의 체면을 돌보지 않았다고 한다면 이를 규탄의 대상만으로 치부할 일은 아닌 것 같다.

문제는 일제말기의 그의 훼절(毁節)인데, 춘원의 그것과 함께 국민들의 분노를 크게 산 것은 그들에 대한 국민들의 신망이 그만큼 컸던 때문이었으리라. 민족의 선구자로 받들리던 그들에 대한 실망이 얼마나 대단했겠는가 짐작이 가고도 남는다. 그러나 광복을 맞은 지 반 세기가 지난 지금, 우리는 아직도 감정에만 사로잡혀 있다면 이는 바람직한 일이 아니다. 잘 잘못을 정직하게 판별할 수 있는 이성의 회복이 중요하지 않겠는가. 과는 비판을 받아야 하지만 공은 인정해야 한다.

과 때문에 공이 혹은 공 때문에 과가 묻혀 버리는 감정 주도의 가치 판단은 미래를 결코 밝게 할 수 없다.

육당은 씻을 수 없는 훼절의 과를 범했지만 그러나 그에 앞서 민족을 위한 지대한 공을 세운 인물이다. 『세계문예대사전』(1975, 성문각)에서는 육당의 공적을 다음과 같이 기록하고 있다,

> ① 『소년』, 『아이들보이』, 『청춘』 등을 발간하여 계몽적인 잡지 문화를 개척했고, ② 신문장 건립 운동을 전개하여 국주한종(國主漢從), 언주문종(言主文從)의 구어체 문장의 터전을 닦았으며, ③ 한국 시가의 전통에 혁명을 일으킨 신체시를 썼고, ④ 근대시조를 직접 창작하고 개인 시조집의 간행을 통하여 시조 부흥에 이바지했으며, ⑤ 『백두산근참기』, 『심춘순례』, 『금강예찬』 등의 간행으로 근대 수필문학의 선구적인 역할을 했고, ⑥ 사상적으로는 조선주의 즉 한국주의를 제창하여 주체적인 민족 정신의 확립을 추구했다.

위의 기록은 전혀 과장된 것이 아니다. 1906년 17세의 육당은 3개월 동안의 일본 유학을 접고 귀국하면서 인쇄기를 한 대 들여온다. 그리고 이듬해 신문관이라는 출판사를 만들고 1908년 최초의 잡지 『소년』지를 간행한다. 언론 활동이 민족을 계몽시키는 중요한 방도임을 일찍이 터득했던 것으로 보인다.

신체시뿐만 아니라 육당은 근대 자유시의 남상이라고 할 수 있는 「태백산부(太白山賦)」와 「태백산(太白山)의 사시(四時)」의 작자이기도 하다. 이 두 작품은 1910년 『소년』(제3년 제2권)에 「태백산 시집」이라는 이름으로 발표한 5편의 작품 중 일부인데, 자유시를 의도적으로 시험한 주목할 만한 작품이다. 나는 이 두 작품을 1910년대 중반에 발표된

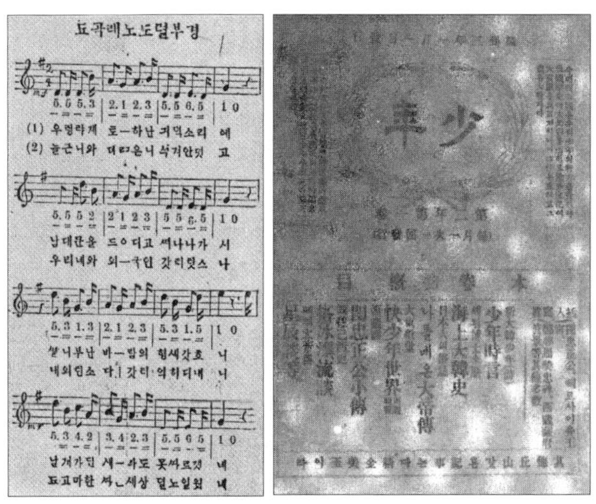

唱歌「경부철도 노래」의 가사곡조와 잡지 『소년』 표지(1908.11)

김여제(金輿濟)의 「만파식적(萬波息笛)」이나 「산녀(山女)」 등을 거슬러 한국 자유시의 효시로 잡는 데 주저하지 않는다.

오늘날 전통 율격으로 자리잡은 소위 7 · 5조라는 것을 맨 처음 시도했던 이도 육당이다. 그는 다양한 율격들을 시험한 가운데 「경부철도가」, 「세계일주가」 등 7 · 5조에 실린 많은 작품들을 발표했다. 그 뒤 7 · 5조는 김억, 김소월 등을 거쳐 서정주로 이어지면서 전통 율격으로서 자리를 굳히게 되지 않았던가.

그는 '국풍(國風)'의 이름으로 국민문학으로서의 시조 부흥 운동을 펼치면서 역대시조집 『시조유취(時調類取)』를 엮어내기도 했고, 『백두산근참기』 등의 기행수필들을 통해 수필문학의 터전을 다지기도 했다. 역사학자로서의 공적은 차치하고라도 육당은 한국 근대문학의 개척자로서의 평가를 마땅히 받아야 할 것이다. 그럼에도 불구하고 그의 공적에 대한 평가는 일제 말기 훼절에 눌리어 세상 사람들로부터 도외시되고 있는 실정이다.

평생 수절을 하다 유혹에 못 이겨 만년에 개가를 한 어머니가 있다고 하자. 어린 자식들의 입장에서 본다면, 그동안 입었던 어머니의 사랑에 대한 고마움은 다 잊혀지고, 배신에 대한 분노의 감정만 끓어오르리라. 그러나 자식들이 나이 들어 성인이 되면 생각과 감정이 바뀌기도 한다. 성숙한 자식들은 어머니의 애틋한 사랑을 다시 상기하게도 되고 어머니의 개가를 연민의 정으로 감쌀 수 있게도 된다.

육당이나 춘원 같은 이들은 영향력이 컸던 민족의 지도자들이었기에 일제는 갖은 수단을 다해 이들을 회유하려 집요한 공작을 폈으리라. 오죽하면 기미독립선언문을 쓰고 옥고를 치르며 조선정신을 주창했던 그가 마음을 돌렸겠는가. 이제 우리는 성숙한 후예들로 성장했다. 개가한 어머니를 연민의 정으로 감싸며 옛 사랑을 다시 일깨우는 자손들처럼 좀 더 성숙해질 수 있으면 싶다.

소원(素園)은 비록 무너지고 말았지만, 수많은 문학상들이 난무하고 있는 요즈음 육당의 이름으로 주어지는 권위 있는 문학상 하나쯤 만들어 그를 위로하는 것도 괜찮을 것 같다.

공초(空超)

삼각산 기슭 수유리 빨랫골에서 아카시아가 무성한 잡목 숲을 끼고 조금 올라가면 공초 오상순(吳相淳, 1894~1963) 시인의 묘소가 있다. 백여 평쯤 되는 별로 넓지 않은 묘역이지만 시인의 유택답게 운치 있는 묘비가 서 있다. 해마다 공초의 기일인 6월 3일이면 시내에서 공초문학상 시상식이 거행되고, 거기에 참석했던 수십 명의 문인들이 찾아와 참배를 하고 간다. 역대의 한국 문인 가운데 공초만큼 사후에 기림을 받는 이도 아마 드물 것이다.

세상을 깜짝 놀라게 한 불후의 명작을 낳았던 분도 아니고, 그렇다고 키를 넘을 만한 방대한 저술을 남겼던 분도 아니다. 아니, 겨우 38편의 시가 수록된 『공초 오상순 시집』(자유문화사, 1963)이라는 유고시집[1)]을 한 권 두고 갔을 뿐이다. 일찌감치 허무에 젖어 시도 등지고 담배와 벗하며 독신으로 방랑의 삶을 살았던 고독한 시인이었다. 그러

1) 뒤에 『아시아의 밤 풍경』(한국문학사, 1983), 『허무혼의 선언』(자유문학사, 1987) 등으로 보완 발간됨.

나 그의 주변에는 그를 좋아하는 문인들과 문학 지망생들이 늘 머물면서 그의 외로움을 달래주곤 했다.

1959년 내가 대학 2년 때쯤으로 기억된다. 공초에 대한 소문을 듣고 그가 머문다는 명동의 청동다방에 들른 적이 있었다. 컴컴한 다방 한 귀퉁이에서 줄담배를 태우며 앉아 있던 삭발한 공초는 마치 마하트마 간디처럼 선량해 보였다. 위수에 낚싯대를 드리우고 때를 기다렸다는 강태공이 아마 저런 모습이었을지 모른다는 생각이 들었다. 주위엔 찾아온 문학소녀들로 부산했고, 방문객들이 남기고 간 방명록 「청동산맥」[2]이 수십 권 그의 곁에 쌓여 있었다.

공초를 처음 만났던 날 나는 뜻하지 않게 그분과 하룻밤 지내는 인연을 갖게 되었다. 나중에 알게 된 일이지만 그가 기거하던 조계사의 거처를 잠시 잃고 떠돌던 때였던 것 같다. 그분 곁에 마지막까지 남아 있는 사람과 더불어 숙식을 해결하며 지냈던 모양인데 그날 내가 당번이 된 셈이었다. 아무튼 나는 친구와 둘이 지내는 청량리의 한 하숙방에서 그와 하룻밤 동침을 하게 된 것이다. 당시 60대 중반의 공초는 건강해 보였다. 기력을 묻는 나에게 "자네 나와 팔씨름을 한번 해 보겠나?" 하며 팔을 걸어붙이기에, 설마하며 겨루어 보았는데 20대의 내가 대적하기 어려웠다. 취침과 식사 때를 제외하고는 항상 그의 입술엔 궐련이 떠나질 않았다. 그로부터 4년 뒤, 공초가 세상을 떠났다는 소식을 나는 병영(兵營) 안에서 듣고 스산한 기분을 억제할 수 없었다.

---

2) 애초의 이름은 「청동문학」이었는데 제111권부터 「청동산맥」으로 개제하여 총 195권에 이름.

(좌) 명동 「青銅山脈」 때 어느 제자가 그린 공초상 (우) 공초 오상순(1894~1963)

그의 유해를 거둘 후손이 없었으므로 그를 좋아했던 문인들에 의해 문단장으로 장례가 치러졌다. 기록에 의하면 태평로의 국회의사당 앞에서 영결식이 거행되었는데 영구행렬이 장관이었다고 한다. 앞에는 교복을 입은 수십 명의 청초한 여학생들이 오색의 만기(輓旗)들을 들고 걸었고, 그 뒤를 가사를 걸친 5, 6십 명의 승려단이 독경을 하고 따랐다. 선인도(仙人圖)를 방불케 하는 거대한 공초의 초상화를 앞세운 영구차는 많은 문인과 시민들을 거느리고 세종로, 안국동을 거쳐 돈암동에 이르렀다.

장지가 없어 고민하던 중 구상 시인이 박정희 대통령에게 청하여 지금의 자리를 얻게 되었다고 전한다. 대단한 규모의 묘역은 아니지만 손병희, 김병로, 신익희, 조병옥 등 정치적인 거물들과 더불어 북한산 국립공원 내에 유택이 마련되었다는 것은 공초의 복이 아닐 수 없다.

공초숭모회에서는 1993년, 공초 30주기 및 탄신 100년을 맞아 공초문학상을 제정하였다. 청동에 새겨진 공초문학상 제정 기념패를 보면 문인 72인과 서화가 34인이 참여하여 상을 만든 것으로 기록되어 있다. 그러나 이는 명목상 그럴 뿐이고 공초문학상은 시인 구상에 의해 만들어졌다고 해도 과언이 아니다. 그 일을 추진하고 기금의 9할 이상을 출연한 분이 구상이었기 때문이다. 구상은 적지 않은 기금을 마련하여 서울신문사에 위탁하고 매년 공초의 기일을 맞아 상이 시상되고 아울러 성묘를 할 수 있도록 했다.

구상은 공초를 '무 교리의 종교가요, 초 논리의 사상가요, 시를 몸소 체현한 시인으로 현대 한국이 낳은 아성(亞聖)'[3]이라고 극구 칭송하고 있다. 공초가 아직도 세상 사람들에게 기억되는 것은 그의 문학이나 삶의 업적 때문이기보다는 좋은 인연을 가졌던 때문이라는 생각이 든다. 그를 따랐던 많은 사람들 가운데서도 특히 구상이라는 한 슬기로운 후학을 만났던 인연으로 명복을 누리게 된 것이다.

지난 정월 초이튿날 문득 공초의 생각이 나서 그의 유택을 찾아가 보았다. 잎을 다 떨어뜨리고 서 있는 주위의 잡목들이 스산하기는 했지만 묘소는 평화로웠다. 묘비는 사방 1.5m 가량 되는 단순한 정방형의 화강석인데 비의 전면엔 다음과 같은 공초의 시구가 운치 있게 새겨져 있다.

흐름 위에 보금자리 친

3) 구상 편, 『시인 공초 오상순』(자유문학사, 1988) 서문.

공초 오상순의 묘와 묘비

오 흐름 위에 보금자리 친

나의 혼…

묘비의 후면엔

1894년 4월 9일 서울에서 태어나다

1963년 6월 3일 돌아가다

廢墟誌 동인으로 신문학 운동에 선구가 되다

평생을 독신으로 표랑하며 살다

몹시 담배를 사랑하다

유시집 한 권이 남다

라고 작은 글씨로 간명하게 기록되어 있을 뿐, 비를 세운 이나 글씨의 연고에 관해서 밝힌 바가 전혀 없다. 비를 구성했던 박고석이 고인의 무욕 청정한 뜻에 어울리도록 그처럼 단순 간결하게 고안했던 것 같다. 공초의 시 「방랑의 마음 · 1」에서 따온 비문의 내용도 그윽하거니와 비면을 가득 채워 쓴 김응현의 투박 치졸한 글씨도 볼 만하다. 상석 밑엔 누가 금방 놓고 간 듯한 담배 한 갑이 뚜껑이 열린 상태로 놓여 있었다.

한평생 무 정처로 운수행각의 자유를 누리던 분이 이제 지하의 한 곳에 붙박여 누워 있으려니 얼마나 답답할까. 그러나 사후에 이처럼 자랑스런 유택을 갖게 된 것은 생전에 철저히 무소유를 지향했던 무욕 청정한 삶에 대한 보상처럼 보였다.

좋은 글 쓰는 일 못지않게 맑은 삶을 사는 것이 슬기로운 사람들을 만나는 길이라는 생각이 들었다.

다형(茶兄)

다형(茶兄)은 김현승(金顯承, 1913~1975) 시인의 아호다. 차를 무척 즐겼기 때문에 그런 아호를 갖게 된 것으로 안다. 차도 녹차가 아니라 진한 원두커피를 애호했다. 좋은 커피가 있는 곳이면 거리를 따지지 않고 자주 찾았다. 60년대 초, 다형이 즐겨 드나들던 커피 집은 서울역 2층의 레스토랑과 시청 앞 화교촌에 자리한 〈가화(嘉禾)〉라는 다방이었다. 다형의 자택은 당시 서울의 변두리인 수색에 있었는데 시내에서의 약속이 있을 때는 주로 이 두 곳을 이용했다. 두 곳 가운데서도 〈가화〉 쪽을 선호했는데 그 까닭은 마담이 아름답기 때문이라고 했다.

"보게, 아름답지 않는가?"

다형은 커피를 마시면서 카운터에 앉아 있는 마담을 바라다보며 내게 동의를 구하기도 했다. 말씀은 그렇게 하지만 한번도 그 마담과 다정하게 대화를 나눈 걸 본 적은 없다. 그저 눈으로 음미하며 혼자서 즐겼던 것 같다.

내가 다형을 처음 만난 것은 고등학교 2학년 초였다. 광주의 H신문사가 주관한 학생 문예작품 공모에 당선이 되었는데 그때의 심사위원이 조선대학교 교수였던 다형이었다. 그런 인연으로 나는 다형의 댁에 가끔 드나들었다. 광주 양림동의 널따란 뜰을 가진 한옥이 지금도 눈에 선하다. 시에 대한 말씀을 기대하면서 찾아갔지만 그분은 별로 말이 없었다. 마른 볼에 유난히 큰 귀가 마치 선량한 사슴을 연상케 하는 얼굴이었다. 나도 말 주변이 없었던 터라 한동안 멍청히 앉아 있다가 그만 물러나오곤 했다.

내가 서울의 대학에 진학한 58년 무렵, 다형도 모교인 숭실대학으로 옮겨오면서 수색에 자리잡았던 것으로 기억된다. 20여 평의 조그만 반양옥집이었는데 다형의 조촐한 방엔 손수 끓인 원두커피의 향기가 늘 가득했다. 건넌방에선 서툰 피아노 소리가 들리곤 했는데, 부인께서 피아노 레슨을 하며 가계를 돕는다는 사실을 나중에 알게 되었다. 기독교 집안이기도 했지만 술과 담배를 전혀 가까이하지 않는 청교도적인 청정한 삶을 살았던 분이다.

다형의 성품은 대쪽같이 강직했다. 옳다고 생각하면 뜻을 굽히는 일이 없었다. 적당히 타협할 줄을 몰랐다. 그래서 주위 사람들은 함부로 그분을 대하질 못했다.

한번은 무슨 일로 그랬던지 조연현 씨와 의견충돌이 있었다. 당시 조연현 평론가는 『현대문학』지의 주간으로 문단에서 막강한 힘을 가진 분이었다. 다형은 『현대문학』지 신인추천위원의 자리를 내동댕이치면서 그와 맞서 싸운 일화는 유명하다.

제1회 시인협회상이 그에게 주어졌을 때 다형은 수상을 거부했다. 무슨 이유에서 그랬는지는 알 수 없지만 아마도 그 상이 자신에게 적절치 못하다고 스스로 판단했기 때문이었으리라.

김현승(1913~1975)

상을 타기 위해서 별 로비를 다 벌이고, 작품을 발표하기 위해서 문예지의 주간들을 신주 모시듯 하는 문단 풍토에서 본다면 다형의 그 기개는 가히 지사다운 것이었다. 선비의 맑은 자존심을 고수한 그런 시인을 오늘날 쉽게 만날 수 없음이 참 아쉽기만 하다.

다형은 신문사나 잡지사 등에서 청탁한 원고를 찾으러 오면 원고를 넘겨주기 전에 반드시 묻는다.

"고료를 가져 왔는가?'

만일 고료 준비가 안 되었다고 하면 원고를 건네주지 않고 돌려보낸다. 다른 상품들을 사는 경우엔 현금 거래를 하면서 왜 시는 외상이어야 하는가. 다형의 지론은 심혈을 기울여 쓴 작품이 시중의 상품들보다 소홀히 대접받는다는 것은 참을 수 없는 모욕이라고 여겼다. 시인은 스스로 자신의 작품에 대한 권위를 지켜야 된다는 견해다.

오늘에 만일 다형이 있어서, 고료는커녕 작품 발표만이라도 해 주기를 굽실거리며 애걸하는 수많은 시인들을 본다면 어떻게 생각할까? 어쩌면 자신이 시인이라는 이름으로 불리는 걸 거부하겠다고 할지도 모른다.

강직한 다형에게도 인간미가 넘치는 면이 없지 않았다. 그가 세상을 떠나기 이태 전쯤 정초에 제자들이 찾아갔을 때다.

"세상에 이렇게 재미있는 것이 있는 줄 몰랐단 말이시."

다형이 화투와 담요를 내놓으며 하는 말씀이다. 두 장의 패만을 가지고 겨루는 '섰다'라는 노름이 당시 유행했었는데 그것에 요즈음 재미가 들렸다고 했다. 우리는 10원짜리 동전을 놓고 섰다판을 벌였는데, 낮은 끝수로 상대를 제압했을 때 박장대소하며 통쾌해 하시던 모습이 지금도 눈에 어른거린다.

다형의 나이 62세 되던 1975년 봄, 그는 대학의 강당에서 예배를 보던 중 의자에 편안히 앉은 채 영면했다. 그의 성품처럼 맑고 곧은 죽음이었다. 지상과 궁합이 잘 맞지 않는 그를 배려해서 하늘이 아마 조금 일찍 데려갔는지 모른다.

가을
볕바른 다실(茶室)에 앉으면
차(茶), 그 투명의 향기에
부활하는 다형(茶兄).

고독,
그 마른 정결로
뭉친 이마,
늘

천상의 음계를 더듬어

크게 열려 있던

사슴의 귀,

다만

한 잔의 뜨거운 커피에만

관용턴 입술,

세상을

굳은 눈썹으로

재고 갔던

청교도,

홀로

곧게 걷던

금강석의

시인.

졸시 「다형(茶兄)」, 『목마일기(木馬日記)』(1987)

보연재(寶蓮齋) 주인

보연재(寶蓮齋)는 김구용(金丘庸, 1922~2001) 시인의 당호다. 미아리 고개 아래 동선동 2가 142번지에 자리한 40여 평의 대지에 ㄷ자로 세워진 조그만 한옥이었다. 구용은 그곳에서 수십 년 동안 붙박여 지내다 세상을 떴다. 나는 더러 구용의 댁을 찾은 적이 있는데 작은 서재의 벽머리에 그가 손수 쓴 '보연재' 현판이 걸려 있는 걸 볼 수 있었다. 어려서부터 사찰에 의지하여 살아 왔던 때문이었을까, 그의 거처는 선방처럼 조촐했다. 옥호를 보연재로 단 것만 보아도 불교에 대한 그의 도타운 정을 짐작할 만하다.

구용은 『시집(詩集)』(삼애사, 1969), 『시(詩)』(조광출판사, 1976) 등의 시집과 장시 『구곡(九曲)』(어문각, 1978), 연작시 『송백팔(頌百八)』(정법문화사, 1982) 그리고 만년에 『뇌염』(솔출판사, 2001), 『풍미』(솔출판, 2001) 등의 시집을 남겼다. 그의 짧지 않은 문단 연륜으로 본다면 대단한 분량의 작품은 아니다. 그러나 작품의 중량으로 따진다면 결코 만만타고 할 수 없다. 구용 작품의 특성을 한마디로 줄이면 난해성이라고 할 수 있는데, 이는 그동안 그의 작품에 대한 문학 연구가들의 접근이 쉽게 허용되지 않은 것만 보아도 짐작이 가는 일이다. 그의 작품은 불(佛)·도(道)·유(儒)의 동양정신과 서구적 가치 중심의 현실 사이에서 빚어진 갈등인 것으로 보인다. 그의 작품에 대한 본격적인 연구는 혜안을 지닌 학자가 등장할 때까지 기다리는 수밖에 없다.

구용은 한학뿐만 아니라 서예에도 조예가 깊었다. 편액과 족자에 적지 않은 묵적을 남겼고 가까운 시인들의 시집에 수많은 제자(題字)를 실었다. 마치 용의 초리가 도사리고 있는 것 같은 독특한 서체는 가히 구용체의 일가를 이루었다고 이를 만하다. 만년의 작품들에는 눈에 잘 띄지도 않은 작은 낙관을 즐겨 사용했는데 이는 자신을 과히 드러내려 하지 않았던 겸손 때문이었던 것으로 짐작된다.

구용을 보면 마른 약대와 같다는 느낌이 들었다. 훤칠한 키에 뼈만 앙상히 남은 마른 체구, 기다란 얼굴이 선량한 약대를 떠올린다. 수술 이후에 구용은 막걸리를 주로 들었는데 약간 취기가 오르면 곁에 앉은 사람의 손을 잡는 버릇이 있었다. 부드럽게 만지는 것이 아니라 으스러지도록 꼭 잡는다. 악력이 보통이 아니어서 그의 손에 잡히기만 하면 쉽게 빠져나올 수 없다. 그러면서 귀에 대고 속삭이는 말이 있다.

"내 웬수를 갚아줘요. 내 웬수를……"

그 '웬수'가 무엇이냐고 물어도 대답은 않고 계속 웬수만 갚아달라고 중얼거린다. 그러니 그가 무슨 뜻으로 웬수를 갚아달라고 한 것인지 정확히 알 수 없다. 그래서 구용이 세상을 떠난 뒤 후배들은 자기들 나름대로 '웬수'의 의미를 해석한다. 어떤 사람은 구용이 못 쓴 좋은 작품을 대신 써 달라는 뜻으로, 또 어떤 사람은 구용이 추구했던 작품 세계를 완성해 달라는 뜻으로 이해하기도 한다. 어쩌면 문학의 범주를 넘어서 세상을 향한 어떤 울분을 그렇게 표현했을지도 모른다. 나는 얼마 전 용인에 자리한 그의 유택을 찾았다가 다음과 같은 시를 얻은 적이 있다.

돈암동 보연재(寶蓮齋) 구용(丘庸) 시인 댁을 찾아가면
마른 약대처럼 구부정한 허리를 굽혀가며
노상 막걸리 잔을 채우면서 하는 말씀이
"내 웬수를 갚아 줘요"
"내 웬수를 갚아 줘요"
였다

그 말씀의 뜻이 무엇인지 몰라
"웬수라니 무슨 웬수 말씀이요?" 하면
내 손을 으스러지도록 비틀어 쥐면서
"내 웬수를 갚아 줘요"할 뿐이었다

그의 '웬수'가 무엇일까?
그를 만나고 돌아온 뒤 나는 웬수를 열심히 찾아보았지만
그 선량한 분의 웬수가 무엇인지 도통 알 수가 없었다

구용이 이승을 떠나고
세상도 한참 제멋대로 돌아간 뒤 어느 가을
문득 구용의 생각이 나서
용인에 있는 그의 유택을 찾아갔다

수풀 속에 깊이 묻혀 있는 그에게

막걸리 한 잔을 권하는 순간 번득 그의 '웬수'를 보았다
내가 내민 술잔을 가로막고 있는 어떤 손
그가 생전에 그리 즐기던 막걸리 잔을 가로막고 있는 어떤 손
그 손의 주인이 웬수임을 비로소 깨달았다

그러자 온 세상이
마른 갈대와 잡목들,
계곡에 흐르는 물이며
하늘 높이 떠가는 철새들까지도
다 웬수의 목장에 세워진 병정들인 것만 같았다

졸시 「웬수를 찾아서」 전문

구용은 이 시대에 쉽게 만나기 어려운 맑은 선비였다. 따스한 인정과 더불어 곧은 마음씨를 지닌 양심적인 시인이었다. 명리를 위해 제도권에 아부한 적도 없었고 불의와 타협할 줄도 몰랐다. 많은 수상의 기회를 사양했을 뿐만 아니라, 예술원 회원의 자리도 그를 움직이지 못했다. 만년에 그는 청력을 탓하면서 사람들이 많이 모인 자리에선 잘 들리지 않는다며 고개를 젓곤 했다. 그러나 어떤 때는 작은 소리도 잘 알아듣고 반가워한 걸 보면, 그의 농증(聾症)은 듣기 싫은 말을 피하기 위한 하나의 방편은 아니었던가 모를 일이다.

시인 구상

시인 구상(1919~2004)을 나는 세 번 만났다. 생각해 보니 그와 이 지상에 함께 머문 햇수는 60여 성상이나 된다. 더욱이 적잖은 세월 동안 같은 서울에서 시의 길을 걷고 있었던 사람들인데 겨우 세 번 만났다니 쉽게 믿기지 않은 일이다. 아마도 사람 만나기를 별로 달가워하지 않은 내 괴팍한 성미 때문이었으리라.

첫 번째의 만남은 수십 년 전 어느 여름 동해 바닷가의 한 횟집으로 기억된다. 한 잡지사가 주관했던 해변시인학교의 모임에 갔다가 몇 시인들이 어울린 주석이었다. 그 자리의 연장자였던 구상은 호탕한 웃음을 터뜨리면서 좌중을 흥겹게 이끌어갔다. 동란 직후 그가 젊었던 시절, 대구 모 신문사에서 근무하던 때의 여러 가지 재미있는 에피소드들을 들려주었다. 그 중에서도 아직 내 뇌리에 맴돌고 있는 것은 '포 대령' 이라는 별명을 가진 상이군인에 관한 얘기다.

구상의 친구인 포 대령은 목발에 의지하고 다닌 절름발이었다. 하도 몰골이 사납고 누추하여 상대하려는 사람이 없었다. 사창가의 접

구상(1919~2004)

대부들까지도 그를 거들떠보지 않았다. 그런 불구의 추한 사내를 구박하지 않고 술과 몸으로 융숭히 접대한 유별한 여인이 있었다. 그녀는 다름 아닌 구상을 좋아했던 '거리의 한 여인'이었다는 것이다. 내가 기억하고 있는 얘기의 줄거리는 대강 이런 것인데, 오늘에 와서 생각건대 그 여인으로 하여금 그런 보살행을 할 수 있도록 한 것은 바로 구상이 아니었던가 싶다.

두 번째의 만남은 공간시낭송회의 초대로 참석했던 바탕골미술관에서였다. 그때 내가 낭송한 작품이 「은수달 사냥」인데, 작품의 내용은 비진도(比珍島)에 사는 한 노인의 수달 잡는 얘기다.

노인의 말에 의하면 수달은 문어를 좋아해서 문어를 잡게 되면 바위 위에 올라앉아 느긋이 먹는데, 문어의 발들이 달라붙어 괴롭히므로 눈을 지그시 감고 먹는다고 한다. 그래서 문어를 먹고 있는 수달을 만나기만 하면 몽둥이 하나만으로도 쉽게 때려잡을 수 있다는 것이다. 그래 그동안 수달을 몇 마리나 잡았느냐고 묻자, 노인의 대답이 자기도 평생 기다리고만 있을 뿐 아직 한 마리도 못 잡았다는 얘기다.

내 작품을 듣고 난 구상은 그 노인이 바로 자기와 같다며 껄껄 웃었다. 그러고 몇 개월이 지난 뒤 그가 쓴 『현대시창작입문』이라는 책을 보내왔는데, 그 책의 서문에 그 '수달' 얘기를 언급했노라는 서신이 들어 있었다. 아마 그 수달 얘기를 빌미로 무명의 한 시인에 대한 관심을 그렇게 배려했던 것으로 짐작된다.

세 번째의 만남은 우이시회에서 구상을 초대시인으로 모신 자리였다. 우이동의 도봉도서관 4층 계단을 여러 번 쉬면서 힘겹게 오르던 그분을 생각하면 지금도 미안한 마음이 가시지 않는다. 그날 구상은 「잡초」라는 작품을 읽었다. 그 작품을 여기에 옮겨 본다.

> 지난 가을 어느 날, 내가 하와이대학에 가 있을 때 사귄 미국인 W 교수가 서울엘 왔다가 내 서재엘 들러간 일이 있다.
>
> 그런데 얼마 뒤 W 교수를 내 집에 안내했던 그의 한국인 제자가 짐차에다 각종 화분을 7·8개나 싣고 와서 내 서재에 들여놓고선 하는 얘기가
>
> —W 교수가 선생님 댁에 화분을 사다 드리라고 100불을 부쳐 왔어요. 꼭 화분을 사다 드리라구요.
>
> 라는 것이다. 나는 그저 "고맙다"면서 수굿이 받았지만 그를 보내고 나서는 실로 오랜만에 웃음보를 터뜨렸다.
>
> 실상대로 말하면 이제까지 내 서재 베란다에는 난초 화분 두 개에다 5·6개의 화분과 화반이 놓여 있는데 그것은 모두가 잡초로서 W 교수 눈에는 화분 하나 변변한 것이 없는 나의 서재가 자못 살풍경하게 보였

던 것이리라.

하지만 나의 취향에는 저 외국 친구의 극진한 우정의 선물이 요란해서 질리는 데다 이 봄 들어 더욱 현란해질 저 화분들이 버거워서 궁리 끝에 오늘 아침 몽땅 어느 수녀원에다 실어 보내고 말았다.

그리고 나는 지금 아주 편안해진 심기(心氣)로 잡초들을 바라본다.

저 이름모를 들풀들은 어느 해엔가 봄국화가 지고 난 화분에 제풀에 돋아서 제깁에 스러지고 나고 하며 이 화분, 저 화반에 번식한 것으로 나는 이 잡초들을 바라보고 있노라면 콘크리드 숲 닭장 같은 아파트 11층 구석방에 앉아서도 고향의 들길이나 산기슭을 거니는 느낌이 든다.

더구나 그 조그맣고 갸냘프고 신비한 꽃들을 바라볼 제는 그야말로 '솔로몬의 영화' 가 이에 비할 바 아님을 눈물겹도록 실감하는 것이다.

호사스런 화초보다는 버려진 화분에 돋아난 이름 모를 잡초들에게 쏟는 연민의 정이 따스하게 느껴진다. 시인 구상은 사람을 대하는 데도 늘 그랬던 것 같다. 잘 살아가는 사람들보다는 어렵게 지내는 이들에게 관심을 보였다. 공초 추모회를 만들어 그의 생애를 외롭지 않게 밝히기도 했고, 어둠속에 묻혀 있던 이중섭을 세상에 드러내기도 했다. 장기수(長期囚)의 대부가 되기도 하고 장애 청소년들의 숨은 후원자이기도 했다. 그는 가톨릭이었지만 모든 종파의 사람들과 가리지 않고 교유했다. 권력의 그늘에 들기를 늘 경계했고 근검 청렬한 생활을 멀리하지 않았다. 그는 '관수재(觀水齋)' 라는 당호를 달고 물의 지혜를 배우며 구도자적 삶을 살았다. 그는 훌륭한 시인이기에 앞서 이 시대에 만나기 어려운 한 사람의 살아 있는 양심이었다. 그의 장의식에 얼마나 많은 각계각층의 조객들이 모여 떠나가는 그를 아쉬워 했던가만 보아도 그의 인품을 짐작하기 어렵지 않다.

평생을 두고 세 번 만났다면 아쉬움을 떨쳐버릴 수 없는 부족한 만남이 아닐 수 없다. 그러나 많은 만남이 반드시 좋을 것이라는 생각은 들지 않는다. 너무 자주 만나 오히려 서로의 소중함을 느끼지 못하고 부질없는 만남들이 되게 한다면 이 얼마나 안타까운 낭비란 말인가. 좋아하는 사람들이라면 차라리 자주 만날 일이 아닐지도 모른다. 세상의 모든 소중한 것들은 손닿지 않는 거리에 있을 때 늘 아름답지 않던가? 사람의 마음이란 더욱 묘한 것이어서 육신은 만나지 않더라도 평생을 함께 하는 경우도 없지 않다. 구상은 지상을 떠났지만 적지 않은 사람들의 마음속에 오래 머물러 있을 것이다.

대여(大餘) 김춘수(金春洙)

대여 김춘수 시인이 타계했다. 2004년에 우리 시단은 구상(具常)에 이어 두 원로를 잃게 되었다. 여러 대중매체와 문예지들은 앞을 다투어 타계의 소식과 함께 그의 문학적 업적을 크게 보도했다.

세칭 김춘수를 '꽃의 시인' 이라고들 부른다. 그의 작품 「꽃」으로 말미암아 세상에 널리 알려졌기 때문이리라. 그러나 그는 막상 「꽃」이 그의 대표작으로 거론된 것에 대해서 별로 달갑게 생각지 않았다. 「꽃」은 그가 평소 심혈을 기울여 작업해 온 소위 '무의미의 시' 와는 상치된 초기의 작품이기 때문에 그랬을 것이다.

우리 시단에서 대여만큼 하나의 문학적 경향을 일관되게 고수하며 밀고 나간 시인은 아마 흔치 않을 것이다. 그의 문학관에 대한 태도는 고집스러워 보일 만큼 집요했다.

김춘수 시론의 골격은 다음과 같이 요약될 수 있다. 시(poem)는 곧 예술(art)이며 예술은 곧 기술(craft)이다. 고로 시는 기술이므로 시에서의 내용(정신) 같은 것은 문제시되지 않는다는 것이다. 그래서 그는 시의 내용이 되는 언어의 관념을 지우기 위해 피나는 노력을 기울인다. 그것이 그가 추구한 무의미의 시라고 할 수 있다.

사랑하는 나의 하나님 당신은
늙은 悲哀다.
푸줏간에 걸린 커다란 살점이다.
詩人 릴케가 만난
슬라브 女子의 마음 속에 갈앉는
놋쇠 항아리다.
손바닥에 못을 박아 죽일 수도 없고 죽지도 않는
사랑하는 나의 하나님, 당신은 또
대낮에도 옷을 벗는 어리디어린
純潔이다.
三月에
젊은 느릅나무 잎새에서 이는
연둣빛 바람이다.

김춘수 「나의 하나님」 전문

이 시의 구조는 단순하다. A=B라는 은유 구조인데, '하나님' 이라는 하나의 주지(원관념, tenor)를 놓고 여러 가지의 매체(보조관념, vehicle)들이 병치되어 있다. 하나님이 늙은 비애요, 푸줏간의 살점이요, 놋쇠 항아리요, 어린 순결이요, 연둣빛 바람이라고 말하고 있다. 만일 어떤 독자가 이 시를 읽고 상식과 논리로 해석해 보고자 한다면 얼마나 당황해 할 것인가? 전지전능한 성스러운 하나님이 어떻게 동물의 육신이며 광물질이며 또한 무형의 바람에 비유될 수 있단 말인가? 이것은 상식을 초월한 황당한 진술이 아닐 수 없다. 이 작품은 일

대여 김춘수(1922~2004)

반인들이 생각하고 있는 상식적인 하나님을 노래한 것이 아니라, 일반인들의 머리속에 자리잡고 있는 '하나님'에 관한 기존의 고정 관념을 깨뜨리고자 시도된 것이다. 이 시의 의도는 '하나님'이 지닌 일상적 의미의 해체 이외의 아무것도 아니다. 말하자면 기존의 관념을 난도질하여 그 의미를 죽이려고 한 것이다.

왜, 언어로부터 의미를 제거하려 하는가? 대상으로부터의 '자유'를 내세운다. 마치 비구상 화가들이 대상의 속박으로부터 벗어나듯이 시에서도 그러한 자유를 구현해 보겠다는 것이리라. 아무런 메시지도 담겨 있지 않는 소리의 울림만 들어 있는 그러한 순수시를 꿈꾼다. 그의 시관(詩觀)의 저변에는 세계에 대한 부정—허무주의가 자리하고 있다.

그러나 회화에서와는 달리 시에서 의미를 제거하는 일은 쉽지 않다. 회화의 매체인 선과 색채는 원래 의미가 없는 것이므로 가능하지만, 시의 매체인 언어는 원초적으로 의미를 달고 있기 때문이다. 언어를 아무리 잘라 의미를 제거하려 하지만 잘린 언어들은 부러진 몸뚱이를 꿈틀대면서 다른 의미를 만들며 불사조처럼 살아난다. 이것이 죽일 수 없는 언어의 숙명이다.

대여는 한평생 언어의 의미와 맞서 싸우다가 전사한 고독한 시지포스라고 할 수 있다

대여와 나는 사석에서 꼭 한번 만났다. 어느 상가(喪家)에 갔다가 우연히 가까운 자리에 앉게 되었다. 그는 내게 몇 마디 건넸으나 말소리가 크지 않아(주위도 소란스럽고) 무슨 내용인지는 알 수 없었다. 아마 내 글에 대한 언급이 아니었던가 짐작된다.

대여는 2001년 정월, 모 시지(詩誌)에 「건건록초(蹇蹇錄抄)」라는 권두시화를 발표했는데, 내가 그 글에 대한 반론을 제기한 바 있었다. 대여는 그 글에서 시 쓰기는 시인의 인격과는 무관한 재능의 문제일 뿐이라는 지론을 폈는데, 내 글은 그의 '인격 무관론'에 대한 반론이었던 것이다. 내 반론에 대한 대여의 재반론이 있었다. 거기에 대한 재재반론을 나는 썼지만 원로와 계속 맞서는 일이 바람직해 보이지 않아 발표는 보류했던 것이다. 그런 일이 있었던 얼마 뒤였으므로 아마 그 문제에 관한 언급이 아니었던가 추측이 된다.

그날 곁에 있던 어떤 이가 대여에게 '세상에서 가장 아름다운 말이 무엇이냐' 고 물었다. 한참 있던 대여가 촉촉한 눈빛으로 '아내' 라고 대답했다. 상처(喪妻)의 아픔이 채 가시지 않았던 대여가 상가(喪家) 마당에서 떠올릴 수 있는 가장 아름다운 말이었던가 싶다. 그의 냉철한 시론과는 달리 여리고 따스한 정을 느끼게 한 정황이었다. 그의 가느다란 목소리가 내 가슴속에 아름다운 여운으로 오래 남았다.

행사장에 나타난 대여는 멋진 나비넥타이를 즐겨 달고 있었다. 시에서뿐만 아니라 생활에서도 그는 스타일리스트였던 것 같다. 동양에서 태어났지만 그를 기른 것은 서구적 풍토였던 것으로 보인다. 그의 시적 자양이 된 인물들이 릴케, 세스토프, 도스토예프스키 등 서구인들인 것만 보아도 짐작이 간다. 어렸을 때 보았던 호주 선교사의 강렬한 인상 때문이었을까? 그는 이국적인 향수 속에 젖어 살았던 것 같다. 동해 용왕의 이들인 '처용(處容)' 을 자처했던 그의 선민(選民) 의식도 어쩌면 이와 무관하지 않을지도 모른다.

시를 '언어의 비구상화' 로 만들려 했던 그는 한국 현대시의 폭을 넓혔고, 적지 않은 추종자들을 얻기도 했다. 그리하여 이 땅의 수많은 비극적인 시인들과는 달리 시인으로서의 영화를 생전에 충분히 누리고 갔다. 그런데 아이러니는 그의 선호와는 달리 세상 사람들이 그를 「꽃」의 시인으로만 기억하려 한다는 사실이다. 세상은 아직 그의 '무의미의 시' 를 받아들일 준비가 되어 있지 않기 때문일까?

삼가 고인의 명복을 빈다.

『시(詩) · 팔십팔수(八十八壽)』

2005년 9월 9일(금) 하오 6시, 「문학의 집 · 서울」에 100여 명의 문인들이 모였다. 한 시인의 미수(米壽)를 기리는 『시(詩) · 팔십팔수(八十八壽)』를 헌정하는 자리였다. 이 책은 88명의 문인들이 뜻을 모아 미수를 맞은 분의 대표작 88편을 엮어 만든 시선집이다. 주인공은 후백(后白) 황금찬(黃錦燦) 시인.

이 책자에 수록된 연보에 의하면 황금찬 시인은 1918년생이며, 문단에 데뷔한 연도는 1956년으로 되어 있다. 그러니 그의 등단은 38세의 늦은 나이에 이루어졌다. 그럼에도 그의 문학 활동 기간은 반 세기를 기록하게 된다. 그동안 황 시인은 34권의 시집과 22권의 산문집을 상재했다. 1년에 한 권 이상의 작품집을 간행한 셈이니 실로 왕성한 작품 활동이 아닐 수 없다. 그야말로 대기만성이란 표현이 적절할 것 같다.

자고로 미수를 누린 사람은 흔치 않다. 그 중에서도 시인인 경우는 더욱 드물다. 설령 앞으로 어느 시인이 미수를 맞는다 하더라도 황금찬 시인의 경우처럼 많은 문인들이 뜻을 모아 그렇게 기리는 일은 쉽지 않을 것 같다. 이는 시력(詩歷)도 시력이지만 시인의 덕망(德望)으로 말미암아 이루어진 일이기 때문이다.

우이동 인근에 자택을 가진 황 시인은 가끔 우이시 낭송 모임에 나오신다. 황 시인이 참석한 때면 주위가 늘 흥겹고 밝다. 기쁨과 웃음을 몰고 다닌 시인이라고 할까. 그분은 세상을 아름답고 즐겁게 하는 많은 덕목을 지니고 있다.

첫째, 겸손과 칭찬의 미덕을 지닌 분이다.

그는 제자들이 민망해 해도 개의치 않고 젊은 제자들에게도 꼭 존댓말을 쓴다. 그러니 사람을 대하는 그의 겸손이 어떠한지 이로 미루어 가히 짐작할 수 있으리라. 또한 남을 칭찬할 줄만 알지 비방을 모른다. 그분 앞에 가면 보통의 남녀들도 다 선남선녀로 대접받는다. 그러니 누가 그를 좋아하지 않겠는가.

둘째, 놀라운 기억력과 탁월한 언변을 지닌 분이다.

그분의 얘기를 듣다보면 시간 가는 줄 모른다. 같은 내용이라도 그분의 입을 통해 구사된 얘기는 구수하기 이를 데 없다. 기억력이 또한 놀랍다. 연대며 인명은 말할 것도 없고 많은 일화와 작품들을 암기하고 있어서 늘 풍부한 화제로 주위를 흥겹게 한다. 그러니 그분 주위는 늘 즐거울 수밖에 없다.

셋째, 변함없는 항심(恒心)과 맑은 정서를 지닌 분이다.

그분의 마음은 늘 한결같다. 한번 옳다고 한 결심이나 인연은 평생을 두고 변치 않는다. 매일 밤 10시에 보는 가족예배를 40년 동안 지속하고 있다고 하니 그분의 항심이 어떠한지 짐작하기 어렵지 않다. 또한 젊은 시절에 지녔던 비단결 같은 아름다운 정서를 지금도 그대로 간직하고 있다. 음악을 좋아해서 그럴까. 작품 속에 담긴 맑고 고운 서정성은 변할 줄을 모른다.

넷째, 강인한 체력과 의지를 지닌 분이다.

그의 풍골은 옛날의 장수를 연상케 할 만큼 장대하다. 또한 그의 손을 잡아본 이는 그가 얼마나 활력이 넘친 분인가를 느낄 수 있다. 지금도 새벽 2시 이전에는 침소에 들지 않는다고 하니 그의 체력과 의지가 얼마나 대단한지 알 수 있으리라.

황 시인이 지닌 덕목은 이루 다 헤아릴 수 없이 많다. 그분이 미수를 누릴 수 있는 것은 강인한 체력도 체력이지만 후덕한 인품 때문이 아닌가 생각된다.

다음의 글은 황 시인의 고희문집에 수록되어 있는 구상 시인의 축시다.

신선도(神仙圖)에선가
어디 그런데서 본
모습.

나사렛 예수의 양부(養父)
목수(木手) 요셉의 그런 어진
마음씨.

봄, 산허리 늙은 바위에
파릇파릇 돋은 이끼 같은
시.

시인학교 교장선생이
더없이 잘 어울리는
직함(職銜).

이미, 오늘서부터
영원을 살고 있는
노경(老境).

구상 「后白頌」 전문

신선과 같은 외모, 요셉과 같은 어진 마음씨, 봄의 푸른 이끼와 같은 시, 시인학교 교장이 어울리는 직함, 그리고 영원한 젊음을 살고 있는 노년. 길지 않은 글이지만 그분의 풍모를 아주 잘 표현해 내고 있는 시이다.

다음은 황 시인의 「연꽃」이라는 단시다.

연잎은
물에 떠 있으나
젖지 않고

꽃의
향기는
물보다 맑다

누가 꽃으로 피랴

이 병든 호수

속에서……

물에 살면서도 물에 젖지 않은 연잎, 물에서 피어나면서도 물보다 더 맑은 향기를 내뿜는 연꽃, 누가 그런 연꽃으로 피어 이 병든 세상을 맑게 할 것인가를 노래한다. 어쩌면 시인 자신의 모습을 상징적으로 드러내 보이는 자화상으로 읽어도 좋을 작품이다.

『시(詩)·팔십팔수(八十八壽)』는 좋은 시를 쓰는 것도 중요하지만 훌륭한 인품을 가꾸는 일이 시인에게 얼마나 소중한가를 일깨워 준 아름다운 계기가 되었다. 10년 후의 『시(詩)·백수(白壽)』를 기대하며 황 시인의 미수(米壽)를 거듭 축하해 마지않는다.

물질고아원(物質孤兒院)

2005년 세모에 우이동의 몇 시인들이 '물질고아원'을 찾았다. 풍문으로만 듣던 '물질고아원'이 어떤 곳일까 보고 싶어서였다. '물질고아원'이라는 낯선 이름을 가진 그곳은 은평구 응암동 670-5번지, 성찬경 시인의 자택이다. 산자락 언덕 위에 자리한 60여 평 대지의 주택인데, 대문을 들어서자 입구에서부터 마당 전체가 고물들로 가득 채워져 있다. 담벼락에 〈응암동 물질고아원〉이라고 새긴 액자 크기의 양철간판이 의젓이 걸려 있다. 겉으로 보기에는 보통의 고물상과 크게 다를 것이 없다. 좀 이채로운 것은 고물들 위에 수십 개의 헬멧(안전모)들이 듬성듬성 얹히어 있는데, 하얀 눈을 이고 있는 이들의 모습이 마치 야전군 병사들처럼 보였다. 오토바이, 자전거로부터 의자, 책꽂이, 벽시계, 전등, 액자, 그릇, 나무토막, 가죽가방, 쇠붙이, 전선줄, 파이프, 나사에 이르기까지 이루 다 헤아릴 수 없는 '물질'들의 수용소다. 길가에 버려진 폐품들을 수십 년 동안 주워다 놓은 것이라고 한다.

소비가 미덕이라고들 한다. 상품들이 많이 소비되어야 공장이 제대로 움직이고, 그래야 세상이 잘 굴러가게 된다는 뜻이리라. 일회용 상품들은 말할 것도 없고 아직 쓸 만한 물건들이 얼마나 많이 버려지는지 모른다. 상품의 풍요 속에서 살고 있는 오늘의 젊은이들은 물질의 소중함을 절실히 못 느끼는 것 같다. 구멍 뚫린 양말을 몇 번씩이나 기워 신고, 몽당연필에 자루를 꽂아 글자를 익히며 가난을 이겨냈던 낡은 세대들은 아직도 버려진 물건들을 보면 가슴이 아프기만 하다.

성찬경 시인은 '물권(物權)' 이라는 말을 한다. 사람들이 인권(人權)을 주장하는 것처럼 사물도 그들이 존재할 권리인 물권을 누려야 한다는 것이다. 인간들이 필요에 의해 만들었던 물건들을 쉽게 버리는 것은 물권을 유린하는 비윤리적인 행위라는 생각이다. 이는 마치 자신이 나은 아이를 귀찮게 여겨 길가에 팽개치는 무책임하고 비도덕적인 기아(棄兒) 행위와 크게 다를 바가 없다.

시인은 길가에 버려진 물건들에 연민의 정을 느낀다. 집을 잃고 노변에 쓰러져 있는 노인이나 영아를 보듯 안타까운 마음을 억제하지 못했던 모양이다. 그래서 그들을 주워다 자신의 집 뜰 '물질고아원' 에 수용하게 된 것이리라. 그러니 물질고아원이 여느 고물상과 다른 것은 상행위를 목적으로 하지 않은 '사랑의 집' 이라는 점이다.

현관문을 들어섰더니 실내도 마찬가지였다. 마루며 거실이며 벽 할 것 없이 모든 공간들이 고물들로 가득하다. 물건들 위에 물건들이 서로 겹치고 얽혀 그야말로 입추의 여지가 없다. 그런데 집안에 들여놓은 것들은 마당의 것들과는 좀 다르다. 이들은 보통의 폐품들이 아니라 작품들이라고 성 시인은 설명한다.

"보세요, 헨리 무어를 보는 것 같지 않아요?"

공업용 미싱 머리를 절단하여 만든 두툼한 쇠붙이의 뚫린 구멍을

보고 하는 말이다

그의 작품들이란 폐품을 분해하여 그 속에 감추어져 있는 아름다움을 들추어내거나, 다양한 부품들을 조립하여 새로운 구조물을 만들어 낸 것들이다. 전기포트의 내장을 드러내어 〈빛의 얼굴〉을, 자동차 와이퍼를 구부려 〈주라기 공룡〉을 만들기도 한다. 선형(扇形)으로 오린 양철 끝에 추를 매달아 〈연애편지의 무게를 다는 저울〉을, 지팡이 끝에 전구를 달아 〈다이아몬드의 별〉을 창조해 낸다. 녹슨 못을 거꾸로 세워 오벨리스크라 명명하기도 하고, 나사들을 이어 붙여 바벨탑을 쌓기도 한다. 플라스틱 청소기의 원통을 세워놓고 그 아름다운 곡선을 기리는가 하면, 유리조각들을 유리병 속에 가득 담아 놓고 물질의 본질을 일깨우는 작품이라고 제시한다.

말하자면 성찬경 시인의 작품들이란 버려진 물질들 속에서 아름다움을 찾아주고, 그들의 재구성을 통해 새로운 존재의의를 부여하는 작업이라고 할 수 있다.

원장은 시인
원생은 생명을 잃은 버려진 폐품들
구르지 않은 바퀴
멈춰선 시계 바늘
깨진 그릇들은 드디어 몸을 비우고
부서진 의자가 헬멧을 쓰고 있다
그 집의 모든 가족들은
노역의 명령들에서 해방된
평화 속의 안식이다
존재의 해탈이다

쇠붙이와 나무가 얼굴을 맞대고
눈부신 간통을 꿈꾸는,
플라스틱과 유리조각이 서로 어깨를 부비며
아름다운 혁명을 음모하는
물질들의 낙원,
60여 평의 작은 공화국을 덮은
겨울 하늘이 희다.

졸시 「물질고아원」

버려진 물건들에 대한 사랑—시인이야 그럴 수 있다손 치더라도, 폐품들의 아수라장 속에서 시인의 뜻을 받들며 불평 없이 한평생 살아온 부인이 대단하다는 생각이 들었다.

머지않아 이 고아원 주변이 개발되어 아파트가 들어설 모양이다. 집이 헐리게 되면 물질고아들이 자리를 잃게 될 것이니 어찌해야 좋을지 모르겠다고 성 시인은 쓸쓸히 웃는다.

고불(古佛)과 호일당(好日堂)

광부들은 이마에 랜턴을 달고 수백 미터에 이르는 갱도를 따라 지하로 내려간다. 그리고 열악한 환경의 막장에서 광맥을 찾아 열심히 작업한다. 땀에 젖은 이들의 검은 손에 들린 빛나는 광석을 생각하면 숙연해지지 않을 수 없다. 이들은 한 톨의 광석을 얻기 위해 생명을 걸고 용맹정진하는 투사들이라고 할 수 있다. 지상에 하기 쉬운 일들이 적지 않은데 왜 하필 그처럼 고생스런 광부의 일을 선택했는가 묻는다면 그들은 무엇이라고 대답할까? 여러 가지 사정들이 없지 않겠지만, 대개의 광부들은 누군가가 해야만 하는 일을 다만 자신들이 하고 있을 뿐이라고 대답할지 모른다. 그러나 지하의 깊은 어둠속에 잠자고 있던 광석들은 그들의 손에 의해 발굴되어 지상의 햇볕 아래서 눈부신 광채를 발하게 된다. 아직 세상에 드러나지 않은 숨어 있는 아름다운 존재들을 들추어내어 빛을 보게 한 것이다. 그들은 죽어 있는 광석에 생명을 불어넣어 소생시킨 사람들이라고 할 수 있다.

시인들은 펜을 들고 깊은 밤 홀로 깨어 시를 쓴다. 광막한 언어의 숲을 헤치고 들어가 잠자는 수만 개의 언어들을 흔들어 깨운다. 일으켜세운 언어들의 키와 체중을 가늠해 보기도 하고, 그 형태와 빛깔, 맛과 향기 그리고 태생과 성품까지 따져 보기도 한다. 그렇게 해서 선택된 언어들은 연병장에 불려나온 병사들처럼 좌우로 도열을 거듭하면서 한 개의 분대를 형성한다. 형성된 분대는 철조망이나 물웅덩이 같은 장애물들을 포복으로 혹은 줄을 타고 통과하는 피나는 훈련을 한다. 이 과정에서 능력이 없는 놈들은 가차없이 탈락된다. 만일 시의 옷을 벗기고 언어의 맨살을 볼 수 있다면 드러난 만신창이의 상처들이 그대의 가슴을 아프게 하리라.

그렇게 해서 얻어진, 시인의 손끝에 매달린 한 줄의 아름다운 시—그것은 세상 사람들의 마음을 환하게 밝히는 발광체가 된다.

고단한 시의 길을 의연하게 걸어가는 시인들을 보면 광부와 같다는 느낌을 받게 된다. 세상에 드러나지 않은 어둠속에서 작업하는 것들도 그렇고, 어둠에 묻혀 있는 것들을 들추어내 빛나는 생명을 부여하는 행위들도 그렇다.

우이동 골짝에는 한평생 시의 광맥을 찾아 용맹정진 의연히 살아가는 두 분의 노광부가 있다. 80을 바라다보는 나이이지만 노익장의 건강과 열정을 지닌 분들이다. 거의 매일 산하를 누비며 자연을 즐기는 건강을 누리고 있다. 매달 몇 군데의 시낭송회에 참여하여 정열적인 시낭송을 들려주기도 한다. 그리고 더욱 중요한 것은 창작에 대한 열정이 젊은이들 못지않아 거의 매년 새로운 시집들을 출간해 내고 있다는 사실이다. 아마 이분들이 세상에 내놓은 시집들을 모으면 반백(半百)도 훨씬 넘어서리라.

또한 이분들의 공통점은 세상사에 대해 별로 관심을 두지 않고 살아간다는 것이다. 한 분은 아예 신문조차도 읽지 않고 지낸다. 그러니 문단이나 문학단체에서 활동하는 일이 거의 없다. 자신들의 아류를 만들기 위해 마음 쓰는 일도 없다. 철저한 자유인이지만 그렇다고 법도에 어긋나는 일이 없다. 남을 비방하거나 간섭하는 일도 거의 없다. 오직 시를 위해 태어나 시만을 위해 살아가는 분들처럼 보인다. 시의 성직자가 있다면 아마도 이러한 분들을 두고 이름이리라.

한 분은 '섬의 시인' 이라는 별명을 갖고 있다. 평생 수천 개의 섬들을 섭렵하며 수천 편의 작품을 만들어 내고 있다. 섬들의 자연 풍광뿐만 아니라, 외로운 등대들, 쓸쓸히 살아가는 섬사람들의 애환을 노래한다. 또한 산을 찾아 한때는 풀과 곤충들의 세계에 심취하기도 했고, 근래에는 황진이. 김삿갓(金笠) 같은 역사적 인물에 매달리기도 한다.

또 한 분은 '소나무의 시인' 이다. 좋은 소나무 한 그루를 보기 위해 불원천리하고 팔도강산을 돌아다닌다. 수백 개의 고찰들을 탐방하기도 했고, 역사를 거슬러 화랑의 세계에 몰두하기도 했다. 한편 14행시를 위시해서 4행시, 1행시 등 다양한 시형식을 모색해 왔는데, 이는 적지 않는 시사적(詩史的) 의미를 지니고 있다고 생각된다.

나는 이 분들을 생각할 때마다 광부가 연상된다. 시의 광맥을 찾아 불철주야 정진을 늦추지 않은 철인적인 광부들 말이다. 하나의 광맥을 다 뚫기도 전에 또 다른 새 광맥을 향해 예리한 곡괭이를 내리찍는 튼튼한 근육질의 팔뚝이 떠오른다.

사실 오늘의 시인들은 몇 편의 작품만 가지고 독자들의 기억 속에 남기는 힘들다. 시인과 작품들이 너무 많이 생산되고 있기 때문이다.

그래서 어떤 이는 일만 편의 시에 도전하기도 하지 않던가? 작품을 양산하는 것이 반드시 좋은 것은 아니지만, 시라고 해서 물량이 지배하는 시대의 가치관을 도외시할 수만도 없다. 광산의 광맥처럼 시의 세계에도 시맥(詩脈)이 있다. 얼마나 큰 시맥을 찾아 얼마나 빛나는 시의 광석을 찾아낼 수 있는가가 오늘의 시인들이 안고 있는 과제라고 할 수 있다. 그런 점에서 생각해 보더라도 우이동의 두 노 시인들이야말로 우리의 귀감이 아닐 수 없다.

이분들과 한 시대를 같이 살아갈 수 있다는 것은 적은 행운이 아니다. 이미 짐작들 했겠지만 '섬의 시인'은 고불(古佛) 이생진(李生珍) 님이고, '소나무의 시인'은 호일당(好日堂) 박희진(朴喜璡) 님이다. 두 분의 건강과 건필이 오래 지속되길 빌어 마지않는다.

『물 있는 풍경』

— 조창환 시인에게

지난 2월 말경 우리가 『물 있는 풍경』 출판기념회에서 만난 것이 아마 수년 만이었지요?

같은 수도권에 살면서도 그동안 나는 우이동과 청주의 직장을 오르내리느라 여념이 없었고, 조 시인 또한 강남과 수원을 오가며 분망히 지냈기 때문에 서로 만나기가 쉽지 않았던 모양입니다. 게다가 무슨 모임 같은데 얼굴을 잘 내밀지 못하는 내 성벽도 소원의 요인이 아닌가 생각되기도 합니다.

생각해 보면 우리는 남다른 인연을 지닌 사이인 것 같습니다.

조 시인을 처음 만난 것은 1970년대 초 정동에 자리한 서울예술고등학교에서였지요? 같은 직장의 국어과 동료교사이면서, 시를 쓰는 시인들이기도 했고, 또한 대학의 동문이라는 여러 공통점을 지니고 있었지요.

그러나 정동에서의 우리의 만남은 별로 긴 것 같지 않습니다. 조 시인이 일찌감치 대학으로 자리를 옮겼고, 나 또한 헛바람이 들어 잠시 학원가로 외도의 길에 들어섰으니 말입니다. 그리하여 어쩌다 문인들의 모임에서나 가끔 얼굴을 마주치는 정도로 우리의 만남은 뜸했던 것 같습니다.

그렇게 수십 년이 흘러간 뒤 작년 여름, 『물 있는 풍경』의 원고를 정리하던 중 문득 조 시인이 서울고등학교 출신이라는 사실이 떠올라, '유공희(柳孔熙) 선생님'을 아느냐고 전화를 한 적이 있지요. 그때 조 시인은 존경하는 은사님이었다고 대답했습니다. 같은 스승의 제자라는 사실을 확인하고 또한 얼마나 반갑게 느껴졌는지 모릅니다.

내가 유상(愉象) 유공희(柳孔熙, 1922~2003) 선생님을 처음 만난 것은 1955년 광주고등학교에 입학해서입니다. 국어교사였던 선생님은 온통 내 마음을 사로잡았습니다. 알맞은 체구에 갸름한 얼굴, 두툼한 뿔테안경, 올백머리, 동서고금을 종횡무진 넘나드는 해박한 지식이며 유머와 위트가 넘친 강의는 학생들을 열광케 했습니다. 약간 혀가 짧은 듯한 어투마저도 매력적으로 느껴졌습니다.

나는 선생님을 통해 보들레르, 랭보, 발레리 등 프랑스 상징주의 시인들을 처음 알게 되었습니다. 뿐만 아니라, 사르트르, 까뮈 등의 실존주의 철학자며, 린위탕(林語堂), 구라다 하쿠조(倉田百三) 같은 철학자들의 저서도 접할 수 있게 되었습니다. 시골 중학 출신의 우물 안 개구리였던 나에게 새로운 세계를 열어 보여 주셨습니다. 조 시인도 아시지만 그 분은 교과서와 입시 공부에 얽매이지 않고 자유분방한 수업을 하시지 않았던가요? 그랬지만 국어 때문에 입학시험을 그르쳤다는 제자는 한 사람도 없었습니다.

스스로 문학의 딜레탕트라고 겸손해 하면서 자존과 개성을 소중히 여긴 자유인이었으며 진정한 멋을 아는 댄디(dandy)이기도 했습니다.

고등학교 3학년 1학기 때의 일입니다. 나는 일찌감치 문학 병에 걸려 대학 입시 공부는 내팽개치고 방황하고 있었습니다. 하루는 유 선생님이 나를 불러 물으셨습니다. 요즈음 공부에 소홀한 것 같은데 어떻게 된 일이냐고—. 나는 문학을 지망하기로 결심했으며, 문학공부를 하는데 굳이 비싼 등록금 내고 대학에 가야 할 필요성을 느끼지 않는다는 건방진 내 생각을 말씀드렸습니다.

내 말을 들으시고 한참 계시더니 선생님은 빙그레 웃으시며 말씀하셨습니다.

"네 말이 맞다. 대학 가지 않더라도 교수들의 저서를 통해 지식이야 얻을 수 있을 것이고, 작가가 되기 위해 학벌이 반드시 필요한 것은 아니지……. 그런데 말이야, 대학엔 '대학생활' 이라는 것이 있는데, 그 '대학생활' 은 대학에 가지 않고는 맛볼 수 없단 말이야. 그것까지도 네게 매력이 없다면 대학 안 가도 되지……."

나는 며칠 동안 밤잠을 설치며 그 '대학생활' 이라는 화두를 놓고 고민하다가 그 대학생활을 한번 맛보기로 다시 마음을 고쳐먹었습니다.

대학입학 시험을 치르러 처음으로 서울에 올라오게 되었는데, 나는 시험도 보기 전에 서울 아가씨들의 감미로운 말씨에 그만 매혹되어 서울에서 살고 싶다는 결심을 굳히고 말았습니다.

선생님의 조언이 아니었더라면 나는 아마 대학의 문턱에도 못 가보고 반거들충이가 되어 지금껏 떠돌이로 한평생 지냈을지도 모릅니다.

내가 대학 2학년 때 유 선생님께서는 서울고등학교로 오셨고, 그래서 조 시인과의 인연도 비롯된 것 같습니다.

대학을 졸업하고 직장에 다닐 때도 나는 가끔 선생님의 역촌동 자택을 드나들었습니다. 선생님께서는 수필을 잘 쓰셨지요. 그래서 어떤 방송국의 제작자는 선생님의 글을 낭독하는 고정 코너를 두기도 했습니다. 그러나 선생님께서는 등단을 원치 않았으며, 작품집을 세상에 내놓기를 꺼려하셨습니다.

"내 작품을 내 생전에 어찌 부끄럽게 묶어낸단 말이냐?"

문집이란 본인의 사후에 후손이나 제자들의 손에 의해 만들어지는 것이지 당대에 할 일이 아니라는 지론을 갖고 계셨습니다. 일찍이 메이지대(明治大) 문학부에서 수학했던 깨어 있는 지식이었지만 삶의 자세에 있어서는 청빈한 옛 선비의 기질을 잃지 않은 분이셨습니다. 그러한 선생님을 대할 때마다 되지도 않은 작품들을 시집으로 묶어내려 전전긍긍했던 내 모습이 한없이 부끄럽고 초라하게 느껴졌습니다.

선생님께서 작고하시기 1년 전쯤 와병 중에 계실 때, 몇 제자들이 찾아가 원고를 넘겨주실 것을 간청했지만 역시 뜻을 굽히지 않으셨습니다. 그리고 2003년 세상을 뜨셨습니다.

2007년 봄, 선생님이 떠나신 지 4년 뒤, 문득 선생님의 유고에 생각이 미쳤습니다. 그리하여 수소문 끝에 유족들과 연락이 닿아 보관 중인 원고를 인수하게 되었습니다.

산문 43편, 시 77편, 일문시(日文詩) 49편의 원고를 지난여름 내내 정리하면서 즐거운 땀을 흘렸습니다. 조 시인에게 혹시 유 선생을 아느냐는 전화를 했던 것이 바로 이 무렵입니다.

각계의 많은 제자들이 흔쾌히 문집간행에 동참해 주었습니다. 출판비를 지원해 주기도 하고 선생님과의 정겨운 추억담들을 써 주기도 했습니다. 더욱이 조 시인이 써 주신 유려한 '작품평설'로 『물 있는 풍경』이 더욱 아름답게 꾸며질 수 있게 된 것을 고맙게 생각합니다.

『물 있는 풍경』 속에 담긴 유상(愉象) 유공희 선생의 고귀한 정신이 이 삭막한 세상을 좀 부드럽고 맑게 할 수 있으면 좋겠다는 생각을 해봅니다. 유 선생님은 내가 지금까지 이 지상에서 만난 사람들 가운데 가장 멋진 분이셨습니다. 그를 만날 수 있었다는 것이 내 생애의 큰 행운이며 기쁨이었습니다. 그분의 맑고 고운 문향(文香)을 세상과 더불어 나누고 싶습니다.

조 시인, 언제 우이동 골짝에서 술 한 잔 기울이면서 유공희 선생의 추억담이나 나누었으면 합니다만—. 강북에 오시는 기회 있거든 연락 주십시오.

시와 말

시와 말[馬]

한 마리의 말이 있다. 영양실조에라도 걸린 듯한 수척한 말이다. 윤기를 잃은 털은 듬성듬성 빠진 곳도 있다. 그러나 한때는 준마였는지 드러나 보인 뼈대가 귀골스럽고 눈빛은 아직도 맑다. 고삐도 없는 이 한 필의 말이 광야에서 외롭게 풀을 뜯고 있다. 가끔 지나가는 사람들이 있기는 하지만 거들떠보지도 않는다. 아마 아무 쓸모도 없는 놈이라고 여기는 모양이다.

그런데 초라한 행색의 한 나그네가 지나다가 말 옆에서 잠시 걸음을 멈춘다. 그 나그네 역시 말처럼 수척하다. 먼길을 걸어온 듯 옷은 찌들고 신발은 헐었다. 그러나 동안(童顔)의 얼굴은 맑고 안광(眼光)은 반짝인다. 어느 몰락한 귀족의 후예인 것도 같다. 그 나그네는 한참을 서서 말을 바라보다가 곁으로 다가선다. 말은 처음 본 이 나그네가 두렵지도 않은지 피하려는 기색이 없다. 나그네는 말의 등을 쓸어보기도 하고 머리를 만져보기도 한다. 그러자 말은 코를 벌름거리면서 싫지 않다는 듯 하얀 이를 드러내 보인다.

이렇게 해서 나그네와 말은 가까워진다. 나그네는 멀고 외로운 길을 가는데 말과 더불어 동행한다면 심심찮을 것이라고 생각한다. 그래서 그는 궁리 끝에 자신의 허리띠를 풀어 말의 고삐를 만든다. 한 손으론 흘러내리려는 바지를 움켜잡고 다른 한 손으론 말의 고삐를 끌면서 길을 간다. 그러나 말은 생각처럼 쉽게 따라와 주지 않는다. 먹이를 보면 먹이 쪽으로 달려가려 하고 개울을 만나면 쉽게 건너려 하지 않는다. 이놈을 몰고 간다는 것이 여간 힘든 일이 아니다. 심심풀이로 생각해서 끌고 왔던 이놈이 보통의 짐이 된 게 아니다. 마치 말의 종처럼 나그네는 말에 끌려간다. 그렇다고 안쓰러운 마음 때문에 그냥 내버리고 갈 수도 없다. 나그네의 가슴속에 이미 정이 배어들었기 때문이다.

나그네는 말을 억지로 끌고 가기가 쉽지 않다는 것을 깨닫는다. 그래서 말을 길들이기로 작정한다. 가던 길을 멈추고 말에 매달려 놈을 돌본다. 말과 함께 뒹굴고 말과 함께 잠자면서 말의 동무가 된다. 나그네는 그가 가던 길을 잠시 잊고 마치 말이 길인 것처럼 말 속에 빠진다. 이제 그와 말은 하나가 된다. 그는 말의 고삐를 풀어 다시 자신의 허리띠로 맨다. 이제는 고삐를 끌지 않아도 말이 그를 따른다. 나그네와 말은 친구처럼 나란히 걷는다. 말은 이미 나그네의 마음을 알아 멈추고자 할 때 멈추고 움직이고자 할 때 움직인다. 그야말로 동행이다.

끝없이 펼쳐지는 광야, 흐린 날씨에 길은 거칠다. 얼마나 걸어왔던가 목은 마르고 다리는 팍팍하다. 그때 말이 조용히 속삭인다.

"주인님, 제 등에 올라타세요."

나그네는 한참 망설이다가 미안한 마음이 없지 않았지만 가만히 말의 등에 오른다. 그러자, 아, 새롭게 열리는 시야, 지상을 딛고 걸을 때와는 달리 흔들리며 다가오는 율동적인 산하의 아름다움, 말의 등에서 배어 나오는 따스한 감촉……. 세상은 한순간에 금방 달라진다. 나그네는 이제 모든 피로도 잊고 동화 속의 왕자처럼 유유자적 말의 등에 올라 광야를 건넌다.

× ×

나는 앞에서 나그네와 말 이야기를 했습니다. 이 이야기 속에 나오는 나그네와 말을 시인과 시의 관계로 바꾸어 생각해 보고자 합니다. 시인들은 광야를 걸어가는 외로운 나그네, 시는 광야에 버려진 수척한 말에 비유해도 좋을 듯싶습니다. 그리고 이야기 속의 나그네가 겪는 것처럼 시인들도 세 가지 단계를 겪어 간다고 볼 수 있을 것 같습니다.

처음은 말을 끌지만 말에 끌려가듯 시를 쓰지만 시에 끌려가는 단계입니다.

다음은 말과 친구가 되어 동행하듯 시와 동고동락하며 지내는 단계입니다.

마지막은 말 위에 올라타고 가듯 시를 자유자재로 부릴 수 있는 단계입니다.

첫째는 시인이 시를 이기지 못하고 시에게 눌려 지내는 처지입니다. 이런 상태에서는 시를 쓰는 일이 오히려 괴롭습니다. 늘 시를 생각하기는 하지만 시가 쉽게 쓰이지 않습니다. 습작기의 시인들이 대개 겪게 되는 과정이라고 할 수 있습니다. 나는 이 과정을 시를 찾는 멱시(覓詩)—시에 얽매이는 결박의 단계라고 부르고자 합니다. 인고와 연단의 대결을 통해 시의 결박으로부터 풀려나면 둘째의 과정인 친화의 단계에 접어들게 됩니다. 여기서는 시와의 대결이 아니라 화해를 맞게 됩니다. 갈등으로부터 벗어나 자유와 평온을 맛보게 됩니다. 시와 함께 하는 일이 이젠 괴롭지 않습니다. 이 단계를 시를 터득하게 되는 견시(見詩)의 경지라고 불러도 좋을 것 같습니다.

그러나 중요한 것은 시를 마음대로 부릴 수 있는 셋째 단계라고 생각합니다. 시의 말을 올라타고 시를 몰고 갑니다. 시 위에 올라타고 가니 그가 밟은 대지는 다 시의 영토가 된다고 할 수도 있습니다. 시의 자유방임— 그러나 기존의 시법에 얽매이지 않지만 결코 탈선을 범하지 않고, 새로움을 꿈꾸지만 결코 아집과 교만에 빠지지 않는 유유자적입니다. 무애불기(無碍弗羈)— 무법의 경지라고나 할까요. 공자의 저 종심소욕불유구(從心所欲不踰矩)로 설명이 될 수 있을지 모르겠습니다. 나는 이 단계를 역시(役詩)의 경지라고 부르고자 합니다.

그러니 첫 번째 멱시(覓詩)의 단계는 시인이 시의 시종(侍從)으로 매인 것이고, 두 번째 견시(見詩)의 단계는 시인과 시가 친구의 관계라고 한다면, 세 번째 역시(役詩)의 단계는 시인이 시의 주인이 되는 격입니다.

시는 한 마리의 말입니다. 오늘의 시인들에게 묻고자 합니다. 그대는 시의 말을 어떻게 기르고 있는지 궁금합니다. 혹시 황금의 외양간을 지어 세상과는 담을 쌓고 시를 자신의 상전(上典)으로 떠받들며 봉양하고 있는 것은 아닙니까? 아니면 아직 허약한 그놈을 밖으로 내몰아 해동도 안 된 돌길에 무거운 수레를 끌게 하는 것은 아닙니까? 시의 말은 상전으로 섬길 것도 못되며 그렇다고 하인처럼 혹사시킬 것도 아닙니다. 한 마리의 말을 잘 먹여 준마로 키워내듯 정성으로 잘 기른 다음 그놈의 등에 올라 유유자적 세상길을 넘을 일입니다. 지금 그대가 기른 시마(詩馬)는 어떠한가요? 올라타도 될 말큼 늠름한가요? 그럼 어서 올라타 보시지요.

벽시(壁詩)

벽시(壁詩)란 문자 그대로 벽에 걸린 시다. 서울의 지하철역 승강장에 서 있으면 어렵지 않게 눈에 띈다. 승강장 주변의 벽에 시를 담은 액자가 더러 걸려 있다. 온통 상품의 광고들이 우리들의 시야를 점령하고 있는 도시에서 시를 만난다는 것은 반가움이 아닐 수 없다.

도시의 삶이란 얼마나 번거롭고 소란한가? 집을 나서면 홍수처럼 밀려드는 자동차와 군중들, 위압적으로 다가서는 고층건물군, 난마(亂麻)로 뒤얽힌 전선의 전주들, 상점마다 내건 요란스런 간판과 광고물, 우리의 발걸음을 통제하는 건널목의 신호등…… 그리고 자동차의 엔진소리, 건물들이 내뿜는 환풍기의 소음, 쏟아지는 소란한 전자음악, 행상인들의 따가운 외침, 행인들의 분망한 발자국 소리, 여기저기서 울리는 휴대전화의 벨…… 이러한 것들에 우리의 눈과 귀는 완전히 포로가 되고 만다. 우리의 감각은 도시가 생산하는 모든 영상과 소음과 악취들에 일방적으로 점령당한다. 도시의 어느 곳을 가도 우리의 눈과 귀를 잠시 쉬게 할 장소를 찾기란 쉽지 않다. 시민들은 그들 가족의 생계를 위해 이러한 도회의 아수라장 속에서 힘겹게 움직이고 있다.

누구의 발상이었을까? 바삐 움직이는 시민들의 발걸음을 잠시 멈추게 하여 그들의 번거로운 마음을 달래주겠다고 벽시를 붙인 그 사람은 누구일까? 어두운 지하철역 벽에 시를 매달아 번민스런 삶에 위안을 주려고 한 그 마음은 얼마나 따스하고 아름다운가?

그러나 그 발상은 좋았지만 기대했던 만큼의 성과는 거두지 못한 것 같다. 〈벽시〉 앞에서 잠시 걸음을 멈추고 시정(詩情)에 젖어드는 사람은 거의 없다. 그들의 삶이 너무 바빠서 시 같은 건 눈에 들어올 겨를이 없기 때문일까? 그럴지도 모른다. 그러나 그것만의 이유는 아닌 것 같다.

지하철역의 벽시가 시민들의 관심을 끌지 못한 것은 '걸린 시' 에 문제가 있어 보인다. 선택된 벽시들은 소위 명시라는 평가를 얻은 것들이긴 하다. 그러나 그 작품들은 중 · 고등학교 교과서에 이미 실려 있는 것들이어서 보통의 사람들이라면 수십 번 읽었던 친숙한 작품들이다. 아니 친숙하다기보다는 시험 때마다 얼마나 우리를 괴롭혔던 지겨운 작품들인가? 그 지겨운 작품들을 다시 감상하기 위해 걸음을 멈춰 설 사람은 없을 것이다.

지하철역에 걸린 그 지겨운 명시들은 다 철거되어야 한다. 이 세상에는 그 진부한 '명시' 들보다도 더 아름답고 감동적인 작품들이 얼마든지 있다. 그런 신선하고 감동적인 작품들을 내걸어 고단한 시민들의 마음을 달래도록 해야 할 일이다. 나는 바람직한 벽시의 조건을 다음과 같이 규정한다.

첫째, 일반인에게 아직 잘 알려지지 않은 신선한 작품일 것.

둘째, 읽기에 부담스럽지 않은 짧은 분량의 작품일 것.

셋째, 가급적이면 흥겹고 재미있는 내용의 작품일 것.
넷째, 가능한 한 자주 새로운 작품들로 교체 게시할 것.

이러한 조건으로 지하철의 벽시들이 게시된다면 새로운 작품이 걸린 날 아침마다 시민들은 벽시 앞에 줄을 서서 읽을지도 모른다. 이 얼마나 아름다운 정경이겠는가? 무거운 마음으로 출근하는 사람들의 가슴에 맑고 고운 시정이 스며 마음의 평화를 누리게 되리라. 그리하여 각박한 세상은 시로 하여 한결 부드럽게 풀릴지 누가 아는가? 시를 통해 세상을 구원하는 것을 기대하기는 어렵다 할지라도 시가 거친 세상을 부드럽게 하는 윤활유가 될 수는 있으리라.

지하철역의 벽시만이 아니라, 삭막한 도시 공간 속에서도 시를 걸 수 있는 장소를 찾아 이를 활용하게 된다면 이 얼마나 복된 일이겠는가? 요즈음 대형 건물을 지을 때 의무적으로 조형물을 세워 아름답게 꾸미는 것처럼 공공건물의 현관 대리석 벽에 아름다운 시를 새겨 넣는 것도 얼마나 운치 있는 일이겠는가?

버스 정류장의 안내판 곁에 시를 걸 수는 없을까? 아파트의 쉼터나 공원의 벤치 옆에 작은 시비들을 세울 수는 없을까? 예쁜 포장지의 여백에 짧은 시구들을 인쇄하면 어떨까? 비록 도시가 번잡하기 이를 데 없지만 찾아보면 시가 설 공간은 적지 않을 것도 같다.

한번 상상해 보시라. 지하철역마다 아름다운 벽시들이 걸리고, 대형 건물의 현관 벽들에 격조 높은 시가 새겨지고, 거리와 공원마다에 정겨운 시비들이 늘어서 있는 서울— 그렇게 되면 선량한 시민들은 그들의 거실에 품위 있는 시화(詩畵)들을 다투어 걸리라. 그리하여 서울은 세계에서 가장 시를 사랑하는 시의 도시가 될 것이 아닌가? 시가 도시의 상표가 되는 시의 파라다이스 서울— 시를 사랑하는 그 도시의 시민들은 마음의 평화를 누리는 세계에서 제일 행복한 주민들이 되리라.

어찌 이것이 꿈만의 일이겠는가. 시에 대한 그대들의 간절한 사랑이 바로 그런 세상을 불러올 수 있을 것이다.

나는 지혜롭고 선량한 한 지역 행정관을 생각해 본다. 명리에 크게 연연해 하지 않고, 세상을 보다 밝고 아름답게 하는 데 기여코자 하는 행정관, 만일 그런 목민관이 있다면 나는 달려가 그에게 고하리라. 그대의 뜰에 우선 시를 심으라고—, 그러면 시는 자라 차차 세상을 덮고 시로 덮인 복된 세상은 어느 제왕보다도 그를 오래 기억할 것이다. 이 세상을 밝힌 평화의 사도라고—.

우이도원(牛耳桃源)

청명한 가을 어느 일요일 아침, 우이시회의 몇 회원들이 우이도원엘 오른다. 도원의 벌초를 하기 위해서다. 해마다 여름이면 몇 번씩 벌초를 했었는데 금년엔 이런저런 일들로 미루다 많이 늦어졌다.

우이도원(牛耳桃源)은 우이동의 북한산 자락에 자리하고 있다. 삼각산 밑 도선사 우측의 능선을 올라선 다음, 오솔길을 따라 3, 4백 미터쯤 내려가다 보면 주위에 아름드리 오동나무들이 우뚝우뚝 서 있는 아늑한 공지를 만나게 된다. 청룡과 백호의 좌우능선을 제대로 거느리고 있는 양지바른 명당이다. 큰 돌들로 축대를 쌓은 흔적이 남아 있는 걸 보면 아마도 옛날 암자가 있던 절터인 것도 같다.

그 공지의 개울가에 한 그루의 복숭아나무가 서 있다. 수십 년 묵은 거목인데 봄철이면 그놈이 피워대는 꽃이 참 장관이다. 그놈이 수십만 송이의 꽃들을 매달고 있을 때는 마치 거대한 모닥불을 피운 듯 주위의 산천이 온통 환하다. 원래 도화란 아름다운 꽃이지만 청정한 산속에서 홀로 자란 이놈은 격이 다른 비색(秘色)을 지니고 있다. 그래서 매년 봄 복숭아꽃이 필 무렵이면 이놈이 피운 꽃을 구경하기 위해 우이동 시인들은 안달이다. 너무 일찍 찾아갔다가 꽃몽우리들만 보고 내려오기도 하고, 혹은 너무 늦게 찾았다가 지는 꽃잎을 보며 안타까워하기도 한다. 그놈이 꽃을 피우는 시기가 마을의 여느 복숭아나무와는 달라서 절정의 꽃을 때맞춰 보기가 쉽지 않다. 산을 자주 오르내리는 사람의 입을 통해 화신(花信)을 전해 듣고 찾아가도 때를 놓치기가 일쑤다.

우이동 시인들이 외롭게 홀로 서 있는 이 복숭아나무를 적적하게 생각하여 그 주위에 몇 그루의 도화를 더 심어 도원(桃園)을 만들기로 했다. 그리하여 수년 전 충북 옥천에서 50여 그루의 묘목을 구해다 정성껏 심고 가꾸었다. 그리고 무릉도원(武陵桃源)을 꿈꾸면서 '우이도원(牛耳桃源)' 이라 명명하게 된 것이다.

이젠 그 묘목들이 많이 자라 사람의 키를 훌쩍 넘어섰다. 지난봄부터서는 이놈들도 꽃을 피워대기 시작했는데 그야말로 별유천지(別有天地)다. 봄이면 이 골짝이 온통 복사꽃 사태가 나서 황홀한 무릉이 된다. 비록 세속의 때에 전 속인일지라도 이 골짝의 도화 속에 들면 잠시 신선이 될 것만 같다. 도원(桃源)이 선경(仙境)을 이르는 말인 걸 보면 예부터 선인(仙人)들도 도화를 기려 가까이했던 모양이다.

산속에 복숭아나무를 심어놓고 그 꽃이나 바라다보며 살다니, 이 바쁜 세상에…… 이렇게 우이동 시인들을 빈정대는 사람도 없지 않으리라. 아니, 우이도원에서 우리 시인들이 하는 일들을 세상이 안다면 아마 배꼽을 잡고 웃을는지도 모른다.

우이시회에서는 매년 우이도원에서 공식적인 두 행사를 갖는다. 봄

우이동 시인들이 만든 우이도원

의 시화제(詩花祭)와 가을의 단풍시제(丹楓詩祭)다. 백화가 난만한 봄과 단풍이 눈부시게 물든 가을이면 자연속에 들어가 시와 노래와 주과(酒果)로 천지신명께 제를 올린다. 우리에게 아름다운 자연을 주신 것을 감사하며 문명의 이름으로 자연을 훼손하고 더럽히는 우리 인간들 스스로를 반성하는 시간을 갖는다. 시와 국악과 춤이 함께 어우러진 축제이기도 하다. 이 축제가 바로 우이도원에서 행해진다. 그러니 우이도원은 신성한 제단(祭壇)이면서 또한 시인들의 흥겨운 놀이마당이기도 하다.

이 바쁜 세상에 복숭아꽃 들여다볼 시간이 어디 있느냐고?

맞는 말이다. 각박한 일상의 수레에 실려가다 보면 주위에 시선을 돌릴 겨를이 어디 있겠는가. 그래서 대개의 사람들은 세상의 대열에서 낙오되지 않기 위해 구획 포장된 일상의 보도(步道)로부터 시선을 떼지 못하고 열심히 걸어간다. 그런데 그렇게 전전긍긍해서 결국 그들이 도착하는 곳은 어디란 말인가? 고뇌와 번민의 세속으로부터 한 걸음도 벗어나지 못한 방황에 불과하지 않던가.

삶에는 적절한 일탈(逸脫)이 필요하다. 그래서 어떤 이들은 모험을 하기도 하고 낯선 곳으로 여행을 떠나기도 한다. 사유(思惟)도 일탈을 필요로 한다. 인습의 틀로부터 벗어나고자 하는 사고(思考)의 자유—바로 그 자유를 적극적으로 누리고자 하는 사람들이 시인들이라고 할 수 있으리라. 어쩌면 시인들은 허황된 이상주의자들인지 모른다.

우이도원은 우이동 시인들이 가끔 일상으로부터 탈출하여 그들의 심신을 어루만지는 휴양처다. 아니 그들이 꿈꾸는 이상향의 한 표상이다. 잃어버린 유토피아에 대한 향수를 달래는 성지다. 우이도원은 아마 그들 시의 정서적인 메카로 장차 자리잡게 될지 모른다.

맑고 푸른 가을 하늘 아래 도원을 벌초하는 시인들의 바쁜 손길이 아름답다. 무성한 잡초들을 낫으로 베어 눕히고 복숭아나무 가지 위로 감고 올라간 칡이며 환삼넝쿨들을 열심히 걷어낸다. 교목에 매달린 머루넝쿨의 넓은 잎들은 어느덧 붉게 물들기 시작했다. 곱게 지저귀는 산새소리, 꿀벌들의 잉잉거린 날개소리에 귀가 맑게 열리고, 산국의 은은한 향기, 솔잎의 명징한 냄새에 가슴이 트인다. 잠시 땀에 젖은 얼굴을 들어 멀리 바라다보니 회색의 아파트군들이 뽀얀 도심의 매연 속에 잠겨 있다. 시정(市井)으로부터 제법 멀리 떠나와 있는 것 같다.

『牛耳詩』

월간 『우이시』가 2005년 2월로 지령 200호를 맞았다. 월간 『우이시』를 간행하고, 매월 도봉도서관에서 〈우이동 시낭송회〉를 개최하고 있는 '우이시회' 라는 문학 단체는 '우이동 시인들' 이라는 작은 동인으로부터 출발했다. '우이동 시인들' 은 1987년 우이동 인근에 사는 몇 시인들—이생진, 채희문, 홍해리, 신갑선 그리고 필자 등으로 구성된 모임이다. 중도에 신갑선 시인은 탈퇴하고 나머지 네 시인들이 12년 동안 매년 2회씩 총 25집의 사화집을 엮어낸 바 있다.

1987년 동인지 창간호 발간 기념으로 시낭송회를 가졌던 것이 계기가 되어 '우이동 시낭송회' 가 발족했고 이어 정기 월례행사로 자리를 굳히게 되었다. 그러면서 네 사람의 동인뿐만 아니라 뜻을 같이하는 시인들이며 음악하는 분들의 참여로 시낭송 회원들이 점점 불어났다. 그동안 보다 많은 청중들을 찾아 인사동 등 몇 군데 낭송 장소를 옮기기는 했으나 도봉도서관에 정착함으로 오늘에 이른 것이다.

제1회 낭송에서부터 낭송 작품들을 팜플렛으로 만들어 왔다. 그런데 낭송회원들이 늘고 낭송집의 부피가 불어나면서 그 낭송집을 일회용으로 소비하고 만다는 것이 아쉽다는 생각이 들었다. 그래서 그 낭송집을 세상에 내놓기로 한 것이다. 그리하여 매달 낭송집을 문단에 배포하게 되었는데 기왕이면 좀 더 볼 품 있는 책자를 만들어 보자는 욕심이 생겼다. 이것이 낭송집에서 작품집으로 변모한 『우이시』 탄생의 내력이다. 그렇게 『우이시』가 월간지로 발전하면서 '우이동 시인들' 은 잠정적으로 해체하게 되었다.

『우이시』의 발간 호수는 제1회 낭송집인 팜플렛으로부터 기원한다. 그렇게 호수를 올려 잡게 된 이유는 어떤 허세를 부리려는 욕심에서가 아니라 팜플렛으로부터 책자로의 발전이 점진적으로 이루어진 것이므로 그 한계가 모호하여 그렇게 소급한 것이다. 혹 후세의 문학 연구가들의 이해를 돕기 위해 밝혀 두는 바이다.

지금 발간되고 있는 『우이시』의 체제나 그 맵시가 아직 촌티를 못 벗어나고 있음을 자인한다. 그러나 화려하게 만들 줄 몰라서 그런 건 아니다. 물론 제일 큰 요인은 경제적인 여건이지만 사치스런 외양보다는 작품의 내실을 기하자는 편집진의 의도도 여기에 개입되어 있다. 그동안 이렇게라도 꾸준히 발간할 수 있었던 것은 50여 명으로 늘어난 회원들의 적극적인 참여와 60여 명 후원 회원들의 따뜻한 후원의 덕이라고 생각한다.

애초 우이시 낭송 회원들은 우이동이라는 작은 지역을 중심으로 한 몇 시인들로 출발했지만 이제 '생명과 자연과 시와 음악을 가꾸는' 우이시회 회원들의 분포는 전국 각 지방과 외국에까지 미치며, 시인을 넘어서서 음악인, 미술인, 영상 작가에 이르기까지 다양한 구성원을 갖게 되었다.

후원 회원들을 생각하면 가슴이 메인다. 우이시회 후원 회원들은 재벌이나 대단한 기업인들이 아니다. 우리 회원들의 친지며 가까운 이웃들이다. 한평생 시에 매달려 살아가는 순진한 사람들 보기가 딱해서, 혹은 시를 사랑하는 이웃들이 순수하게 활동하는 시인들을 대견스럽게 생각하여 후원을 하고 있다. 이 자리를 빌어 이분들께 삼가 고맙다는 말씀을 드리고 싶다.

우이시회는 작품집 월간 『우이시』나 간행하고 매달 시낭송회나 여는 단순한 문학단체는 아니다. '생명과 자연과 시와 노래 가꾸기'를 지표로 내걸고 있는 우이시회는 봄에는 〈북한산 시화제(詩花祭)〉를 가을에는 〈북한산 단풍시제(丹楓詩祭)〉를 올리고 있다. 생명과 자연의 소중함을 자연 속에서 시와 노래로 일깨우는 축제 행사다. 또한 부정기적으로 시문학 세미나를 가지면서 한국 현대시의 정체성을 모색하기도 한다.

오늘의 한국시단은 많은 시인들이 등장하여 시의 풍요를 누리고 있는 것같이 보이지만, 사실은 시의 위기라고 진단하는 견해도 적지 않다. 대중들이 시를 점점 더 외면해 가고 있는 실정이니 그럴 만도 하다. 그렇게 된 제일차적인 요인은 시인들 자신에게 있음을 부인할 수 없을 것이다. 시가 재미있고 감동을 지닌 글이라면 누가 읽지 않겠는가. 오늘의 시인들은 자폐적인 아집 속에 빠져 있을 것이 아니라 대승적인 안목으로 시의 길을 새롭게 열어가야 하리라고 본다. 이것이 시를 구원하는 길이다. 앞으로 우이시회는 현대시의 새로운 길을 모색하고 한국시의 정체성을 수립하는 데 기여할 것이다.

우이시회의 문호는 개방되어 있다. 한국시의 앞날을 함께 걱정하고, 우리시의 정체성을 모색하고자 하는 뜻 있는 시인들의 참여를 바란다. 특히 패기 넘치는 젊은 시인들과 발랄한 비평가들의 동참을 기대해 마지않는다. 아울러 바라건대 시를 사랑하는 후원 회원들의 많은 손길이 더욱 열렬히 우이시회에 와 닿기를 소망한다. 이들로 하여 머지않아 이 땅에 시의 불꽃이 맑고 아름답게 되살아날 수 있게 될 것이다.

그 시작은 극히 보잘것없으나 그 끝은 극히 장대하리라는 말씀이 우이시회를 통해 이루어질 것을 믿는다.

기어(綺語)

거울 앞에 다소곳이 앉아 눈가의 가는 주름살을 다독이는 여인의 하얀 손길은 지켜보는 이의 미소를 자아내게 한다. 아름답게 보이고자 하는 것은 인간의 타고난 욕망인가 보다. 아마 그러한 욕망을 충족시키기 위해 인류 문화의 태반은 이루어졌다고 해도 과언이 아닐 것 같다. 가까이는 화장술에서부터 각종 장신구며 의류들 그리고 가구며 건축물에 이르기까지 인간의 미적 욕망과 연관된 것들이 얼마나 많은가? 인간이 예술을 창조하고 향유한 것도 이러한 욕망과 무관하지 않아 보인다.

무릇 모든 예술 작품은 아름답다. 아니, 아름다워야 한다. 혹 아름답지 않은 작품이 있다면 이는 예술의 범주로부터 추방해도 무방하리라. 시도 예술이기를 바란다면 아름다움을 지니고 있어야 한다. 아름다움을 거부한 시가 있다면 이는 엄격히 말해서 시라고 하기 곤란하다. 그래서 예로부터 얼마나 화려한 미사여구들로 시를 치장해 왔던가? 아름다운 것을 보면 '시처럼 아름답다' 고 비유할 정도로 시는 아름다움의 대명사가 되었다.

그런데 아름답다고 하는 것이 어떤 것인지, 막상 무엇을 아름답다고 하는 것인지 따져 들어가 보면 간단하지가 않다.

세상의 모든 꽃들은 왜 아름답게 느껴지는가? 비록 흉물스런 짐승일지라도 그 새끼들은 얼마나 아름다운가? 금강산이나 나이아가라 같은 대자연도 아름답고, 분자나 원자 같은 미립자의 오묘한 세계도 아름답다. 젊은이의 탄력 있는 다리도 아름답고, 5월의 생기 넘치는 신록도 아름답다. 산골짜기를 흘러내리는 맑은 개울물 소리도 아름답고, 그윽한 숲속 새들의 지저귐도 아름답다. 음악 · 미술 · 무용 같은 예술도 아름답고, 눈부신 언어로 엮어진 시도 아름답다.

그렇다면 이러한 미감을 자아내게 하는 조건은 무엇이란 말인가? 고전주의자들은 조화와 균형을 갖춘 이상적인 상태를 생각했던 것 같다. 그러나 낭만주의자들은 객관적인 것보다는 생동적이고 순간적인 변화 속에서 아름다움을 찾고자 했다. 플라톤은 미[kalos]와 선[agathon]이 합치된 경지를 이상적인 상태[kalokagathia]로 생각했는가 하면, 칸트는 선이나 유용성으로부터 미를 분리하고자 했던 것 같다. 학문의 한 분야를 이룰 만큼 역대의 많은 학자들이 미에 대한 다양한 이론들을 펼쳐 왔지만 아직도 만족할 만한 결론을 얻어낸 것 같지는 않다.

아름다움은 조화와 균형이라고 하는 구조적인 원만성 외에도 역동성, 천진성, 오묘성, 신성성 등 실로 다 헤아릴 수 없는 다양한 요소들의 작용으로 빚어진 것 같다. 여기에 선(善)이 관여된 상태를 이상으로 생각했던 플라톤과는 달리 전통적인 동양적 미관은 진(眞)을 더 소중히 생각했던 것으로 보인다. 가식(假飾)이 없는 자연 그대로의 상태를 아름답게 생각했다. 그래서 옛 분들은 달변(達辯)보다는 눌변(訥辯)을 높이 샀고, 시 · 서 · 화(詩書畵)에서도 고졸(古拙)의 미를 추구하지 않았던가.

분을 너무 짙게 바른 얼굴이 추하게 보인 것은 그 본연의 모습이 감추어져 있기 때문이다. 미사여구에 즐겨 매달리는 것은 화장을 좋아하는 여인의 심성과 크게 다를 것이 없지 않은가. 불경에서도 기어(綺語 : 아름답고 교묘하게 잘 꾸민 말)를 경계한 것은 아마도 진실을 높이 사고자 해서였을 것으로 짐작된다. 세상을 움직일 수 있는, 생명이 긴 큰 아름다움은 그 천진성에 있는 것으로 보인다.

오늘날 시의 이름으로 세상에 발표된 글들 가운데 기어(綺語)에 얽매이지 않는 진솔한 작품이 몇 편이나 될지 의문이다. 내가 그동안 글이랍시고 썼던 것들 역시 얼마나 분칠을 했던 것인지 생각하면 두렵기만 하다. 화장대 앞에 앉아 얼굴을 매만지고 있는 여인이 자기를 감추고 있다는 사실을 잊고 있듯이, 나도 자신을 돋보이게 하려고 열심히 분을 바르고 있다는 사실을 망각하고 있었던 것이나 아닌지 모를 일이다.

경(經)에 이르기를
기어(綺語)를 범한 자는
장차 상지옥(上地獄)에 떨어져
혀를 만 발이나 늘이게 된다고 하네

닫기도

열기도

힘든 이 문(門)

참 답답도 하네

맑은 소리로만 우는 종달새여

저 세상에서도 너는

우리들의 머리 위를

그렇게 날겠구나.

졸시 「종달새에게」 전문

가식이나 음모가 도사리고 있는 것들은 아름답지 않다. 잠시 우리의 눈을 속였던 조화(造花)는 우리를 얼마나 실망시키는가. 아무런 타산 없이 행하는 어린이의 착한 행동은 아름답지만 음모가 숨어 있는 어른들의 선행(善行)은 얼마나 추한가.

아름다움이 우리에게 감동을 주는 것은 그 미적 구조를 떠받들고 있는 바로 그 진실성 때문인 것 같다.

백모란 곁에서

5월이 되면 삼각산 밑 내 우거 운수재(韻壽齋)에 모란이 피어난다. 쉽게 볼 수 없는 흰 모란이다. 나와 한 20여 년 지내는 동안 가지도 무성하게 돋아났고 키도 사람의 키만큼 자랐다. 주위에 높은 집들이 들어서고 소나무 잣나무들이 짙게 그늘을 드리우는 속에서도 잘 자란 것이 대견하다. 그 놈이 수십 개의 꽃봉오리들을 터뜨릴 때면 뜰이 온통 환하다. 예부터 모란을 백화의 제왕으로 일컬어 온 것이 무슨 까닭인지 알 것도 같다. 모란 가운데서도 흰 모란의 기품은 다른 꽃과 비교가 안 된다. 같은 모란이라도 붉은 모란은 너무 화려하여 곧 싫증이 나지만 흰 모란은 그렇지가 않다. 그 청초한 기품이 마치 세속에 물들지 않은 고결한 선비와 같다. 아니 소복하고 내려와 잠시 지상에 머문 선녀라고나 할까. 보는 이로 하여금 숙연함을 금치 못하게 한다. 너울거리는 백옥 같은 꽃잎들의 중앙에 선혈보다 짙은 진홍색 반점이 박혀 있고 그 위에 무수한 황금 수술들이 한 개의 암술 기둥을 감싸고 돋아나 있다. 꽃송이를 보고 있노라면 마치 구중궁궐, 아니 천상의 백옥루(白玉樓)를 들여다보고 있는 기분이다. 이러한 꽃송이들이 수십 개 짙은 녹색의 잎새들 사이에 피어난 모습은 그야말로 장관이 아닐 수 없다.

그런데 모란꽃의 수명은 길지 않다. 화무십일홍(花無十日紅)이라 하지만 열흘이 아니라 겨우 2, 3일이면 다 지고 만다. 아름다운 것일수록 수명이 길지 않다는 말을 새삼 실감케 한다. 떨어지는 꽃잎도 추하지 않다. 어떤 꽃은 비록 아름답기는 하지만 지는 모양이 깨끗지 못해 우리의 마음을 언짢게 하는 경우도 있는데 모란은 지는 것도 맑고 곱다. 아직 시들기 전에 한잎 한잎 꽃잎을 떨어뜨리는 것이 마치 백마강에 몸을 던진 낙화암의 궁녀들을 연상케 한다.

도대체 이 망망한 세상에 어디로 가는 무슨 몸짓이란 말인가. 너울거리는 흰 꽃잎들이 구름 같기도 하고, 달빛 같기도 하고, 돛 같기도 하고, 날개 같기도 하다.

모란아 모란아
하얀 모란아

구름 같은 모란아
달빛 같은 모란아

5월 푸른 뜰에
어디 가는 흰 돛인가?
어디 가는 흰 날갠가?

내일이면 지고 말
그리움은 왜 피워?

괴로움은 왜 피워?

사랑은 왜 피워?

졸시 「모란아 모란아」 전문

해마다 내 뜰에 백 모란꽃이 피어날 때면 나는 며칠 몸살을 앓는다. 한 주일에 며칠 동안은 청주에 내려가 있어야 하기 때문에 그 사이에 꽃의 절정기를 놓치지나 않을까 가슴을 조이며 지낸다. 한편 피어난 꽃을 보면 혼자 보기 아까워 누구에겐가 꽃소식을 전하고 싶은데 그것도 나를 혼란스럽게 한다. 내 뜰에 흰 모란이 피었으니 꽃구경 오라고 하면 이 바쁜 세상에 누가 선뜻 반가워하며 달려오겠는가. 속으로 정신 나간 사람이라고 빈정대며 웃을지도 모른다. 그러니 화신은 전하고는 싶지만 반가워할 동호인을 찾는다는 것도 쉬운 일이 아니다.

연전에는 어리석게도 '모란제(牡丹祭)'를 꿈꾸어 본 적도 있었다. 모란이 필 때 막걸리 통을 운수재의 뜰에 놓고 꽃을 좋아하는 사람들끼리 모여 풍악도 울리며 음풍농월로 하루를 즐기는 모임을 생각해 본 것이다. 그러나 그것도 꽃을 빙자한 한가한 시객(詩客)들의 놀음이라는 눈총을 피할 길이 없을 것 같아 그만두기로 했다. 그렇지만 그냥 지나칠 수 없어서 금년에도 가까운 이웃 두셋 불러 매화주 홀짝이며 모란꽃 그늘 아래서 한나절을 보냈다.

시인들 중에서 가장 모란꽃에 심취했던 분은 역시 영랑이었던 것 같다. 그의 모란 사랑은 거의 광적이라 할 만하다.

모란이 피기까지는
나는 아직 나의 봄을 기다리고 있을 테요
모란이 뚝뚝 떨어져 버린 날
나는 비로소 봄을 여읜 설움에 잠길 테요
5월 어느 날 그 하루 무덥던 날
떨어져 누운 꽃잎마저 시들어 버리고는
천지에 모란은 자취도 없어지고
뻗쳐오르던 내 보람 서운케 무너졌느니
모란이 지고 말면 그뿐 내 한 해는 다 가고 말아
삼백예순 날 하냥 섭섭해 우옵내다
모란이 피기까지는
나는 아직 기다리고 있을 테요 찬란한 슬픔의 봄을

김영랑 「모란이 피기까지는」

모란꽃이 피는 계절이 5월이니 봄의 끝 무렵이다. 그런데 영랑의 봄은 모란과 함께 왔다 모란과 함께 간다. 갖은 교태를 부리며 피어나는 봄의 수많은 꽃들도 영랑의 안중에는 없는 모양이다. 영랑의 봄은 오직 모란이며, 모란은 그의 '보람' 곧 삶의 의미다. 그래서 모란이 지고만 나머지 나날은 그에게 아무런 의미가 없다. 모란이 피어난 며칠을 제외한 나머지 360일은 허무의 시간이다. 영랑의 모란에의 탐닉은 실로 병적일 만큼 깊다.

이 노래는 모란 예찬인데, 작자는 모란의 아름다움에 대해서는 한마디도 하지 않고 다만 모란이 자신의 삶의 전부라는 말로 찬미를 대신하고 있다. 모란꽃의 그 황홀을 천 마디의 말을 끌어다 그려 본들 부질없다는 생각이 들었을지도 모른다.

내 젊은 시절 이 시를 대했을 때는 별다른 공감을 느끼지 못했었다. 센티멘털한 감정에 사로잡힌 허황된 헌사쯤으로 받아들였던 것이다. 그러나 수십 년 동안 모란과 함께 한 뜰에서 살면서 일 년에 겨우 며칠 그 꽃의 황홀을 만났다 헤어지는 체험을 되풀이하다 보니 이젠 영랑의 기분을 조금은 이해할 것도 같다. 모란꽃과의 만남은 마치 일 년에 한 차례 이루어진 견우 · 직녀와의 해후처럼 순간의 아쉬움이 '찬란한 슬픔' 으로 두고두고 마음을 사로잡는다.

아내는 몇 년 전부터 아파트 타령이다. 그런데 내가 선뜻 동의하지 못하고 있는 것은 어쩌면 모란 때문인지도 모른다. 진즉 아파트로 이사를 갔더라면 기천만 원, 아니 기억 원을 불렸을 수도 있었을지 누가 아는가. 그렇게 생각하면 내 뜰의 백모란 값이 기천만 원쯤은 되고도 남을 것 같다는 생각이 든다.

시집을 부치며

얼마 전에 나의 열한 번째의 시집 『自然學校』를 간행한 바 있다. 시력 40여 년에 10여 권의 시집을 갖는다는 것이 요즈음의 풍조로 본다면 별로 자랑할 일도 못 된다. 더군다나 세상을 떠들썩하게 할 만한 특별한 글들을 담고 있는 것도 아니니 말이다.

비록 만족스러운 작품들은 아닐지라도 시들이 모이다 보면 시집으로 묶어 정리해 두고 싶은 충동을 느끼게 마련이다. 그렇지만 유명한 시인이 아닌 이상 팔리지 않는 시집을 만들어 주겠다고 선뜻 나설 출판사를 만나기는 쉽지 않다. 그래서 무명의 시인들은 대개 자비로 발간하거나, 아니면 자신의 시집을 기백 권 구입하는 조건으로 출판을 하게 된다. 내 경우도 별로 다를 바가 없어서 출판사의 딱한 처지를 생각하여 얼마간의 시집을 구입하지 않을 수 없었다.

세상이 별로 반겨 주지도 않는 시집을 좁은 방안에 쌓아놓는다는 것이 여간 거추장스럽지가 않다. 우선 가족들에게 시를 읽을 만한 주위 사람들에게 시집을 나누어주라고 부탁한다. 그런데도 아들 딸 녀석들은 별로 적극적인 반응을 보이지 않는다. 다만 아내만이 가까운 동창생이나 교회의 교우들 이름을 대며 서명을 해달라고 청한다. 그런 아내가 기특하게 생각되어 나는 정성스럽게 서명한 시집들을 그에게 내민다.

어떤 인기 있는 작가들은 대형 서점의 판매 코너에서 밀려드는 팬들에게 둘러싸여 사인을 해 주며 책을 파는 행사를 갖기도 한다는데, 내 경우를 생각하면 쓸쓸하기 이를 데 없다. 내가 쓴 책을 내 돈으로 사서 무상으로 그것도 서명까지 해서(상대방은 별로 달갑게 여기는 것 같지도 않은데) 기증한다는 것이 얼마나 우스꽝스런 노릇인가? 자본주의라는 이름의 사회에 살면서 이처럼 무모하고 어리석은 짓을 한 부류는 아마도 시인밖에는 없을 것이다. 나는 이런 풍조를 안타까워하면서 얼마 전에 「시의 구제」란 글에서 시인들도 시집을 헤프게 배포해서는 안 된다고 성토한 바 있다.

그러나 얘기는 그렇게 했으면서도 막상 다시 시집을 내놓고 보니 보내주고 싶은 사람들이 적지 않다. 만날 때마다 언제 또 내 시집이 나오는가 물어오는 친지들이며, 그동안 내게 열심히 자신의 신간 시집을 보내준 시인들이며, 평소 선망의 대상이던 좋은 작품을 쓰고 있는 문우들이며, 나를 통해 시를 익혀가고 있는 사랑하는 제자들이며, 어려운 환경 속에서도 문학의 길을 놓지 않고 열심히 살아가는 젊은이들이며, 시를 좋아하면서도 제대로 시를 읽을 수 없는 불행한 이들이며…… 이러한 분들에게 어서 나누어주고 싶은 충동을 억제할 수 없다.

나는 받을 분들의 주소를 찾아 봉투에 기록하고, 아내는 밤늦도록 열심히 봉투를 붙여 우체국으로 가져간다. 세 번째 시집 『木馬日記(목마일기)』를 간행한 뒤 이를 우송하면서 느낀 감회를 나는 다음과 같이 읊은 바가 있다.

시집 『木馬日記』를
한 짐 지고
우체국으로 가네

나는 봉투를 쓰고
아내는 우표를 붙이고
조선 팔도에
내 시집을 뿌리네

…(중략)…

읽는 이 없는
이 노래들을 허공에 뿌리네
늙은 아내도
미친 남편 곁에서
영문도 모르고 그렇게 따라서 하네

졸시 「시인통신」 부분

『목마일기』가 출간된 것이 1987년이니 지금으로부터 17년 전의 일인데 상황은 그때나 지금이나 별로 다를 것이 없다. 기뻐해야 될는지 슬퍼해야 될는지 모를 일이다.

하기야 요즈음 나는 더러 즐거운 소식들을 접하기도 한다. 우송해 보낸 내 시집을 받고 고맙다는 인사들을 보내오기 때문이다. 어떤 이는 장문의 편지를 정성스레 써 보내기도 하고, 또 어떤 이는 내 시구를 담아 예쁜 서화(書畵)를 만들어 보내기도 한다. 전화로 직접 다정스런 목소리를 들려주는 이도 있고, 이메일로 경하의 메시지를 보내오는 이도 있다. 혹은 내 홈페이지에 건필을 기원하는 아름다운 글을 남겨주기도 하고, 만날 기회가 있을 때 반갑게 내 손을 잡고 축하의 말을 건네기도 한다.

그러나 내 마음을 심히 언짢게 하는 것은 보내준 시집이 다시 되돌아왔을 때다. 수많은 사람들의 손을 거치면서 남루해진 봉투가 '이사' 혹은 '수취인 불명' 의 붉은 도장이 찍혀 돌아온 것을 보면 적막하기 이를 데 없다. 시집간 딸년이 소박맞고 돌아온 것을 보는 기분도 아마 이와 흡사하리라. 책에 이미 서명을 했으니 되돌아온 책들은 이제 다른 사람의 손에 쥐어질 수 없는 운명이다.

또 하나 내 마음을 언짢게 하는 경우는 책을 받은 상대방이 아무런 반응을 보이지 않을 때다. 모처럼 만났는데 보내준 시집에 대한 언급이 전혀 없다. 혹 우편사고라도 있었나 싶어 기다리다 못한 내가 시집을 받았는가고 물으면 그제서야 생각난 듯 받았다고 고개를 끄덕이는 사람도 있다. 그런 사람들은 보나마나 내 시집을 받고 거들떠보지도 않았을 것이 분명하다. 괜히 보내서 귀찮게만 했을 것 같다는 후회스런 마음이 들기도 한다.

하기는 나도 마찬가지다. 거의 매일 우송되어온 시집들을 받아보면서도 시집의 주인공들에게 제대로 인사를 했던가? 별로 그런 것 같지가 않다.

한 권의 시집은, 비록 그것이 무명 시인의 것일지라도 어려운 세상을 살아가면서 그가 흘린 피와 땀의 결정이라고 할 수 있다. 시집은 한 생명체의 뼈저린 기록물이다. 차가운 가슴을 지닌 이가 아니라면 이런 소중한 기록물을 어떻게 소홀히 대할 수 있겠는가? 시의 길을 외롭게 걸어가는 사람들끼리라도 동병상련의 따스한 정을 서로 나누며 살아가야 하지 않겠는가? 스스로 반성을 하며 미안한 마음에 젖는다.

숨음[隱逸]에 관하여

사람을 일러 '인간(人間)'이라고 한다. 사람을 지칭하는 말에 '사이 간(間)' 자를 쓰는 것은 그럴 만한 이유가 있어 보인다. '사이'는 '관계'의 뜻이리라. 다른 생명체와는 달리 사람들은 타인들과의 관계를 돈독히 하면서 살아간다. 가족들은 말할 것도 없고 씨족, 민족, 그리고 같은 집단의 구성원들끼리도 그 결속이 얼마나 끈끈한가? 인간이 이 지상에 군림하게 된 것은 소위 '사회적 동물'로서의 이 결속력 때문이라고 설명할 수 있을 것 같다.

우리는 원만한 인간관계를 놓고 '사이가 좋다'고 한다. 얼마나 좋은 인간관계를 많이 가지고 있느냐가 그 사람의 능력이기도 하다. 흔히 혈연과 지연과 학연 등을 따지며 패거리를 짓는 것은 유별한 인간관계를 설정하고자 하는 욕망 때문이다. 명문벌족과 통혼을 하려고 혈안이 되기도 하고 일류대학에 입학하려고 안간힘을 쓰는 것이 다 능력 있는 사람들과 이웃이 되고자 해서가 아닌가.

특히 정치나 사업하는 사람의 경우는 영향력을 지닌 사람들과의 관계를 얼마나 많이 갖고 있느냐가 성공의 관건이 된다. 재상의 자리에 앉아 있는 사람이라고 해서 그 분야에 최상의 권위자는 아니다. 재상을 천거하는 자리에 있는 사람과 친밀한 관계를 갖고 있기 때문에 그런 기회를 얻었을 뿐이다. 어떤 사람이 백만장자의 재벌이 될 수 있는 것도 도움을 얻을 수 있는 수많은 사람들과의 관계의 결과 때문이라고 할 수 있다. 그러니 속칭 출세나 성공을 하려면 개인의 실력을 기르는 것도 중요하지만 이에 못지않게 능력 있는 사람들과의 좋은 관계를 마련하는 것이 급선무가 아닐 수 없다.

제 아무리 뛰어난 학설을 지닌 학자라 해도 독불장군 혼자서는 출세하기 어렵다. 그를 뒷받침해 줄 수 있는 동료와 제자들의 힘을 빌어야 한다. 시인이라고 해서 다를 것이 없다. 유명 시인이 되고자 한다면 시만 열심히 쓰는 것만으로는 충분치 않다. 이름을 띄워줄 비평가들과 좋은 관계를 유지해야 하고, 유능한 출판사나 언론매체들과도 친분을 갖고 있어야 한다. 게다가 정치나 경제적인 세력까지를 움직일 수 있는 처지라면 어렵지 않게 유명 인사의 반열에 올라설 수 있다.

그런데 문제는 아무나 원한다고 해서 그런 좋은 인간관계를 가질 수 있는 것이 아니라는 데 있다. 남의 도움을 얻기 위해서는 자기도 그만큼 상대방에게 도움을 줄 수 있어야 한다. 일방적으로 받기만 하는 관계는 오래 지속될 수 없다. 권력의 힘을 빌면 이권이 따라가게 마련이다. 남의 시간을 가져다 썼다면 그에 상당한 대가를 치러야 한다. 보상할 아무 것도 없는 자는 아부와 굴종을 부려서라도 상대방을 만족시킬 수 있어야 도움을 얻을 수 있다. 그러니 출세를 위해 능력 있는 사람들과의 사귐은 결코 아름다운 관계가 되기 어렵다. 속을 들여다보면 추악하기 이를 데 없는 기만으로 가득 차 있기 때문이다.

사람 사이도 간혹 금란(金蘭)과 같은 지기(知己)의 관계가 없는 바는 아니지만 대개의 인간관계는 명리에 얽혀 순수하지가 못하다. 그래서 아예 인간관계를 떠나 살고자 하는 사람들이 있다. 세간(世間)을 등지고 자연 속에서 홀로 살아가는 은자들이 바로 그런 분들이다. 그런데 숨어 사는 것도 가은(假隱)과 진은(眞隱) 두 가지로 구분할 수 있다. 파쟁을 피해 치사(致仕)한 벼슬아치가 향리에 잠시 몸을 숨기는 것은 은일이 아니다. 장차 오게 될 출세의 기회를 노리며 때를 기다리고 있다면 이는 가은(假隱)일 뿐이다. 진은(眞隱)은 세속적인 욕망을 완전히 떨쳐버리고 드러나지 않게 숨는 것이다. 천태산 바위굴 속에 은거해 지냈다는 한산(寒山)이나 습득(拾得) 같은 이들이 그 대표적인 인물이라고 할 수 있으리라.

은일(隱逸), 몸을 감춘다는 것은 말처럼 쉬운 일이 아니다. 사람과의 관계를 끊는다는 것은 모든 욕망으로부터 벗어난다는 뜻이니 쉬울 리가 없다.

어떤 이는 '숨음'을 크게 나누어 소은(小隱)과 대은(大隱)으로 구분한다.

속세를 떠나 자연 속에 묻히는 것은 소은이고
세속과 더불어 살면서도 자신을 드러내지 않으면 대은이라고 했다.
그러나 세상 천지에 자신을 드러내지 않는 것이 그리 쉬운가?
산 속에 숨어도 세상이 그를 알고 끌어내기도 하고
시중에 묻혀도 세상이 그를 찾아 드러내지 않던가?
그래서 내 이르거늘
숨는 곳을 가려 크고 작다고 가름할 것이 아니라
어떻게 숨는가를 두고 그를 기려야 될 것이로다

어디 가서 숨든 그가 드러나면 소은이고
어떻게 숨든 그가 드러나지 않으며 대은이다.
은자, 은자라고 세상이 칭송하는 이들은 다 소은일 뿐
대은은 끝끝내 세상에 드러나지 않는다.
그러니 끝까지 숨어 목석처럼 된 그분들께
내 무슨 수로 이 기림의 박수를 보낼 수 있단 말인가?

졸시 「숨음[隱]에 관하여」 전문

오늘날에도 어느 산골에 크게 숨어 사는 분이 혹 있을까? 아니, 서울의 한복판 소란한 어느 뒷골목에 은연히 살고 있을지도 모른다. 도포를 걸치고 청려장을 짚은 도사풍의 모습이 아니라 그저 평범한 이웃집 아저씨 장삼이사(張三李四)로 우리 곁에 있는 것은 아닐까? 어쩌면 그는 밤마다 맑은 시를 써 놓았다가 아침이면 불살라 버리는 초연(超然) 속에서 세상의 맨 위에 올라앉아 우리를 굽어보고 있는 것은 아닐까? 글 같지도 않은 글들을 만들어 놓고 세상에 다투어 발표하려고 안달을 부리고 있는 속된 우리를 보며 빙긋이 웃고 있는지도 모를 일이다.

매월당의 시론

생육신 중의 한 사람인 매월당(梅月堂) 김시습(金時習, 1435~1493)은 한국 최초의 한문소설인 『금오신화』의 저자로 잘 알려진 인물이다. 세 살 때부터 시를 짓기 시작했고, 다섯 살에는 어전시(御前詩)로 세종을 놀라게 했다고 하니 그의 타고난 시재를 짐작할 만하다.

세상과는 궁합이 맞지 않아 한평생 명산대천을 떠돌면서 시로써 울적한 마음을 달래며 살았던 시인이다. 율곡은 그를 두고 의(義)를 내세우고 윤기(倫紀)를 붙든 '백세의 스승'이라고 칭송했으며, 이가원(李家源)은 기인(奇人), 불기인(不羈人) 그리고 민족사상가로 평가했다. 2천여 수의 작품을 남기고 있는데 가작(佳作) 아님이 없다. 조선조를 대표할 만한 뛰어난 시인 중의 한 분이다.

이 자리에서는 그의 시에 관한 시를 읽어보면서 매월당의 시관이 어떠했는가 잠시 엿보고자 한다.

손님 말이 시를 배울 수 있느냐기에
내 대답이, 시는 전할 수 없는 거라 했네.

다만 그 묘한 곳만 볼 뿐이지
소리 있는 연(聯)은 묻지 말게나
산 고요하면 구름은 들에서 걷히고
강물 맑으면 달이 하늘에 오르느니,
이런 때 만일 뜻을 얻는다면
나의 싯구 가운데서 신선을 찾으리라.

「시를 배우겠다기에」(허경진 역)

客言詩可學 余對不能傳 但看其妙處 莫問有聲聯
山靜雲收野 江澄月上天 此時如得旨 探我句中仙

「學詩 二首 · 1」

시에 능한 매월당에게 사람들은 어떻게 하면 시를 잘 지을 수 있느냐는 질문을 자주 했을 법하다. 대답이 시의 법은 전할 수 없는 거라고 했다. 내 시를 알고자 하거든 시의 오묘한 곳을 눈여겨보도록 하라. 표현된 소리(언어) 그 자체에 집착할 일이 아니다. 시는 구름 걷힌 들판을 말하기 위해 고요한 산을 읊기도 하고, 하늘의 달을 얘기하기 위해 맑은 강물을 노래하기도 한다. 이처럼 시는 직접 말하기보다는 다른 것에 의탁해서 넌지시 암시한다. 그대가 만일 이러한 시의 취지를 알고 난 뒤에 내 시를 읽게 된다면 내 시 가운데 신선의 기상이 서려 있음을 알게 되리라. 대강 이런 내용이다.

시는 보통의 글(산문)과는 달라서 정해진 시의 형식을 지켜야만 한다. 뿐만 아니라, 그 표현이 간결하며 또한 말하지 않음으로 드러내는 암시, 적절한 비유, 옛 일을 넌지시 끌어다 쓰는 용사(用事) 등 다양하고 심오한 기법이 구사된다. 그러니 시를 쓰는 요령은 배워서 익혀지

매월당 김시습(1435~1493)

는 것이 아니라 스스로 좋은 시를 많이 읽고 써 보는 가운데 터득하는 수밖에 없다는 것이리라.

손님 말이 시를 배울 수 있느냐기에
시의 법은 차가운 샘물과도 같다고 했네.
돌에 부딪치면 흐느끼는 소리도 많네만
연못에 가득 차면 고요하여 떠들지 않는다네.
굴원(屈原)과 장자(莊子)가 한탄도 많이 했지만
위(魏)나라 · 진(晋)나라는 차츰 시끄러워졌지.
보통 격조야 애써서 끊어야 하겠지만
들어가는 문은 깊숙해서 말하기 어렵다네.

허경진 역

客言詩可學 詩法似寒泉 觸石多嗚咽 盈潭靜不喧
屈莊多慷慨 魏晋漸拏煩勳 斷尋常格 玄關未易言.

「學詩 二首 · 2」

또한 시법은 차가운 샘물과 같다는 것이다. 옹달샘에서 비롯한 물줄기가 골짜기를 흘러내리다 돌에 닿으면 흐느끼듯 울부짖기도 하고, 웅덩이를 만나면 잔잔해져 소리를 감추기도 한다. 시정은 우리의 성정이 천하 만물에 닿아 일어나는데, 만나는 대상에 따라 한결같지 않다. 어떤 때는 격렬한 시정이 일어나는가 하면 또 어떤 때는 호수처럼 잔잔히 가라앉기도 한다. 또한 개인에 따라 다르고 시대에 따라 다르다. 굴원과 장자와 같은 비분강개에 기운 시정이 있는가 하면, 위나라 진나라처럼 번거롭고 난삽해진 경우도 없지 않다. 심상한 격조야 단호히 끊어야 할 일임을 알지만, 현묘한 시의 관문을 말로 설명하기는 쉽지 않다.

시정의 다양성에 관해 언급하고 있다. 한 개인의 감정도 시간과 처지에 따라 변화무쌍하게 달리 나타난다. 또한 개인의 특성에 따라 사람마다 천차만별의 감정의 차이를 보이게 된다. 뿐만 아니라, 지역은 지역대로 시대는 시대대로 기풍의 차이를 지니게 마련이다. 따라서 시의 묘법을 일괄해서 설명할 수 없다는 것이리라.

매월당의 생각은 시는 오묘하고 다양한 글이기 때문에 그 묘법을 설명할 수 없다는 것으로 요약될 수 있다.

그런데 매월당의 시론에서 놓치지 말아야 할 중요한 부분이 있다.

바로 첫 수의 끝 행 "나의 싯구 가운데서 신선을 찾으리라"는 대목이다. 이것은 매월당의 시정신이 '신선사상' 임을 드러내고 있는 구절이다.

신선사상이란 무엇인가? 얼핏 보면 허황된 세상을 꿈꾸는 몽상처럼 생각되기 쉽지만 사실 그렇지 않다. 이는 인간의 지상적 한계성을 극복하고자 하는 이상주의적 사상이다. 세속을 넘어서고자 하는 탈속의 정신이며, 자연에 귀의하고자 하는 무위의 정신이며, 여유와 심미를 즐기는 풍류정신이며, 전란과 질병으로부터 해방되고자 하는 화평의 정신이기도 하다.

생래적으로 시인은 세상과 궁합이 잘 맞지 않는 사람들이다. 그래서 이상향을 꿈꾸며 살고 있다. 시는 곧 이들의 꿈의 기록물이다. 매월당은 시가 현실에 적응하지 못한 사람들의 꿈의 기록임을 신선을 빌어 넌지시 얘기하고 있는 것으로 보인다.

내 마음을 움직인 세 편의 시

—세 개의 일화

제1화

내가 시라는 글을 최초로 접하게 된 것은 조부님의 사랑방에서 함께 기거하며 그분으로부터 한문을 익히기 시작한 때부터라고 할 수 있다. 그러니 내 나이 네댓 살 적이 된다. '천고일월명(天高日月明) 지후초목생(地厚草木生)' 으로 시작되는 『추구(推句)』가 내 첫 번째의 교재였다. 그 책 가운데 이런 구절이 있다. 구주매화락(狗走梅花落)이요 계행죽엽성(鷄行竹葉成)이라. 개가 달리매 매화꽃이 떨어지고, 닭이 걸으매 댓잎이 돋아난다는 뜻이다. 겨울철 눈이 내려 하얗게 마당을 덮기 시작한다. 그 위를 개와 닭이 흥겨워하면서 걷는다. 그러자 개와 닭의 발자국이 눈 위에 새겨지는데 개의 것은 매화꽃에, 닭의 것은 댓잎에 각각 비유하여 읊은 시다. 그것은 시에서의 기초적인 비유에 불과한 것이지만 당시 어린 내게는 무척 신선하고 흥겹게 느껴졌다. 글이란 이렇게 재미있는 것이구나 하는 생각을 갖게 했다.

제2화

내가 문학에 눈을 뜨게 된 것은 중학교 2학년 무렵이었다. 나의 모교는 전남 승주군 주암면에 자리한, 한 학년이 겨우 50여 명밖에 되지 않는 작은 시골 학교였다. 어느 날 체육 선생님 한 분이 우리 학교에 부임해 오셨다. 짙은 갈색 안경을 쓰신, 이마가 시원스럽게 벗어진 멋쟁이 선생님이셨다. 그런데 그 선생님께서는 체육 수업을 운동장이 아니라 주로 교실 안에서 진행했다. 명목은 체육 이론 공부라고 했지만 사실은 체육과는 상관없는 재미있는 이야기들을 들려주는 시간이었다. 톨스토이의 『부활』이라든지 토마스 하디의 『테스』와 같은 소설들을 처음으로 접할 수 있었다. 『춘향전』이나 『심청전』 같은 우리의 고전소설 몇 편 정도만 겨우 알고 있었던 나에겐 그야말로 놀라운 충격이 아닐 수 없었다. 세상에 그토록 재미있는 이야기가 있단 말인가. 당시는 6 · 25전란 직후라 교과서도 제대로 배급받기 힘들었으니 시골 구석에서 문학서적을 구하기란 꿈도 꿀 수 없었다.

나중에 알게 된 일이지만 그 선생님의 전공과목은 체육이 아니라 국어였다. 그런데 체육교사로 부임해 왔으니 당시의 교육행정이 얼마나 무질서했던가를 짐작할 수 있으리라. 그 선생님께서는 가끔 시를 읽어주시기도 했다. 언젠가는 교육 신문에 발표된 당신의 작품을 읽어주셨는데 그 작품을 제대로 기억할 수는 없지만 줄거리는 대개 다음과 같은 것이었다.

> 얼어붙은 들판에 문둥이가 가네
> 엄마 문둥이 새끼 문둥이
> 뒤뚱뒤뚱 걸어가네

와락 달려가 껴안고도 싶네.

정동렬(鄭東烈) 「문둥이」

문둥이 가족에 대한 연민의 정을 노래한 이 작품은 내게 큰 충격으로 다가왔다. 글이란 아름다운 것만을 대상으로 한 것이 아니라는 사실을 깨달았다. 나도 그런 감동적인 글을 쓸 수 없을까 생각하면서 매일 밤 일기의 끝에 시를 쓰기 시작했다. 물론 시라고 부를 수 없는 유치한 글이긴 했지만—.

제3화

1963년 내가 군에서 제대하여 집에 돌아온 지 닷새 만에 와병 중에 계셨던 조부님께서 세상을 뜨셨다. 하나밖에 없는 손자 녀석 보고 가시려고 그렇게 버티셨던가 생각하니 가슴이 무너지는 듯싶었다. 초상을 치르고 난 며칠 뒤 조부님의 유품을 정리했다. 서책들을 정돈하면서 그분의 유묵(遺墨)들을 찾아보았으나 아무 것도 없었다. 내 어렸을 적부터 새벽 일찍 일어나시어 벼루에 먹을 가시던 조부님은 한지에 글을 써서 머리맡에 놓아두고 자주 고치시곤 했다. 한평생 그렇게 사셨으니 그분이 남긴 시고(詩稿)가 적지 않으리라고 생각했던 것이다. 그런데 내 기대와는 달리 한 조각의 묵적(墨跡)도 찾을 수가 없었다. 떠나시기 전에 이미 당신의 흔적을 손수 다 지우신 것 같았다. 그분이 아호를 후은(後隱)이라 하셨는데 두 글자 공히 드러나기를 마다한다는 뜻이 아닌가. 아무리 그렇기로서니 그분의 손때 묻은 시구(詩句) 하나 곁에 둘 수 없음이 못내 아쉽기만 했다. 그리고 다시 수십 년이 흘러갔다. 어느 날 조부께서 쓰시던 한적(漢籍)을 들추다가 어느 책갈피 속에 서 한 조각의 시고를 발견했다. 〈丁亥生周甲(정해생주갑)〉이라고 제한 율시(律詩) 한 수였다. 끝에 후은(後隱)이라는 서명이 있으니 분명 조부님의 글이다. 한 조각의 이 시고가 책갈피 속에 몰래 숨어 있다가 가까스로 환난을 피해 이렇게 남게 된 것이리라. 나는 조부님의 얼굴을 다시 뵙는 듯 감개무량했다. 조부님이 정해(丁亥; 1887년)생이시니 그 분의 회갑년은 1947년 내 나이 여덟 살 때다. 그 작품은 화갑을 맞는 감회를 읊은 것이었다. 보잘것없는 내 한문 실력으로는 행서로 쓰인 그 한시(漢詩)를 제대로 읽어내리기는 쉽지 않았지만 대략 다음과 같은 내용으로 이해되었다.

行年奄過六旬春 每到弧宴羨兩親 妓樂廢停追古訓 胚盤菲薄愧比隣
承家未效靑氈述 照鏡空愁白髮新 畵帖瓊章成劵軸 更將何物謝諸人

세월은 흘러 어느 덧 육순의 봄이로다
매년 생일 맞을 때마다 어버이 그립구나
옛 가르침 따라 홍청대는 풍악은 멎게 했지만
조촐한 음식상 손님들에게 미안키도 하네
별 공적도 없지만 후손은 겨우 이었는데
거울 보니 덧없이 백발만 새롭구나
화갑을 기리는 화첩과 시문은 수북히 쌓였는데
장차 무엇으로 고마운 이들에게 보답할 수 있으리.

일본에 유학을 가신 내 가친(家親)은 대동아전쟁 이후 소식이 끊겨 생사를 알 수 없고, 내 어머니께서 손재봉틀 하나 돌려 생계를 꾸려가던 어려운 때였다. 그런 가운데도 며느리 혼자서 시부모님의 화갑연을 마련해 인근의 어른들을 초대했다. 그 수연의 자리에서 손자의 손을 잡고 눈시울을 적시시던 조부님의 모습이 지금도 선하다. 이 작품은 그러한 배경에서 쓰인 것이니 내게는 만감이 교차하는 감동적인 작품이 아닐 수 없다. 나는 이 율시를 표구하여 내 서재의 머리맡에 걸어놓고 거의 매일 바라다본다. 그러면서 이제는 모두 다 떠나고 안 계신 그분들을 생각한다.

출산과 배설

출산과 배설

시와 감동

영감과 현기

꽃과 벌

시비와 전집

시의 조건

개혁의 조건

영상시

출산과 배설

—신춘문예를 지켜보면서

문학하는 사람들이 새해를 맞으며 가장 관심 있게 지켜보는 것이 신춘문예일 것이다. 신춘문예는 화려하게 각광을 받으며 기성작가로 올라서는 등용문이기 때문이다. 요즈음은 지방 신문들까지도 신춘문예를 공모하는 바람에 그 희소가치가 다소 퇴색되기는 했지만 여전히 신춘문예는 문학 지망생들의 선망의 대상이 아닐 수 없다.

정초의 내 홈페이지에 한 네티즌이 모 일간지의 시 당선작을 소개하면서 해설을 요청하는 글을 올렸다. 아무리 읽어 봐도 무슨 뜻인지 알 수 없다는 것이다. 그 당선작을 읽어 봤더니 그 네티즌의 답답한 심정을 충분히 이해할 수 있을 것 같았다. 그래서 다음과 같은 내용의 답글을 쓴 바 있다.

…(전략)…

당선작이라고 해서 관심을 갖고 읽어 보았습니다. 그러나 이해가 안 되기는 나도 마찬가지였습니다.

현대시 가운데는 쉽게 이해되지 않은 작품들이 적지 않습니다.

고도의 은유나 상징의 장치가 구사된 작품이라든지, 선시(禪詩)와 같은 오묘한 철학적 사유를 담고 있는 작품들은 일반 독자들이 쉽게 접근하기 어렵습니다. 그러나 이러한 경우들은 독자들의 노력 여하에 따라 어느 정도 시의 비의(秘義)에 접근할 수 없는 바도 아닙니다.

그런데 처음부터 이해되기를 거부한 유형의 작품들이 있습니다.

크게 나누면 두 가지입니다. 하나는 초현실주의를 지향하는 시들이지요. 이들은 현실의 세계보다는 내면의 심층심리를 작품화하고자 합니다. 그래서 우리의 머릿속에 떠오르는 이미지나 생각들을 아무런 여과 없이 있는 그대로 토해 놓는 것이지요. 그러니 거기에는 어떠한 논리도 윤리의식도 질서도 문법의 규제도 무시된, 언어의 토사물과 같은 글이 생산되는 것입니다.

다른 하나는 무의미 혹은 비대상의 시라는 유형의 글입니다.

이는 미술의 비구상화가 시도하는 경향과 유사한 작업이라고 설명할 수 있습니다. 비구상화는 대상으로부터의 자유를 추구하는 그림입니다. 대상에 얽매이지 않고 자유스럽게 그리고자 하는 것이지요. 그런데 언어예술인 시에서는 미술에서처럼 대상을 벗어나기가 쉽지 않습니다. 그래서 이질적인 대상들을 결합시켜 낯선 관계를 조성하거나 혹은 대상을 무너뜨려 그로테스크한 형상을 만들기도 합니다. 긍정적으로 말하면 이들의 작품도 대상 곧 사물로부터의 자유를 추구하는 작업이라고 할 수 있습니다.

그런데 이 두 유형의 글들은 창작자 자신은 스스로 만족할지 모르지만 독자들의 입장에서는 답답하지 않을 수 없습니다. 거기에는 전달하고자 하는 메시지를 무시하므로 공감을 느끼기가 쉽지 않기 때문입니다.

나는 이들 작품들의 의의와 가치를 부정하지는 않습니다. 이러한 시들도 시의 영역을 넓히는 한 유형으로 허용하고자 합니다. 그러나 메시지를 거부한 이러한 시들을 한국시의 전범(典範)으로 받아들이는 것은 찬성하지 않습니다. 거기에는 내가 정통적인 한국시의 전제조건으로 생각하는 두 가지 요소가 결여되어 있기 때문입니다.

그 두 가지 요소란, 시는 세상을 긍정적으로 변화시키는 글이어야 한다는 것과 심미성 곧 아름다움을 추구하는 글이어야 한다는 조건입니다.

앞에 제시한 특정인의 당선작을 놓고 왈가왈부할 생각은 없습니다. 그러나 굳이 이 작품의 유형을 따진다면 뒤얽힌 의식의 혼란 상태를 표출한 작품으로 보입니다. 설령 이 작품이 심리적 갈등을 뛰어난 감각으로 표출했다 하더라도 내가 만일 선자라면 이러한 작품에 과대한 평가를 부여하고 싶지는 않습니다. 시를 지망하는 수많은 시학도들에게 시의 바람직한 길을 보여주는 작품이라고 생각되지 않기 때문입니다.

…(후략)…

시의 혁신을 꿈꾼 사람들은 이렇게 주장할 것이다. 세상이 변하는데 시만 변하지 말라는 법이 있겠는가. 그러니 시도 전시대의 음풍농월에 머물러 있을 수는 없다고. 지당한 말이 아닐 수 없다. 그러나 변하는 것도 바람직하게 변하는 것과 그렇지 못한 것이 있다.

나는 시를 포함한 여타 예술 작품들의 창작 행위를 출산에 비유할 수 있다고 본다. 임산부는 생명의 씨앗을 배태하게 되면 그것을 자신의 체내에 품고 10개월 동안 혼신의 힘을 다해 길러낸다. 그리하여 한 생명체로서의 원만한 기능을 갖추게 되면 모체의 의지와는 상관없이 분만을 하게 된다.

한 작품의 탄생도 출산의 경위와 다르지 않다. 시의 씨앗이 잉태되면 시인은 그것을 오매불망 자신의 내면에서 키워낸다. 그 기간이 태아처럼 일정치 않다는 것이 다를 뿐이다. 시의 포태 기간은 며칠인 경우도 있고 긴 것은 수십 년에 걸친 것도 있다. 비록 즉흥적으로 생산된 작품이라 할지라도 그 연원을 따지고 본다면 짧지 않은 수태 기간이 있었음을 부인할 수 없다. 이처럼 수태의 인고를 거쳐 탄생된 작품은 긴 생명력을 갖는다.

그런데 근래에 들어 창작 행위를 심리적 갈등의 해소 작용쯤으로 간단히 생각하는 경향이 없지 않은 것 같다. 아마도 서양의 '카타르시스' 라는 문학이론이 잘못 이해되면서 일어난 현상이 아닌가 싶다. 원래 아리스토텔레스는 이 말을 비극의 효용성을 설명하는 자리에 썼다. 즉 비극을 통해 관객들의 울적한 마음을 해소할 수 있다고 본 것이다. 그러던 것이 프로이드를 거치면서 억압된 감정의 응어리를 행동이나 말을 통해 배출함으로써 정신의 안정을 회복한다는 뜻의 심리적인 용어로 쓰게 되었다. 그래서 해소의 주체가 독자(관객)로부터 작가로 옮겨진 것 같다.

물론 작자도 작품의 생산을 통해 심리적 갈등의 해소를 맛볼 수 있을 것이다. 그러나 문제는 그 갈등의 해소가 작자에게만 국한되고 독자에게서는 기대할 수 없다면 심히 답답한 일이 아닐 수 없다. 이는 시 쓰는 행위가 불필요한 배설물을 몸 밖으로 배출하면서 쾌감을 느끼는 일상인의 행위와 다를 바가 없다고 생각되기 때문이다.

시는 즉흥적으로 내뱉는 욕설이나 농담과는 다르다. 시가 자기만족을 위한 배설에 그친다면 시의 생명은 기대할 수 없다. 누가 그런 구린내 나는 배설에 관심을 갖고 읽어줄 것인가? 자신의 작품을 누군가가 읽어주기를 기대한다면 그에게도 도움이 될 무엇인가를 줄 수 있어야 한다. 시의 생산은 세상과 더불어 기쁨을 나누는 출산이어야지 자기만족에 그치는 배설이어서는 아무런 의미가 없다.

매스컴의 영향력은 막강하다. 신문에 발표된 신춘문예 당선작들은 교과서에 수록된 작품들 못지않게 많은 사람들의 관심의 대상이다. 특히 문학을 지망하는 사람들에게 미치는 영향은 대단하다. 당선된 작품의 성향이 문학 지망생들의 문학관을 바꾸어 놓을 수도 있다. 그러니 당선작을 결정짓는 심사위원들의 역할이 얼마나 중요한지 모른다.

심사자들은 응모작들을 평가할 때 자기 취향의 작품에 기울기 쉽다. 보통사람이라면 그러한 욕구로부터 벗어나기 쉽지 않을 것이다. 그러나 자신의 소임이 얼마나 막중한지를 알고 있는 현명한 심사자라면 아집을 버리고 공정하게 작품을 평가하려 노력해야 한다. 어떤 작품이 바람직한 시의 정체성 형성에 기여할 수 있는가. 어떤 작품이 보다 세상을 이롭게 만들겠는가를 생각하면서 작품의 선별에 임해야 한다. 만일 그렇지 않고 자기류의 작품만을 선호한다면 이는 음식 품평회에서 자신의 구미에 맞는 음식만을 고집하는 심사위원과 다를 바가 없지 않겠는가.

며칠 전에 대형 서점에 들러 시집 코너를 찾았다. 수천 평 광활한 서점인데 시집을 진열해 놓은 서가는 한쪽 귀퉁이에 초라하게 방치되어 있었다. 시를 찾는 손님들이 줄어드니 자연히 그렇게 밀려났으리라. 시가 재미없고 이해하기 힘든 따분한 글이 되었으니 바쁘고 힘든 세상에 누가 굳이 시를 찾아 읽으려 하겠는가?

오늘의 시가 세상의 사랑을 되찾는 길은 무엇인가? 간단하다. 시에 아름다움과 감동을 회복하는 일이다. 시의 생산은 배설이 아니라 출산이어야 한다. 시는 세상에 방치된 무기물이 아니라 생명을 지닌 유기물이다.

시와 감동

얼마 전 모 시지(詩誌)에 특집으로 발표된 젊은 시인들의 작품을 읽은 바 있다. 이들은 어느 시동인회가 지난 10년 동안에 걸쳐 매년 한 사람씩 선정한 수상자들이라고 한다. 그러니 수천 명의 젊은 시인들 가운데서 유능하다고 평가받은 신인들인 셈이다. 그런데 이들의 작품을 읽고 난 뒤의 느낌은 기대와는 달리 자못 착잡하기만 했다. 진술의 내용이나 의도를 파악하기도 힘들었고 또한 재미도 없었기 때문이다.

비단 이들뿐만이 아니라 근래 젊은 시인들의 작품을 읽다 보면 감동을 얻기보다는 괴로움을 느끼는 경우가 더 많다. 나는 읽다가 짜증스러우면 중간에서 그만둔다. 그런 작품의 이해를 위해 아까운 시간을 할애하고 싶지 않기 때문이다.

젊은 시인들에게 왜 작품이 그렇게 되었는가 묻는다면 아마도 '새로움의 추구' 때문이라고 대답할지 모르겠다. 그러면서 지금이 어떤 시대인데 구태의연한 음풍농월에나 젖어 있어서야 되겠느냐며 새로운 시를 모색해야 한다는 주장을 펼 것이다.

지극히 당연한 말이다. 새로움을 모색한다는 것은 바람직한 일이 아닐 수 없다. 어느 시대, 어느 분야에서거나 혁신적인 움직임은 늘 있어 왔다. 그래서 보수와 개혁의 대립이 없는 역사는 이 지상에 일찍이 없었다.

그런데 무엇을 어떻게 새롭게 할 것인가가 문제가 아닐 수 없다. 새롭게 한다는 의미는 기존의 것들을 무조건 뜯어고친다는 것이 아니라, 기존의 것들 가운데서 바람직하지 못한 것들을 바람직한 것으로 바꾼다는 뜻이 아니겠는가. 그렇다면 기존의 것들 가운데서 좋고, 좋지 못한 것들을 우선 분별할 수 있어야 한다. 그런데 그 분별이라는 것이 또한 용이치 않아 보인다. 사람에 따라 가치관이 다르고 견해의 차이가 있기 때문이다.

따라서 '무엇을 어떻게' 새롭게 할 것인가에 대한 충분한 숙고 없이 시도된 개혁은 다분히 위험의 소지를 안게 된다.

한편 모든 것이 다 개혁의 대상이 되는 것은 아니다. 근본이나 본질을 저해하는 개혁은 수용될 수 없다. 예를 들어 설명하자면,

'음식'의 본질은 '영양'과 '맛'이라고 할 수 있다. 모든 음식은 신체에 유용한 영양가를 함유하고 있고, 구미를 돋우는 맛을 지니고 있게 마련이다. 그런데 누가 기존의 음식을 개혁한다고 영양가를 무시한 빵이나 맛이 없는 음료수를 개발하려 한다면 이는 용납될 수 없다는 것이다.

'옷'의 제1차적 본질은 '신체의 보호'라고 할 수 있는데 누가 만일 아름다운 미감에 끌려 신체에 유해한 어떤 천으로 의상을 만들려 한다면 이를 받아들일 수 있겠는가? 이처럼 본질에 역행하는 개혁은 근본

적으로 수용될 수 없다는 것이다.

시의 본질은 무엇인가? 우선 시는 언어 구조물이므로 제1차적으로 '언어'를 떠나서는 생각할 수 없다. 다음으로 소설이나 수필 등 다른 산문 장르와는 달리 서정시가 지닌 형식적 특징은 그 '짧음'이라고 할 수 있다.(물론 장시가 없는 바 아니지만 이는 시의 보편적 형식으로 인정할 수 없다) 그리고 여기에 예술 일반의 특성으로 지적될 수 있는 '감동성'을 들지 않을 수 없다. 이백이나 두보의 작품들이 천 년을 두고 읽히는 것은 감동성 때문이다. 시가 보통의 일상적 언술과 다른 점은 여러 가지가 있겠지만 감동성의 유무로 판별해도 무방하리라 본다. 그러니 시는 '감동성을 지닌 짧은 언어 구조물'이라고 그 본질을 규정해도 좋을 것 같다.

시도 수천 년 동안 얼마나 끊임없이 혁신을 해 왔는가. 문학사에 명멸한 수많은 시의 장르들만 보아도 쉽게 짐작할 수 있을 것이다. 근래의 큰 변화는 정형시의 틀을 깨고 자유시가 등장한 일이다. 이젠 그 자유시도 다양한 기법들을 새롭게 모색하고 있다. 초현실주의에서는 자동기술법을 구사하고, 무의미시에서는 대상의 파괴를 시도하기도 한다. 해체시나 포스트모던에 이르러서는 전통적인 시의 내용과 형식을 과감히 깨뜨리는 반란을 꿈꾸기도 한다.

새로운 시도들 가운데서 다수의 호응을 지속적으로 얻게 되는 것이 있다면, 이는 장차 새로운 전통으로 자리잡게 될 것이다. 시의 발전을 위해서는 가급적 다양한 시도들이 바람직할지 모른다.

그러나 시의 혁신 역시 시문학의 본질을 저해하지 않는 범주 내에서 이루어져야 한다. 그 혁신이 아무리 기발하고 경이로운 것이라 할지라도 '감동성을 지닌 짧은 언어 구조'라는 범주를 넘어선다면 시라고 부를 수 없기 때문이다. 시의 표현매체는 언어여야 하고, 산문에 육박하는 분량이어서는 곤란하며, 반드시 감동성을 지닌 것이어야 한다.

혹자는 시에서의 감동성 같은 것을 인정하려 들지 않을지도 모른다. 시가 별것인가? 자신의 울적한 기분이나 절박한 심리를 토해내면 그뿐이지 라고 생각할 수도 있다. 그러나 글이란 무엇인가? 세상을 향한 나의 발언이 아닌가? 들어줄 사람을 상정하지 않는 발언은 있을 수 없다. 독백조차도 자신을 청자로 설정된 발언이다. 하물며 인쇄매체를 통해 세상에 내놓는 작품이라면 독자를 도외시할 수는 없다.

감동은 작자의 발언에 대해 세상이 동의하는 반응이다. 논리적 설득이기보다는 정서적 감화라고 할 수 있다. 세상의 동의를 얻어내지 못한 발언은 얼마나 적막할 것인가. 반응을 기대하지 않은 독백이라면 혼자서 중얼거릴 일이지 굳이 세상에 드러낼 것이 못 된다. 세상으로 하여금 제 목소리에 귀를 기울이게 하려면 감동의 힘을 빌지 않을 수 없다.

자신의 글이 예술의 반열에 낄 수 있는 시가 되기를 바란다면, 그리고 두고두고 많은 사람들에게 즐겨 읽히는 생명이 긴 작품이 되기를 원한다면 작품속에 감동을 심어야 할 일이다.

오늘날 수많은 독자들이 시를 외면한 것은 시에서 감동성이 사라졌기 때문이라고 할 수 있다. 따라서 현금의 우리 시단이 안고 있는 가장 절실한 과제는 어떻게 시를 새롭게 하느냐의 문제가 아니라, 어떻게 작품 속에 감동을 회복시킬 것인가의 문제라고 생각한다.

영감(靈感)과 현기(眩氣)

영감(靈感)이라는 말이 있다. 문득 머리속에 떠오르는 신묘한 느낌을 이르는 말이다. 사전에는 '신령스러운 예감' '신령의 미묘한 작용으로 얻어지는 감정' '묘한 감응' 등으로 기록되어 있다. '영(靈)' 은 신령 곧 신이나 영혼을 뜻하는 글자니 영감은 불가사의한 어떤 작용으로 말미암아 얻어지는 귀한 느낌인 것 같다.

예로부터 시는 영감에 의해 쓰인 것으로 알려지고 있다. 말하자면 시는 인위적으로 만든 것이 아니라 자연 발생적으로 이루어진 천혜의 글로 여겼던 모양이다. 그러니까 시는 일상적인 감흥을 넘어선 어떤 계시적 성격을 띤 글로 생각했을지 모른다. 나는 시의 출발을 주사(呪詞)로 보고 최초의 시인을 무격(巫覡)이라고 지적한 바가 있는데 이와 연관해서 '영감' 을 이해할 수 있을 것도 같다. 시의 신묘함과 시작(詩作) 행위의 신성함을 뜻하는 말이 아닐 수 없다.

시의 싹이 될 수 있는 생각을 우리는 시상(詩想)이라고 한다. 그러니까 영감은 문득 떠오른 빼어난 시상이라고 이해해도 무방할 것 같다. 그런데 영감이라는 그 빼어난 시상이 예기치 않은 순간에 아무에게나 불쑥 찾아오는 것일까? 나는 그렇게 생각하지 않는다. 영감은 결코 아무에게나 찾아오는 자연 발생적인 우연한 상념은 아니다. 평소에 시를 골똘히 생각하며 살아가는 사람이 아니고는 만날 수 없는 귀한 체험이다.

영감은 열심히 준비하고 기다리는 이에게만 찾아온다. 아무런 준비도 하지 않고 영감이 찾아오기를 바란다면 이는 감나무 밑에서 입을 벌리고 연시 떨어지기를 기다리는 것처럼 무모한 일이다. 감을 얻고 싶으면 사다리를 만들어 감나무에 올라야 하고, 장대를 이용해 감을 따는 수고를 아껴서는 안 된다. 마찬가지로 좋은 시상을 얻으려거든 그를 탐색하며 찾아나서야 한다. 광부가 광맥을 찾아 수천 길 지하의 갱도를 파 내려가듯 시인도 시의 광맥을 찾아 광막한 사고(思考)의 지층을 파헤치는 노고를 치러야 한다. 아무런 준비도 하지 않았는데 문득 찾아오는 영감은 없다.

한편 영감이 곧 시가 되지는 않는다. 갱도에서 얻은 광석이 보석이 되기 위해서는 정련의 과정을 거쳐야 하는 것처럼 영감이 시가 되기 위해서는 숙련의 과정이 필요하다. 영감을 얻었다는 것은 시의 씨앗을 수태한 계기를 맞았다는 것에 지나지 않는다. 임부가 수태한 후 일정한 기간 동안 혼신의 힘을 기울여 태아를 길러내듯 시인 역시 시를 잉태한 후 하나의 작품이 되어 세상에 나오기까지 산고를 겪어야 한다. 시인의 체내에서 충분한 숙성을 거치지 못하고 태어난 작품은 조기분만의 미숙아처럼 허약할 수밖에 없다. 영감을 얻는 것도 중요하지만 이를 숙성시켜 원만한 작품으로 완성하는 일이 더 소중하다.

지금도 영감에 의지하여 시들을 쓰는가? 글쎄 그런 생각을 갖고 시를 쓰는 젊은 시인들은 별로 많은 것 같지 않다. 바쁜 세상에 영감이 떠오르기를 기다려 시를 쓰는 느긋한 시인을 생각하기 쉽지 않다. 농부들은 농작물이 채 여물기도 전에 입도선매(立稻先賣)를 하고, 어부들은 고기 떼가 연안에 도달하기도 전에 먼 바다에 먼저 나가 그물을 드리우는 세상이니 시인들이라고 크게 다를 바가 없어 보인다. 영감을 기다리기는커녕 영감 비슷한 생각들이 떠오르기도 전에 어쩌면 시의 옷을 입혀 조급히 세상에 내놓을지도 모른다. 그런 때문인지 요즈음의 어떤 시들을 대하면 설익은 풋과일을 씹을 때처럼 껄끄럽고 역겹기만 하다. 아니, 어떤 글은 머리를 혼미케 하는 현기(眩氣)를 느끼게도 한다.

어찌 보면 요즈음의 시인들은 영감보다는 현기에 더 친숙해 있는 것도 같다. 현기(眩氣)는 눈이 아찔하고 머리가 어지러운 기운 곧 어지럼증이다. 현대 소시민들은 복잡하고 고단한 삶을 살아가면서 얼마나 많은 고뇌와 갈등에 시달리겠는가. 시인이라고 해서 다를 것이 없으리라. 아니 감성적인 시인이기 때문에 오히려 보통 사람들보다 더욱 괴로움에 사로잡힐지 모른다. 그 내면의 울적한 소용돌이가 현기를 유발할 수도 있으리라. 그런데 만약 시인이 현기를 영감으로 착각하고 시를 쓴다면 이는 심히 곤란한 일이 아닐 수 없다.

혹 현기가 영감을 동반하는 경우가 있을지는 모르겠다. 그러나 영감과 현기를 혼동하는 일이 있어서는 안 된다. 영감은 정신의 원활에서 생성된 빼어난 감응이지만 현기는 육신의 허약에서 생겨난 정신의 혼몽한 증상이다. 혹 현기가 동기가 되어 작품을 만들 수 있을는지는 모른다. 그러나 만일 현기 자체가 시가 된다면 이는 정화의 기능을 갖추지 못한 혼란스런 언술일 수밖에 없다. 심리적 혼란에서 빚어진 무분별한 글을 읽고 감동할 사람은 아무도 없다.

시라는 글을 너무 가볍게 생각할 일이 아니다.

물질주의가 빚어낸 이 시대의 정신적 공허와 삭막을 무엇으로 치유한단 말인가. 나는 예술에 의존하는 길밖에 없다고 생각한다. 상처난 영혼을 어루만져 줄 감동적인 작품들에 일말의 기대를 걸어보는 수밖에 없다. 음악이나 미술과 더불어 따스한 시의 기능이 요구된다. 어려운 세상이 필요로 한 것은 넋두리가 아니라 위무(慰撫)의 노래다. 위무는 다름 아닌 감동의 손길이다.

그러니까 영감은 달리 말하면 감동적인 시상이라고 할 수 있다. 시인이 만일 세상을 위무할 수 있는 시를 낳고자 한다면 영감을 기다려 시를 잉태하는 인내의 값을 치러야 한다. 현기에 넘어지는 허약한 시인에게 기대할 것은 아무것도 없다.

꽃과 벌
―감동성의 조건

특정한 꽃에는 특정한 벌만 날아든다. 호박꽃에는 호박벌이 날아들고, 매화꽃에는 매화벌이 찾아온다. 큰 꽃에는 큰 벌이, 작은 꽃에는 작은 벌이 즐겨 찾는다. 화려한 빛깔의 꽃은 시각이 민감한 벌들과 친하고, 향기가 짙은 꽃은 후각이 예민한 벌들과 가깝다. 꽃이 그렇게 피어 있어서 그러한 벌들이 생겨난 것인지, 아니면 그러한 벌들의 구미에 맞추어 꽃들이 그렇게 피어난 것인지, 어느 것이 먼저인지는 알 수 없다. 아마도 수만 년 동안 시행착오를 겪으면서 살아오는 가운데 서로가 맞도록 변해 그런 짝들을 이루게 되었을지 모른다.

사람의 취향도 벌처럼 다양하다. 어떤 사람은 음악을 좋아하는가 하면 또 어떤 사람은 그림을 좋아하기도 한다. 식도락가가 있는가 하면 스포츠 광도 있다.

음악을 좋아하는 사람이라 할지라도 한결같지 않다. 어떤 이는 고전음악을, 어떤 이는 경음악을……. 고전음악 가운데서도 실내악을, 실내악 가운데서도 바이올린 곡을……. 이렇게 인간의 취향은 천차만별하게 갈라진다.

시의 경우도 다를 바가 없다. 서정적인 시를 즐겨 쓰는 시인도 있고, 교훈적인 시를 즐겨 쓰는 시인도 있다. 목월의 시를 좋아하는 독자가 있는가 하면, 이상의 시에 관심을 가진 독자도 없지 않다. 그러니 어떤 시가 독자에게 감동을 불러일으킬 것인가 하는 문제는 쉽게 규정할 수 없다. 그것은 마치 어떤 음식이 맛있는 음식인가를 판단하는 일처럼 개인의 구미와 취향에 관한 문제이기 때문이다.

그러나 이 세상에는 대다수의 사람들에게 아름답게 보이는 꽃이 있을 수 있고, 보다 많은 사람들에게 사랑을 받는 음식이 있을 수 있다. 그런 것처럼 예술 작품도 많은 이들의 기호를 충족시킬 수 있는 보편적인 아름다움을 갖춘 경우를 생각하지 못할 바도 아니다.

그렇다면 시의 경우에 있어서 보다 많은 독자들의 욕구를 충족시킬 수 있는 조건은 무엇일까 생각해 보도록 하자.

1. 창조성

새로운 것이어야 한다. 아직 누구도 말한 바 없는 새로운 얘기를, 아직 누구도 표현한 바 없는 새로운 방식으로 만들어낸다면 이는 가장 바람직한 일이다. 적어도 이야깃거리가 새롭든지 아니면 이야기 짓이 새롭든지, 내용과 형식 중 어느 것 하나라도 새로워야 한다. 그렇지 않고서는 독자들의 관심을 끌기 어렵다. 뿐만 아니라 창조성이 없는 글은 예술 작품이 될 수 없다. 창조성은 예술의 구비 조건 가운데 하나이기 때문이다.

2. 심미성

아름다움을 지니고 있어야 한다. 이 역시 내용과 형식 중 어느 것 하나라도 미적인 요소를 갖추고 있어야 예술 작품이라고 부를 수 있다. 미에 대한 개념과 범주가 간단하진 않지만, 나는 미를 인간의 정서적 욕구를 충족시켜 주는 구조로 파악한다. 꽃이 모든 이에게 정서적 욕구를 충족시키는 아름다움을 지녔듯이 균형과 조화와 질서가 빚어내는 어떤 미적 구조를 작품은 지니고 있어야 한다. 그렇지 않고서는 독자의 심금을 울리기가 어렵다.

3. 진실성

참된 얘기가 독자의 마음을 움직인다. 몸소 체험한 얘기가 감동적으로 가 닿는 것은 그 안에 '진실성'이 담겨 있기 때문이다. 직접 체험한 내용이 아니라면 '신념'에서 우러나온 것이어야 한다. 그 속에 자리한 내면의 진솔함이 독자의 마음을 사로잡을 것이다. 진실성이 결여된 어떠한 감언이설도 독자를 움직일 수 없다. 가식적인 미사여구보다 꾸밈이 없는 눌언(訥言)이 오히려 가슴에 더 다가온 것은 바로 그 진실성 때문이다.

4. 윤리성

글쓴 이는 윤리적 가치관을 잃어서는 안 된다. 모든 작품이 도덕적일 수는 없다 할지라도, 적어도 작자는 선(善)의 편에 서 있어야 한다.

인간은 선 지향의 본성을 지녔다. 사람들이 권선징악의 얘기를 좋아하는 것은 그 때문이다. 작품이 윤리적이어야 한다는 것은 독자의 호응을 얻는 방법을 제시하는 말일 뿐만 아니라, 작품의 존재 가치를 지적하는 말이기도 하다. 세상을 긍정적으로 변화시키는 작품이 아니라면 무슨 가치가 있겠는가.

5. 흥미성

모든 작품은 재미가 있어야 한다. 재미없는 음악이나 미술을 상상해 보라. 누가 그런 음악과 미술을 찾겠는가? 시도 재미가 있어야 읽힌다. 물론 통속소설처럼 흥미 그 자체가 목적이 되어서는 곤란하다. 그러나 재미있게 읽힌 순수소설처럼 시도 그런 흥미로운 요소를 지니고 있어야 한다. 시가 소설과는 달리 대중들로부터 이렇게 멀어진 요인의 하나는 바로 흥미의 상실 때문이라고 말할 수 있다. 우리에게 입맛을 당기게 하는 시의 고명은 '재미'다. 재미있는 시집이 있다면 독자들도 소설 못지않게 밤을 새워가며 읽을 것이 아닌가.

시에 감동성을 불어넣을 수 있는 조건으로 나는 앞의 다섯 가지를 지적했다. 이를 다시 진(眞) · 선(善) · 미(美)를 바탕으로 다음과 같이 정리할 수도 있겠다.

```
소재의 진실성(眞)--┐                    ┌--창조성
주제의 윤리성(善)--│ ──→ 감동적인 시 ←── │
표현의 심미성(美)--┘                    └--흥미성
```

물론 이밖에도 여러 가지 조건이 없지 않으리라.

이 글의 모두에서 거론했듯이 특정한 꽃에 특정한 벌이 찾아든 것처럼 사람들의 기호도 다양해서 좋아하는 작품이 한결같을 수는 없다. 그러나 여러 사람들이 좋아하는 보편적인 기호(嗜好)가 없지 않을 것이라는 생각에서 추출해 본 것이다.

독자들이 벌떼처럼 모여들 향기로운 시의 꽃들이 많이 피어나기를 기대해 본다.

시비(詩碑)와 전집(全集)

우리나라만큼 시비를 많이 가진 나라도 아마 흔치 않을 것이다. 이르는 고장마다 어렵지 않게 시비를 만날 수 있다. 시비를 집단적으로 세워 놓은 시비 공원도 드물지 않다. 이 땅에 시를 쓰는 시인들이 넘치고, 시를 사랑하는 사람들이 많아서 그렇게 흔한지 모르겠다. 좋은 시의 구절을 돌에 새겨 두고두고 후손들에게 읽힘으로 세상을 밝게 할 수 있다면 바람직한 일이 아닐 수 없다.

무엇을 기념하기 위해서 돌을 세우는 일은 문자가 발명되기 이전부터 있었던 것 같다. 세계 여러 곳에 문자가 새겨져 있지 않은 인위적인 입석(立石)들이 남아 있는 것을 보면 이를 짐작할 수 있다. 그러나 문자와 더불어 세워진 비들은 영토를 표시하기 위한 경계비, 치적이나 공로를 기리는 공적비, 그리고 무덤 앞에 세워진 묘비 등이 주류를 이루어 왔다.

그런데 언제부터선가 시의 구절을 새긴 시비가 세워지기 시작했다. 명승고적지를 찾아가 보면 널따란 암반이나 석벽에 사람의 이름과 함께 시구들이 새겨져 있는 것을 만나게 된다. 한편 유명한 정자의 처마 밑에도 시를 새긴 현판들이 걸려 있음을 볼 수 있다. 아마도 명승지의 암석이나 정자의 현판에 시를 새긴 것이 시비의 기원이 아닌가 생각된다.

시인의 무덤이나 연고지에 후대의 사람들이 그 시인을 추모하는 뜻으로 시비를 세운다는 것은 의미 있는 일이다. 한평생 시에 매달려 어렵게 살다 간 한 시인을 위로하는 뜻이 기기에 담겨 있기 때문이다. 아니, 아름다운 시들로 세상을 밝게 한 시인이라면 그의 명구를 돌에 새겨 오고가는 많은 사람들에게 읽히는 것이 어찌 바람직하지 않겠는가.

그러나 아직 살아 있는 시인의 시비를 세우는 일은 굳이 서두를 필요가 없을 것으로 보인다. 비록 생전에 대단한 이름을 얻은 시인이라 하더라도 아직 창작활동이 지속되고 있는 시인이라면 그 시인을 기념하는 시비는 서둘러 세울 필요가 없을 것 같다. 앞으로 더욱 훌륭한 명구를 생산해 낼 수도 있을 것이고, 혹은 세상의 기대와는 달리 변하고 말지도 모르기 때문이다. 그런데 성급한 시인들은 생전에 자신의 시비를 미리 보고 싶어 한다. 그래서 어떤 이들은 남이 세워 주기를 기다리지 못해 손수 세우기도 한 모양이다. 이름을 남기고 싶어 하는 것은 사람의 본능이니 이를 크게 탓할 일이 아닐까? 그러나 겸손이 미덕으로 평가되는 동양적인 관습에서는 쉽게 용납하기가 어렵다.

요즈음 웬만큼 능력을 지닌 문인이라면 환갑이나 고희를 맞는 나이에 전집들을 간행하기도 한다. 저명한 문인인 경우는 출판사가 상업성을 생각해 만들어 내기도 하고, 제자들을 많이 거느린 경우는 후학들의 손에 의해 간행되기도 한다. 이밖에도 본인 스스로가 자신의 전집을 묶어내는 경우도 없지 않은 것 같다.

전집이란 한 작가가 한평생 생산해 낸 모든 작품들을 총망라한 작품집이다. 여기저기 흩어져 있는 작품들을 한자리에 모아 둔다면 독자들이나 문학 연구가들이 일목요연하게 작품을 찾아볼 수 있어 편리할 것이다. 그러니 전집을 간행한다는 것은 충분히 의미를 지닌 일이다.

그러나 한편 생각하면 아직 작품 활동이 끝나지 않은 작가의 전집을 서둘러 만든다는 것도 별로 바람직해 보이지 않는다. 장차 새로운 작품들이 생산될수록 그 전집은 온전한 전집의 구실을 못하게 될 것이니 말이다. 한편 서둘러 전집을 갖고자 하는 데에는 남에 대한 배려보다는 자신을 드러내고자 하는 욕심이 더 앞선 것 같아 개운치가 않다. 더군다나 일고의 가치도 없는 우수마발(牛溲馬勃)의 글들이라면 이는 세상에 번거로움만 더하는 것이니 못마땅한 일이 아닐 수 없다.

일찍이 공자는 '남이 알아주지 않아도 속상해 하지 않는 이가 군자'(人不知而不慍 不亦君子乎) 라고 말했다. 이 말은 겸손한 사람에 대한 위무와 자신을 드러내고자 하는 사람에 대한 비판을 아울러 담고 있다. 자기현시의 욕구를 떨쳐버리기가 쉽지 않음을 간파한 말이기도 하다. 자신을 내세우고자 하는 인간의 욕망은 예나 지금이나 마찬가지였던 모양이다.

내게 한 스승이 계셨다. 고등학교 때의 국어교사였는데 우물 안 개구리였던 나에게 세상에 대한 눈을 뜨게 했던 분이다. 그분은 교과서에 얽매이지 않고 문학과 철학을 넘나들며 우리를 가르쳤다. 생의 철학자 린위당(林語堂), 구라다 하쿠조(倉田百三) 그리고 실존주의 작가 사르트르와 까뮈 등에 관심을 갖게 된 것도 선생님 때문이었다. 동경 유학을 한 분으로 안목이 열려 있었고 위트와 유머가 넘친 수필을 즐겨 쓰셨다. 어느 라디오 방송국에서는 그분의 수필 코너를 만들어 성우로 하여금 연속 낭독을 시도하기도 했다.

그런데 그 선생님은 문단 등단을 거부하셨으며 당신의 생전에 문집이 세상에 나오는 걸 허락하지 않으셨다. 제자들이 수차례 찾아가서 원고를 내어달라고 간청했지만 뜻을 굽히지 않으셨다. 문집이란 당사자가 세상을 떠난 뒤 후대에 만들어져야 한다는 것이 선생님의 지론이셨던 것이다. 그런 선생님의 곧은 자세를 보면서 시답잖은 글들이 모이기가 무섭게 시집으로 묶어내고자 했던 내 자신을 얼마나 부끄럽게 여겼는지 모른다. 선생님은 근대교육을 받고 새로운 문화와 사상에 익숙하셨지만 우리의 전통적인 선비정신을 잃지 않으셨던 분이다. 무자기(無自欺)의 무서운 신조를 잃지 않은 곧은 선비였다.

지금은 저 세상에 계시지만 어쩌면 아직도 선생님께서는 당신이 세상에 드러난 것을 별로 탐탁해 하지 않으실지 모르겠다. 그러나 유공희(柳孔熙, 1922~2003)라는 그분의 존함을 감출 수가 없다. 이젠 선생님의 문집을 엮어 영전에 바쳐야 할 때가 된 것 같다.

시의 조건

시를 공부하는 사람들이 가끔 자신이 쓴 글을 내보이며 시가 되었느냐고 물어오는 경우가 있다. 그들은 물론 시가 되었다는, 기왕이면 시가 아주 썩 잘 되었다는 대답을 듣고 싶어 하리라. 그러나 그들의 기대와는 달리 나 역시 시와 시 아닌 글을 시원하게 구분할 수 없으니 난감하기는 마찬가지다.

과거의 정형시는 시가 갖추어야 할 조건이 정해져 있기 때문에 시와 시 아닌 글을 구분하기가 어렵지 않았다. 즉 시행(詩行)이나 압운(押韻) 등 정해진 조건들을 못 갖춘 글은 시가 아니라는 객관적인 판단을 내릴 수 있었다. 그런데 오늘의 자유시는 아무런 규제도 따르지 않으므로 시와 비시의 한계가 모호해지고 말았다. 그러니 시인이 시라는 이름으로 발표한 글이면 시라고 불러주어야만 하는 곤경에 이른 셈이다.

정말 시는 아무렇게나 써도 되는 자유방임의 글인가? 그런 것 같지는 않다. 시는 원래 글 가운데서도 가장 정련(精練)된 글이 아니던가. 시는 글 중의 진수(眞髓)며, 문학 중의 귀족이라 할 수 있다.

자유시가 생겨난 원래 의도는 정형시가 지니고 있는 틀의 한계성을 극복하자는 데 뜻이 있었던 것이지 시의 산문화나 시의 저속화를 지향하자는 것은 아니지 않는가. 그런데 형식으로부터 자유롭고자 했던 그 자유의지가 드디어는 시의 본질마저 허물어 가는 쪽으로 변질되어 가고 있음이 문제가 아닐 수 없다. 한 가지 예를 들면 정해진 압운의 틀로부터 벗어나고자 했던 것이 이젠 운율 자체를 무시하려는 경향으로까지 변질되고 있다는 사실이다. 그리하여 어떤 시는 정련된 글이라기보다는 오히려 조잡(粗雜)을 지향하는 글처럼 보이기도 한다.

세상의 모든 것이 변해 가는 마당에 시라고 변하지 말라는 법이 있는가? 시도 변하는 대로 허용하는 것이 순리가 아니겠는가? 라고 말하는 분들도 있으리라. 과히 틀린 생각은 아니다. 그러나 흘러가는 모든 세태가 반드시 최상, 최선의 것이라고 긍정할 수만은 없다. 잘못 흘러가는 것이라면 바로잡도록 해야 할 것이 아닌가. 우리는 흐르는 강물 줄기를 돌려 광야를 옥토로 바꾸는 역사(役事)를 수없이 보아 왔다. 관망과 방치만이 능사는 아니다. 흐르는 물줄기가 잘못 되었으면 둑을 쌓아 막기도 하고, 새로운 물길을 트기도 해야 한다.

날로 새롭게 변해가는 의상(衣裳) 문화를 보면서 경탄을 금치 못한다. 좋은 의상을 만들기 위해 새로운 천을 개발하고 새로운 디자인을 통해 아름다운 의상을 만들어 내는 것은 바람직한 일이 아닐 수 없다. 그러나 문제는 그 새로운 시도들이 '의상의 본질' 을 넘어선 것이어서는 곤란하다. 말하자면 의상의 본질이 '신체의 보호' 라고 한다면, 설령 아무리 아름다운 의상이 만들어졌다 손치더라도 그것이 신체에 유해한 천으로 만들어졌다면 이는 용납할 수 없다는 것이다. 어떤 기발한 시도라 할지라도 '본질'을 벗어난 것이면 무용한 것이다.

시의 본질은 무엇일까? 시를 다른 글들과는 달리 시답게 하는 본질은 무엇인가? 사람에 따라 견해의 차이가 없지 않겠지만 나는 다음의 네 가지— 창조성, 유미성, 압축성, 감동성을 시의 본질로 상정(想定)한다.

첫째, 창조성은 모든 예술작품이 지니고 있는 공통된 특질이다. 시는 느낌과 생각을 적은 글인데 그 느낌이나 생각, 그리고 표현의 기법이 독창적인 것이어야 한다. 내용과 형식이 다 독창적이라면 더 바랄 나위 없겠지만 적어도 어느 하나만이라도 창의적이어야만 한다. 그렇지 않고서는 창작물이라고 할 수 없기 때문이다.

둘째, 유미성이 요구된다. 이 역시 창조성과 마찬가지로 예술일반이 지니고 있는 공통된 특질이다. 시가 예술 작품이기를 바란다면 '아름다움'을 떠나서는 곤란하다. 원래 예술이란 아름다움을 창조해 내는 활동이기 때문이다. 요즈음 아름답지 않은 예술도 있지 않느냐고 반문할 사람도 있을지 모르겠다. 그러나 그것은 전통에 대한 의도적인 반발로 잠시 시도된 것에 불과한 것이다. 본질에 어긋난 것은 긴 생명력을 가질 수 없다.

셋째, 압축성의 문제다. 이는 시가 산문으로부터 구분되는 중요한 특질이다. 분량이 우선 산문처럼 방대하지 않고 간결하다. 분행 배열하는 것도 압축적 표현의 한 형식으로 설명할 수 있으리라. 상징이며 은유, 역설 등 다양한 수사적 기법들도 결국 압축성을 지향한 표현으로 해석할 수 있다. 짧은 산문이 시일 수는 없다. 시는 비록 짧은 분량의 글이지만 그 안에 적지 않은 오묘한 뜻을 품고 있는 의미의 결정체라야 한다. 산문이 '무우' 라면 시는 '인삼' 에 비유할 수 있을 것도 같다.

넷째, 감동성을 지적하지 않을 수 없다. '감동성' 이란 작품과 향수자와의 관계를 한정하는 말이다. 다른 예술작품들도 마찬가지지만 시가 존재의 의미를 지니려면 이 세상을 긍정적으로 변화시키는 데 기여할 수 있어야 한다. 나는 시가 윤리적인 가치를 지녀야 한다거나 사회를 계도해야 한다거나 하는 효용론적 문학관에 서 있지는 않지만, 적어도 시가 세상을 어지럽히는 글이 되어서는 안 된다는 입장이다. 아니, 시는 읽는 이의 마음을 위무하기도 하고, 기쁨을 주기도 하고, 때로는 용기를 갖게 하는 글이어야 한다. 감동성을 지닌 글이 아니면 세상에 존재할 아무런 의미가 없다.

시의 이름으로 불리는 글이 되려면 적어도 앞에 제시한 4가지 요소를 구비하고 있어야 한다. 만일 이 네 가지 요소 가운데 어느 하나라도 등한시했다면 이는 시의 자격을 갖춘 글이라고 할 수 없다. 시의 본질을 형성하는 이 네 가지 요소를 잃지 않는 것, 이것이 시의 조건이다. 이 조건들을 기준으로 따져본다면, 자신이 쓴 글이 시에 가까운가, 그렇지 못한가를 판별하는 일이 그렇게 어렵지만은 않을 것이다.

많은 사람들에게 회자되는, 긴 생명을 지닌 명시를 남기고자 하는 이들은 앞의 4가지 조건뿐만 아니라 감미로운 운율과 고매한 시정신까지를 그의 작품 속에 담는 데 게을리 하지 않는다.

개혁의 조건

이 세상에 변하지 않은 것은 하나도 없다. 우리의 짧은 시야로 보면 의구(依舊)한 것처럼 보인 산도 바다도 바뀐다. 바위는 부서져 모래가 되고, 모래는 뭉쳐 다시 암석이 되기도 한다. 자연이 그렇거늘 인간들의 손에 의해 만들어진 문화는 더 말할 나위도 없다. 민족도 국가도 언어도 종교도 불변인 것은 없다. 모든 이념과 제도 학설과 사조들은 그야말로 덧없이 변화한다.

사물은 자연의 환경에서 변화하지만 문화는 인간의 조건에서 변화한다. 보수적인 경향이 주도하는 집단에서는 변화의 속도가 느리고, 혁신적인 성향이 주도하는 집단에서는 변화의 속도가 빠르다. 그러나 변화의 속도만을 보고 발전을 평가할 수는 없다. 발전에 역행하는 바람직하지 못한 변혁이 있을 수도 있기 때문이다.

다른 예술들과 마찬가지로 시문학에 있어서도 많은 변화를 해 왔고 또한 하고 있다. 우리시에 있어서도 향가, 고려가요, 시조 등을 거쳐 자유시에 이르지 않았던가. 우리 자유시의 역사는 겨우 한 세기에 불과하지만 그동안에도 많은 우여곡절이 없지 않았다. 그 대표적인 변화의 시도가 과격한 모더니즘으로 평가되는 이상(李箱)의 작품들, 소재와 시어의 확대를 지향한 김수영의 개방시, 대상으로부터의 속박에서 벗어나고자 했던 김춘수의 무의미시, 그리고 80년대를 풍미했던 소위 해체시 들이다. 이들은 기존의 시에 대한 반발로 나타난 혁신적인 시파들이라 할 수 있다.

그런데 우리시에서의 이러한 혁신적인 경향들은 따져보면 우리의 전통시가 안고 있는 모순성을 극복하기 위해 자생했다기보다는 서구적인 풍조의 영향 때문에 비롯된 것들이어서 그 불가피성이 절실해 보이지는 않는다.

오늘날의 현대시에서도 다양한 변화들이 시도되고 있다. 어느 시대거나 변화가 없는 정체된 사회는 바람직하지 않다. 변화 없이는 발전을 기대할 수 없기 때문이다. 그런데 혁신 곧 새로운 시도가 발전적인 변화이기 위해서는 다음과 같은 조건을 갖춰야 한다.

첫째, 개혁에 앞서 현실적 가치관이 정립되어야 한다. 현실적 가치관이란 당대의 여건에 가장 합당한 판단력이며 현재의 상황을 정확히 진단할 수 있는 안목이다.

둘째, 현실적 가치관을 바탕으로 기존의 것들을 검토해서 바람직한 것과 그렇지 못한 것을 분별할 줄 알아야 한다. 시대의 흐름에 따라 현실적인 가치관에 부합하지 못한 전통도 있게 마련이다. 따라서 개혁은 긍정적인 전통은 살리고 부정적인 인습은 개선해 나아가는 방향으로 이루어져야 한다.

셋째, 개혁 의지가 현실적 가치관에 부합한 것이어야 한다. 개혁 의지가 현실과 동떨어진 공허한 것이어서 보편적인 공감을 얻기가 어렵다면 혼란만 불러올 뿐이다. 현실적 가치관이 개혁을 주도하는 좌표가 되어야 한다.

말하자면 현실적 가치관은 전통의식과 개혁 의지를 분별하고 통제한다. 개혁의지와 전통의식 그리고 현실적 가치관은 세 개의 대등한 축으로 서로를 지탱케 하는 상호 보완의 관계가 되어야 한다. 그랬을 때 그 조직은 조화와 균형을 지닌 원만한 구조를 갖추게 된다. 이 세 개의 축 가운데 어느 하나가 두드러지거나 모자라면 균형이 무너지면서 불안을 야기하거나 혹은 비능률적인 침체의 늪에 빠지게 된다.

전통의식과 현실적 가치관 그리고 개혁의지의 관계를 다음과 같은 삼각구조 들로 나타내 보일 수 있다.

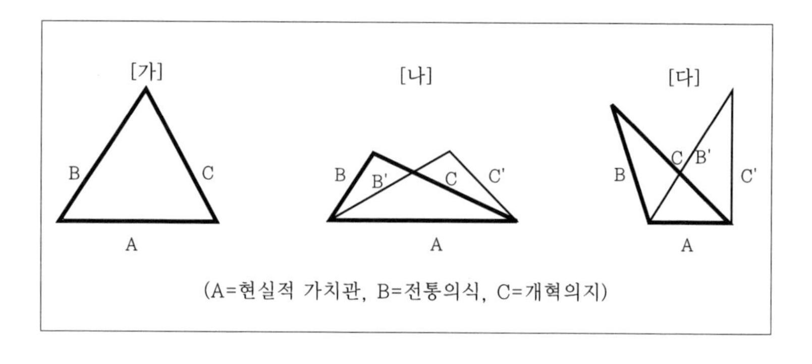

(A=현실적 가치관, B=전통의식, C=개혁의지)

그림 [가]는 정삼각형이다. 현실적 가치관과 전통의식 그리고 개혁의지가 대등한 관계다. 안정과 균형을 갖춘 구조다.

그림 [나]는 밑변이 긴 삼각형이다. 현실적 가치관이 전통의식이나 개혁의지를 능가하는 경우다. 안정감이 있어 보이긴 하지만 발전을 기대하기 어렵다.

그림 [다]는 빗변이 긴 삼각형이다. 전통의식이나 개혁의지가 현실적 가치관을 압도하는 경우다. 보수성과 진보성이 갈등을 빚는 불안정한 구조다.

위의 그림 들에서 확인할 수 있는 것처럼 가장 이상적인 구조는 세

요소들이 대등하게 상호보완의 관계를 만들고 있는 정삼각형 [가]이다. 삼각형 가운데서 가장 넓은 면적을 확보할 수 있는 형태가 정삼각형이다. 이와 마찬가지로 현실적 가치관을 바탕으로 해서 보수와 혁신이 대등하게 상호 견제를 하는 정삼각형의 구조야말로 가장 효율적인 풍요를 구유할 수 있는 방법이다.

앞에 제시한 가치관과 전통과 개혁의 삼각 등가 구조는 시문학에서도 예외일 수 없다. 시문학 역시 끊임없이 혁신되어야 한다. 시가 담는 내용도 새로워야 하고, 표현의 형식도 또한 날로 새로워져야 한다. 그러나 시가 아무리 변혁을 하더라도 최소한 다음의 두 가지는 잃지 말아야 한다.

첫째, 시가 존재의의를 지니려면 세상을 긍정적으로 변화시키는 쪽에 서 있어야 한다.

둘째, 시라는 글이 예술작품이 되기 위해서는 미의식을 바탕으로 한 것이어야 한다.

즉 시의 혁신은 세상을 저버리지 않는 긍정적인 가치관을 바탕으로 해서 아름다움을 추구하려는 전통의식과 더불어 정삼각형을 이루는 범주 내에서 실현되는 것이 이상적이다.

영상시

종이의 발명이 인쇄술을 불러오고 놀라운 책의 문화를 이룩하게 되었다. 필기도구도 붓 펜 연필 볼펜 등으로부터 타자기로 옮겨가고 다시 컴퓨터의 자판기를 이용하면서 기록의 속도가 급진적으로 향상되었다. 뿐만 아니라 이젠 글을 종이에 기록하는 것이 아니라 컴퓨터의 파일에 담게 되어 글을 쓰고 지우기가 아주 편리한 세상이 되었다.

한편 인터넷이 발달하면서 개인의 컴퓨터 속에 저장된 텍스트들이 자유스럽게 유통되는 정보의 공유시대를 열게 된 것이다. 우리는 필요한 지식이나 생활에 대한 정보를 인터넷 검색을 통해 그때그때 얻으며 살아가고 있다. 이젠 컴퓨터 없이는 한시도 답답해서 살기 어려운 그런 세상이 되고 말았다. 그래서 이 시대의 특성을 정보화 시대라고 칭하기도 한다.

인터넷 곧 온라인 정보화 시대에 접어들면서 문학계에도 큰 변화가 일고 있다. 누구든 자신의 생각이나 느낌을 글이나 음성 혹은 영상에 담아 쉽게 발표할 수 있게 됨에 따라 표현의 주체들이 많아지고 또한 표현의 형식도 다양하게 변화하고 있다.

개인의 홈페이지와 포털사이트에서 운영하는 많은 카페와 블로그 등을 통해 표현의 주체 곧 글 쓰는 사람들이 많아짐에 따라 문학인과 비문학인의 한계가 모호해져 가고 있다. 말하자면 전문적인 문학인이 아니더라도 많은 팬들을 확보한 아마추어 문인들이 등장하게 된 것이다. 따라서 문학의 전문성이 약화되고 기존의 문단과는 다른 글쓰기의 집단들이 형성되고 있는 실정이다.

시라는 장르의 문학에도 적잖은 변화가 일어나고 있다.

문자 매체를 이용해서 표현되던 시가 책이 아닌 인터넷 윈도우에 등장하면서 음향과 영상효과를 노리게 된다. 그리하여 '영상시(映像詩)'라는 이미지와 음악을 거느린 새로운 시 장르가 등장한 것이다. 영상시는 문자 매체만으로 표현되던 단일 예술인 시를 음악과 미술까지를 끌어들여 종합예술화 한 새로운 장르라고 설명할 수 있다.

영상시는 음악, 이미지와 더불어 표현되다 보니 상대적으로 시문학의 기능이 약화될 수밖에 없는 것 같다. 무슨 말인고 하면, 음악과 이미지가 시의 내용을 보다 효율적으로 살리기 위해 동원된 것이라고는 하지만, 감상자의 입장에서 보면 감각이 분산되어 시의 내용을 골똘히 음미할 여유를 가지기 어렵게 되었다. 말하자면 심오한 의미나 복잡한 시적 장치를 지닌 작품은 영상시로 표현하기에는 적절치 않아 보인다. 어쩌면 시가 지니고 있는 따분함을 극복하고자 하는 한 수단으로 영상시가 등장한 것이라면, 사유를 강요하는 시 작품은 영상시에서 거부당할 것이 예상된다.

그래서 인터넷 문학으로서의 영상시는 보통의 일반 시와는 다른 특성을 갖게 될 것으로 보인다. 그렇다면 어떤 특성을 갖게 될 것인가? 아니, 효율적인 영상시는 어떠 해야 할 것인가 생각해 보도록 하자.

첫째, 문자 매체의 특성

앞에서 언급한 바 있듯이 영상시는 네티즌들에게 용이하게 수용될 수 있는 작품이어야 한다. 그렇기 위해서는 난해하지 않고 또한 분량이 많지 않은 것이 좋다. 그동안 시 텍스트의 표현 기법들을 보면 문자가 움직이는 동적 영상, 문자가 나타났다 사라지는 명멸 기법, 고정된 박스 속에 담긴 액자형 등 다양하다. 어떠한 기법이 효율적인가는 텍스트의 내용과 무관하지 않을 것이므로 일률적으로 단정하기는 어렵다. 그러나 시의 내용을 이해하는 데는 텍스트를 움직이게 하는 기법보다는 고정시키는 편이 효율적일 것으로 보인다.

둘째, 이미지 매체의 특성

시 작품의 배경으로 제시된 이미지의 종류도 다양하다. 그림이나 사진 등 정적인 것을 이용하는가 하면 플래시나 동영상 등을 동원하기도 한다. 정적인 단면적 배경보다는 역시 움직이는 입체적 영상이 보다 화려하게 느껴진다. 그러나 움직이는 배경이 모든 경우에 능률적이라고는 일괄적으로 단정할 수 없다. 시의 내용에 따라 정적인 배경이 더 어울리는 경우도 있기 때문이다. 아무튼 시의 이해를 방해하는 과도한 치장의 배경은 바람직해 보이지 않는다.

셋째, 청각적 매체의 특성

청각적 매체란 배경 음악이나 효과음 혹은 시낭송을 뜻한다. 대개의 영상시에서는 시 텍스트가 문자로 표기되지만, 텍스트가 음성으로 낭송되는 경우는 낭송시라고 하여 영상시와 구분하기도 한다. 낭송시인 경우도 문자 매체와 더불어 표현된다. 그러므로 시를 청각과 시각으로 동시에 감상할 수 있다는 것이 낭송시의 장점이라고 할 수 있다. 그러나 영상시는 어디까지나 시각적 매체가 중심이 되는 것이므로 영상시에서의 청각적 매체는 배경음악이나 효과음의 범주를 넘어서지 않아야 할 것으로 생각된다.

그동안의 영상시는 대개가 그야말로 즉흥적인 감각에 의해 조립된 아마추어적인 작품들이라고 해도 과언이 아니다. 영상시가 종합예술의 한 장르로 자리잡기 위해서는 전문성이 요구된다. 하나의 시 작품을 영상 예술화하기 위해서는 사전에 전문적인 기획자에 의해 이상적인 콘티가 제작되어야 한다. 그리하여 영상의 전문가뿐만 아니라 미술가와 음악가들이 동원되어 하모니를 이루면서 종합적인 작업이 수행되어야 하리라 본다. 그래야만 산문문학을 대신한 영화 예술처럼 운문문학을 대신한 영상시 예술작품으로 떳떳하게 자리잡을 수 있을 것이다.

풍요 속의 궁핍

'신춘문예'를 다시 생각한다

새해 원단을 맞을 때마다 신문들은 신춘문예 당선자들의 얼굴을 화려하게 보도한다. 장르에 따라서는 수천 대 일의 경쟁을 뚫고 당선의 영예를 누리게 되는 경우도 있으니 각광을 받을 만도 하다. 적지 않은 고료가 걸린 등단의 관문이므로 문학에 뜻을 두고 있는 사람들에겐 선망의 대상이 아닐 수 없다. 어쩌면 평소 문학에 별 관심이 없던 사람들에게도 글을 써 보고 싶다는 충동을 느끼게 할지 모른다. 신춘문예는 문학에 대한 일반인의 관심을 불러일으키는 능률적인 제도인 것도 같다. 그러나 과연 이 제도에 문제점이 없는가 한번 곰곰이 생각해 볼 일이다.

첫째, 왜 신문사가 문인을 등용시키는가?

어느 특정 문예지가 함께 활동할 문인을 등단시키는 것은 명분이 있는 일이다. 어떤 출판사가 상금을 내걸고 출판할 작품을 공모하는 것도 명분이 없지 않다. 그러나 신문사가 문인을 등단시키는 것은 아무런 명분이 없다. 예전처럼 신문에 문예란이 있어서 문학 작품들이 활발하게 발표되는 상황이라면 혹 납득이 갈지 모르지만 지금은 전혀 그런 형편이 아니기 때문이다. 수십 년 전부터 해오던 관행이므로 마지못해 치르는 연례행사라면 재고하는 것이 마땅하다. 만일 그렇지 않고 단순히 신인 발굴에만 뜻을 두는 행사라면 '신춘문예'라는 제도는 굳이 신문사만의 독점물이 될 수 없다. 어떤 유능한 기업체가 주관해도 상관없는 일이 아니잖겠는가?

둘째, 당선된 작품의 질이 문제된다

중앙의 일간지들뿐만 아니라 각 지방의 많은 일간지들도 다투어 신춘문예 제도를 시행하고 있다. 그러니 수십 개의 일간지들이 매년 양산해 내는 문인들의 수효는 기백을 헤아리게 된다. 그렇다보니 당선작이라고 내놓은 작품들 가운데는 수준 미달의 것도 적지 않다. 신춘문예 제도가 유능한 신인을 등단시키는 것이 목적이라면 태작(駄作)에 당선의 영예를 안기는 일은 용납되지 않는다. 이러한 불상사의 요인을 심사위원들의 몫으로 돌릴지 모르나 넓게 보면 그러한 심사위원을 위촉한 신문사가 궁극적인 책임을 면할 수 없다.

셋째, 심사 제도에 문제가 없지 않다.

원래 예술 작품에 대한 등차적 평가란 가능한 일이 아니다. 문학 작품 역시 객관적인 평가 기준을 설정하기 어려우므로 작품들의 우열을 순위로 따지는 것은 극히 무모한 일이다. 문학에 대한 식견을 가진 기성문인이라면 수준 미달의 작품을 선별해 내는 일은 가능할지 모른다. 그러나 가작들을 놓고 우열을 따져 당선작을 선정하는 일은 객관성을 확보하기가 어렵다. 그러니 당선작을 결정하는 데는 선자의 문학관이나 개인적인 취향의 개입을 배제할 수 없다. 아니, 오히려 선자의 개성이 의도적으로 관여한다고 볼 수밖에 없다.

그동안의 관례를 보면 한두 사람의 심사위원들에게 그 막중한 일을 맡기고 있다. 어떤 신문사는 동일한 심사위원을 수년 동안 연임시키는 경우도 있다. 그런가 하면 어떤 유명한(유능한?) 인사는 같은해에 여러 신문의 심사위원으로 위촉되기도 한다. 그러니 어떤 성향의 작품들이 당선의 기회를 얻게 될 것이지는 짐작이 가고도 남는다. 그런데 문제는 문학을 지망하는 청년들이 당선작들을 작품의 전범(典範)으로 잘못 생각하게 될 수도 있다는 사실이다.

앞에 제시한 문제점들을 근거로 하여 신춘문예 제도를 시행하고 있는 신문사들에게 다음과 같은 몇 가지 제안을 하고 싶다.

첫째, 신문에 문학 작품이 활발하게 발표될 수 있는 문예란을 확보해야 한다.

신문사는 신인만 등단시켜 놓고 작품 활동에 대한 배려가 뒤따르지 않는다면 신인 발굴의 명분을 잃는다. 과거에는 신문이 문학 작품을 발표할 수 있는 적잖은 공간을 제공해 주었다. 그리하여 문학사에 남을 만한 훌륭한 작품들이 신문을 통해 많이 발표되지 않았던가. 신문의 문예란은 한국 현대문학 발전에 기여한 바가 적지 않다고 본다. 그런데 근자에 와서 신문의 지면은 크게 확대되면서도 문학 작품에 할애되는 공간은 점점 축소되어 드디어는 거의 도태된 상태에 이르고 말았다. 광고의 상업성과 독자들의 기호를 좇아 신문을 제작하다 보니 아마 그렇게 되었으리라 짐작된다. 그러나 신문사는 이윤만을 추구하는 일반 기업체와는 달리 독자들을 계도하는 윤리적인 사명감을 가져야 하지 않겠는가. 고정 문예란을 확대 설정하여 좋은 작품들로 하여금 독자들의 정서 함양을 도모케 하고, 나아가서는 한국 문학 발전에 기여토록 해야 할 일이다.

둘째, 가급적 심사위원의 수효를 늘리도록 배려해야 한다.

한두 사람의 편협한 견해로는 원만한 작품을 선정하기 어렵다. 작품의 우열을 판단하는 일이 쉽지 않으므로 가능하다면 문학적 성향이 다른 다수의 심사위원들에 의해 심의토록 하는 것이 바람직하다. 이해의 모호성이 따른 시의 경우라면 적어도 5인 이상의 심사위원이 필요할 것으로 생각된다. 그렇게 된다면 태작을 당선으로 선정하는 어리석음을 범하는 일은 아마 없을 것이다. 그리고 매년 심사위원을 고정시키는 것도 지양해야 할 일이다. 특정 심사위원이 동일한 해에 여러 곳의 심사를 겸임하는 것도 문제가 없지 않다. 우리 문단이 보다 다양한 문학적 성향을 갖게 하는 데에 장애 요인이 될 수도 있기 때문이다.

신춘문예라는 제도는 신인 발굴의 이상적인 방법인 것처럼 보인다. 그러나 그것은 합리적인 운영을 전제로 했을 경우에 한한다. 아무리 좋은 제도라도 운영 여하에 따라서는 부실한 결과를 초래하기도 하고, 비록 하찮은 제도라도 능률적인 운영의 뒷받침으로 예상외의 성과를 거두기도 하지 않던가.

현대시, 운율 필요 없는가?

요즈음 현대시에서 운율의 문제를 논의하면 마치 시류에 뒤진 사람처럼 생각하는 경향이 없지 않은 것 같다. 자유시에서 무슨 운율을 문제 삼는단 말인가?

과거에 시는 운문이었고, 운문은 곧 운율을 지닌 글이므로 시와 운율은 불가분의 관계에 놓여 있었다. 정형시의 틀은 운율을 담아낸 형식이라고 할 수 있다. 그런데 규제와 속박으로부터 벗어나고자 하는 자유의지가 주창되는 근대에 이르러 시에서도 그런 움직임이 일었다. 그것이 곧 자유시의 출발이다.

정해진 틀 속에서는 시인의 자유로운 상상력을 제대로 담아내기 어렵다고 생각해서 정형시의 형식을 벗어나고자 했다. 그래서 행의 배열을 자유자재로 하면서 일관된 운율의 속박으로부터 벗어나고자 했던 것이다.

그런데 문제는, 많은 현대 시인들이 자유시는 운율을 필요로 하지 않는 시로 잘못 인식하고 있다는 사실이다. 자유시는 정형시가 지니고 있었던 천편일률의 일관된 고정 운율을 벗어나려 한 것이지 시에서의 운율 자체를 거부한 것은 아니다.

한편 현대시에서 운율을 소홀히 하게 된 것은 주지적인 문학운동이 전개되면서부터라고 할 수 있다. 20C 초 이미지즘이라는 지적인 시운동이 대두되면서 청각적 이미지보다는 시각적 이미지를 중요시 여기는 경향이 생겼다. 그래서 음악성보다는 회화성에 치우치게 되어 상대적으로 운율에 대한 관심도 낮아진 것으로 보인다.

그러나 이러한 지적인 문학사조는 과학문명에 편승해서 일어난 한 시대의 경향에 불과한 것이지 어느 시대에나 공감되는 보편성을 지닌 것이라고는 보기 어렵다. 다른 문학 장르와는 달리 시문학의 근본적인 특성은 서정성이므로 주지적 시관은 그 한계성을 지니고 있다고 하지 않을 수 없다.

정말 현대시에 운율이 필요 없는가? 운율 없이도 좋은 시를 만들어 낼 수 있는가?

시에서 운율이라는 것은 율격과 압운을 함께 이르는 말인데, 이는 일상에서 우리가 리듬(rhythm, 율동)이라고 일컫는 음악적 요소와 맥을 같이하는 것이다.

만상의 동적 구조는 율동이다. 미미한 생명체의 움직임에서부터 거대한 천체의 운행에 이르기까지 이 세상의 모든 움직임은 율동적이다. 심장의 박동, 호흡의 간격, 보행의 보폭, 주야의 반복, 달의 기울고 참, 사계의 변화 등이 다 그렇지 아니한가. 그런 리듬에 대한 감각이 공간과 시간 인식의 수단이 되기도 한다. 그것이 곧 '길이 단위'나 '시간 단위'의 개념이다.

인간은 태어나기 전 태반에서부터 모체의 심장 박동을 들으며 자라났고, 또한 수만 년 동안 율동적인 환경에 적응하며 살아온 조상들의 삶을 통해 선천적으로 리듬에 친숙한 동물이 된 것으로 보인다. 그래서 같은 내용의 언어라도 리듬에 실려 표현된 쪽이 보다 친근하고 효율적으로 와 닿는다. 심청전을 읽을 때보다 심청가를 들을 때 더욱 감동적인 것은 바로 그 리듬의 힘 때문이다.

지금까지 인구에 회자되고 있는 훌륭한 시 작품들은 나 아름나운 운율에 실려 있는 것들이다. 소월이나 미당의 작품 가운데서도 세상의 사랑을 받고 있는 감동적인 작품들은 다 효율적인 운율에 의존하고 있다. 리듬은 음악을 가장 감동적인 예술로 만들고, 운율은 시를 가장 감동적인 문학으로 남게 한다. 운율은 시에 감동성을 유발시키는 원초적인 도구다.

배행된 모든 문장은 운율의 구조를 벗어날 수 없다. 아니, 산문조차도 운율의 영향권에서 완전히 자유로운 것은 아니다. 모든 문장은 보다 효율적인 운율을 지니고 있느냐 그렇지 못하느냐의 차이가 있을 뿐이다. 시를 배행한다는 것은 운율을 설정하는 행위라고도 말할 수 있다. 설령 어떤 시인이 전혀 운율을 염두에 두지 않고 배행을 했다 하더라도 그 시행에는 운율이 따라붙게 마련이다. 그러므로 어느 시인이 작품을 쓸 때 운율로부터 자유롭다고 한다면 이는 운율에 무관심해서 방치한다는 뜻에 지나지 않는다. 자신의 작품이 정련되지 않은 너절한 운율을 담고 있어도 상관하지 않는다는 태도로 이해될 수밖에 없다.

그렇다면 현대시에 어떻게 운율을 실현한단 말인가?

4음보의 전통 율격이나, 소위 7 · 5조류의 율격을 어떻게 원용할 수 있으며, 새로운 율격 형태를 어떻게 시도할 것인가?

전통적으로 압운이 빈약한 한국시에 어떻게 압운을 실현시킬 것인가?

외형률에만 의존하지 않고 내재율을 어떻게 효과적으로 구사할 것인가?

등등 앞으로 시인과 문학연구가들이 탐구해야 할 문제가 산적해 있는 상태다.

운율은 시를 보다 시 되게 하는 요소이며, 독자의 심금을 울리는 무기다. 보다 감동적인 시를 쓰고자 하는 시인이라면 운율을 외면할 수는 없는 일이다.

비평이란 무엇인가

비평에 대한 사전적 정의는 '사물의 선악(善惡)과 시비(是非) · 미추(美醜) 등을 평가하여 논하는 일'로 기록되어 있다. 말하자면 비평이란 어떤 사물의 '가치의 유무(有無)를 따지는 행위'라고 하겠다. 그 가치의 기준이 도덕성일 수도 있고 진실성일 수도 있고 혹은 심미성일 수도 있다. 이 밖에도 효용성이나 창의성 등 다양한 비평의 기준을 설정할 수 있다.

문학비평만 하더라도 이념에 따라 혹은 시대나 지역의 특성에 좇아 비평의 기준도 다채로운 변화를 보여왔다. 모방론적 입장에서는 작품의 사실성을, 표현론적 입장에서는 작자의 개성을, 효용론적 입장에서는 독자에게 미치는 영향을 중요시하여 작품을 평가했다. 신비평에서는 작품 자체의 문학성만을 따지는가 하면 수용미학에서는 독자의 관여까지를 문제삼기도 한다. 아무튼 비평의 기준은 다양하다. 작품을 보는 비평가의 시각에 따라, 혹은 가치관에 따라 다를 수밖에 없다. 그러나 문제는 그 비평의 기준이 비평자의 세계관이나 문학관에 확고히 뿌리를 두고 있어야 한다는 것이다.

비평은 누구나 할 수 있다. 우리는 어떤 문학 작품을 읽거나 혹은 어떤 영화를 관람하고 난 후에 개인의 취향에 따라 나름대로의 감상을 얘기하기도 한다. 이것도 비평 행위의 일종이라고 말할 수 있다. 그러나 전문가의 경우는 이와는 다르다. 비평의 전문가 곧 비평가는 개인의 취향에 근거한 인상비평에 머물러서는 곤란하다. 그는 객관성을 지닌 '비평의 자'를 지니고 있어야 한다. 아니, 우리는 보통사람들과는 달리 작품을 평가할 수 있는 확고한 기준인 그 '잣대'를 구유한 사람에게 비평가라는 직함을 부여한 것이 아니던가. 그런데 그 잣대는 아무나 지닐 수 있는 것이 아니다. 자기 나름대로의 확고한 세계관과 문학관이 서 있는 사람에게만 가능하다. 비평가는 문장을 잘 매만지는 기능인이기에 앞서 올바른 판단력을 지닌 사상가여야 한다. 오늘날 우리 문단의 비평계는 잘 움직이고 있는가? 공정한 잣대를 가지고 작품들을 객관적으로 평가하고 있는가? 혹 뚜렷한 세계관도 문학관도 없이 남이 만들어 놓은 잣대들을 빌어 덤벙대고 있는 것은 아닌가? 반성해 볼 일이다.

비평가의 자리는 작가와 독자의 사이이다. 즉 비평가의 궁극적인 소임은 작가가 창작해 놓은 작품을 독자들에게 효율적으로 이해시키는데 있다. 독자는 비평가들의 비평을 통해서 자기가 미처 깨닫지 못하고 지나쳤던 작품 속의 가치를 터득하게도 되고, 아직 접하지 못한 새로운 작품에 대한 정보를 얻기도 한다. 말하자면 비평가란 작가와 독자 사이에 낀 중개자라고 할 수 있다. 따라서 좋은 비평가는 작가에겐 공정하고 독자에겐 친절해야 한다. 그런데 비평가가 이러한 자신의 본분을 망각하고 작가나 독자의 머리 위에 올라앉아 군림하려 한다면 어떻게 되겠는가. 물론 경우에 따라서는 그럴 수도 있으리라. 형편없는 작가에게는 따끔하게 일침을 가하여 경종을 울릴 수도 있고, 수준 미달의 독자들에게는 교사와 같은 자세로 일깨워 줄 수도 있다. 혹은 못마땅한 문학 현장을 신랄하게 비판할 수도 있고, 자신이 생각하는 이상적인 문학관을 피력할 수도 있으리라. 그러나 이런 경우가 아니라, 그릇된 의도를 가지고 작가나 독자들을 호도하는 일이 있다면 이는 무서운 행패가 아닐 수 없다. 오늘의 비평가 가운데는 작가와 독자 사이에 있지 않고 혹 어떤 특정 집단이나 출판사 밑에 예속되어 있는 경우는 없는가? 그리하여 한 집단의 투사(鬪士)나 한 출판사의 선전원으로 전락해 있는 자들은 없는가? 하기야 자격 미달의 인물에게 비평가의 관을 씌워 주었다면, 관을 준 자들의 손아귀로부터 쉽게 자유로울 수 없을지도 모른다.

비평은 어려운 글이어서는 곤란하다. 비평뿐만 아니라 모든 글은 쉽게 이해될 수 있는 것을 이상으로 삼는다. 글이 어려워야 할 아무런 명분도 없다. 글쓴 이의 지적인 능력을 과시하기 위해서? 그런 생각으로 현학적인 글쓰기를 하는 이도 없지는 않으리라. 그러나 제대로 된 독자라면 그런 글을 읽고 존경할 사람은 아무도 없다. 혹 존경심을 가진 사람이 있다면 그는 분별력이 없는 무식한 독자에 지나지 않는다. 자기현시의 현학적인 비평가가 있다면 차라리 장르를 바꾸어 심도 있는 논문을 쓰는 편이 나으리라. 요즈음 어떤 젊은 비평가들이 쓴 글을 보면 난해한 시를 읽는 것보다도 더 난해한 경우가 없지 않다. 시에 사용된 것보다도 더 어려운 비유와 현학적인 외래어들의 남용으로 그 주지가 무엇인지 쉽게 파악이 안 된다. 평생 문학에 관심을 두고 살아온 나에게 있어서도 그렇게 까다로운 글이라면 일반 독자들에게는 더 말할 나위도 없으리라. 비평도 하나의 창작이라는 문학관이 잘못 실현되고 있는 것으로 보인다. 비평을 창작으로 보는 견해는 창의적인 비평의 안목을 높이 사고자 하는 것이지 시도 소설도 아닌 새로운 장르의 난해한 잡문을 하나 더 허용한다는 뜻은 아니다.

고전이 긴 생명을 가지고 많은 사람들에게 두고두고 읽히듯이 비평 역시 많은 독자들에게 사랑을 받으며 오래 읽힐 수 있는 글이면 얼마나 좋겠는가. 비평가들도 자신의 글이 고전이 될 수 있도록, 적어도 일회성의 글이 되지 않도록 심혈을 기울여 써야 한다. 그러기 위해서는 우선 작가와 작품을 고르는 눈이 있어야 한다. 좋은 비평은 역시 좋은 작품을 배경으로 했을 때 가능하기 때문이다. 비평가는 작가와 작품을 찾아 괴로운 탐색을 계속하는 탐험가들이라고 해도 무방하리라. 매달 산더미처럼 쏟아져 나온 그 많은 작품들을 대상으로 옥석을 가린다는 것은 고역임에 틀림없다. 그러나 비평가는 그러한 고역의 감내(堪耐)를 스스로 선택한 전문 독서가들이 아닌가. 그러니 쓰레기 더미 속에 묻힐지도 모르는 보석을 찾기 위해 불철주야 형형(炯炯)한 탐색의 눈길을 멈출 수가 없다. 어떤 게으른 비평가는 남이 찾아 놓은 작가나 작품을 좇아다니면서 뒷북을 치며 부화뇌동하는 경우도 없지 않다. 그것처럼 무가치한 행위가 어디 있겠는가. 마치 남의 둥지에 알을 낳아 새끼를 기르려 하는 교활한 새의 무리들과 다를 것이 없다.

거듭 말하거니와 비평가는 모름지기 자기만의 확고한 세계관과 문학관을 지닌 사상가여야 한다. 비평가는 어떠한 외부의 세력에도 흔들림이 없이 작가와 독자의 중간에 놓인 자신의 자리를 지킬 수 있어야 한다. 그리하여 작가들에게는 세상을 보다 아름답고 가치 있게 변화시킬 수 있는 감동적인 작품을 만들어내도록 격려하고, 독자들에게는 보다 양질의 작품을 선택하여 읽을 수 있도록 친절한 안내의 역할을 충실히 해야 한다. 비평가는 부화뇌동자가 아니라 창조자며, 권위주의자가 아니라 봉사자이다. 그렇게 되었을 때 그의 비평은 작가와 독자들의 존경과 사랑 속에 길이 살아남는 구원의 생명을 누릴 수 있으리라.

문학상 무엇이 문제인가

2000년 현재 한국문단의 구성원은 기만 명을 넘어선 것으로 추정된다. 한 세기에 불과한 짧은 우리의 현대문학사에 비추어 본다면 결코 적지 않은 인원이다. 한편 현재 시행되고 있는 문학상의 종류도 기백에 달한다고 한다. 문단인의 비율로 따져보더라도 적지 않은 수효다. 문학상이 그렇게 많다는 것은 문학과 문학인에 대한 사회적인 배려가 그만큼 크다는 뜻도 되리라. 대부분의 세상사가 그렇듯이 상 역시 적은 것보다는 많은 편이 바람직한 일인지 모른다. 그러나 반드시 그런 것 같지가 않다.

상이란 무엇인가? 물론 잘한 사람들을 드러내 기리는 일이다. 그러나 시상(施賞)의 궁극적인 의의는 과거에 대한 평가보다는 미래를 향한 기대에 두어진다. 잘한 이들은 더욱 잘하도록 격려하고 못한 자들도 다음엔 잘할 수 있도록 자극을 주자는 데 그 의도가 있다. 한국의 그 많은 문학상들이 우리 문단을 풍요롭게 할 수 있는 수작들을 생산케 하는 데 기여한다면 얼마나 좋겠는가. 그러나 대부분의 문학상들이 상의 근본적인 취지와는 사뭇 달리 시행되고 있는 것 같아 심히 유

감스럽다.

첫째로 상을 운영하는 주최 측에 문제가 없지 않다. 어떤 잡지사는 상업적인 목적으로 상을 만들어 운영하는 경우도 있다. 그런 잡지사들은 이미 유명한 작가들만을 골라 상을 안겨주고, 수상작과 후보작들을 묶은 작품집을 만들어 장사를 한다. 그러니 이런 상의 심사 대상은 작품이 아니라 지명도를 지닌 작가들이 된다. 어떤 무명작가가 어떤 괄목할 만한 작품을 세상에 내놓았는가 하는 문세에 내해서는 별로 관심이 없다.

어떤 상은 어떤 특정 집단들이 장악 관리하여 자기 집단의 구성원들에게만 기회를 주기도 한다. 물론 처음부터 수상자의 한정된 범위를 설정하고 만들어진 상들도 있기는 하다. 어느 지역의 주민이나 어떤 학교의 동문들만을 상대로 한 경우는 그럴 수도 있으리라. 그러나 이런 경우가 아니라 범 문단적인 성격을 띤 상인데도 애초에 그 상을 만든 이의 뜻과는 달리 특정한 무리들이 그 상의 운영권을 점령하여 횡포를 부리는 경우가 허다하다.

둘째로 상을 받으려는 무리들 역시 적지 않은 문제를 안고 있다. 보통사람이라면 누구나 상에 대한 유혹을 떨쳐버리기가 쉽지 않으리라. 그러나 상은 아무나 받는 게 아니라 받을 만한 사람이 받아야 한다. 만일 그럴 자격도 없는 자가 상을 받는다면 이는 영예는커녕 웃음거리가 될 뿐이다. 상도 권위를 잃게 되고 사람도 망신을 당하게 된다. 그런데 이러한 상식마저 갖추지 못한 무자격자들이 상을 타기 위해서 갖가지 로비 활동을 벌인다고 한다. 묻혀 있는 훌륭한 작품을 세상에 드러내기 위해 수상운동을 전개한다면 이는 바람직한 일일 수도 있다. 그러나 제대로의 조건을 갖추지 못한 자가 상에만 눈이 어두워 쫓아다닌다면 이 얼마나 측은한 일인가. 심지어는 상금도 반납하고 수상식장의 연회비까지도 부담하면서까지 상을 받겠다는 자도 있다는 소문이다. 마치 수상자 선정이 경쟁 입찰에서 낙찰자를 결정하는 것과 비슷한 꼴이 되고 말았다. 조선조 말기에 돈으로 벼슬을 샀던 무리들과 크게 다를 것이 없다. 물론 이러한 풍토에 맞서서 드물기는 하지만 수상을 거부하는 양심적인 작가가 없는 바도 아니다.

셋째로 수상자를 심사하는 사람들도 문제가 적지 않다. 신춘문예 심사위원은 거의 고정되어 있다시피 한다. 심지어는 한 사람이 몇 신문사의 심사를 겸하는 경우도 드물지 않다. 유명인이기 때문에 그런 것일까. 아무리 작품을 보는 눈이 탁월하다고 하더라도 한 개인의 식견은 그만큼 폭이 좁을 수밖에 없다. 양심적인 심사위원이라면 응모된 작품들이 다양한 견해들에 의해 보다 공평히 심사될 수 있도록 자신에게 집중된 심사 기회를 다른 이에게 양보하는 미덕을 보일 수도 있으리라. 그런데 양보는커녕 심사위원 되는 것이 마치 무슨 벼슬자리 누리는 영예로 생각하는지 그 자리를 쟁취하려고 전전긍긍하는 자들도 있는 모양이니 이 얼마나 추악한 작태란 말인가.

어떤 신문사가 주관하는 상 가운데는 심사위원이 아예 종신제로 고정되어 있는 경우도 있다. 그렇게 한 의도가 어디에 있는지 잘 모르겠다. 심사위원들에게 책임을 지워 공정한 심사가 되도록 하자는 것인가. 중간 중간에 지상을 통해 후보작들을 발표하기도 하는 모양이다. 그러나 이것이야말로 특정인들의 권위 속에 상을 위축시키고 말 것이 뻔하다. 이는 '종신심사위원'이라는 명칭의 괴이한 상을 하나 더 만들어 몇 작가(심사위원)들에게 씌워주는 것 이외에 별다른 의미가 없다. 혹시 사립 예술원을 신설하여 작가들을 장악하려는 저의를 지닌 것은 아닌지 모를 일이다.

심사위원들도 인간이니까 심사 대상자들 가운데 친분이 있는 사람들에 대한 관심을 떨쳐버리기는 쉽지 않으리라. 그러나 심사는 공정성을 잃어서는 안 된다. 이름만 걸고 주최 측에서 내정해 놓은 사람을 추인해 주는 무기력한 심사위원이 있는가 하면, 작품의 가치를 따지기에 앞서 문단의 연장자에게 예우를 하려는 도의적(?)인 심사위원도 있다. 그러나 심사는 인정이나 연민에 끌리지 않고 냉정해야 한다. 모든 상의 성패는 결국 공평무사한 심사에 달려 있기 마련이다.

상의 종류와 이름들도 허다하다. 대개의 문예지들은 신인상이라는 제도를 두어 경쟁적으로 문인들을 양산해 내고 있고, 많은 문학단체와 기관들이 갖가지 명칭의 상을 만들어 운영하기도 한다. 문학사에 자취를 남긴 유명한 시인 · 작가들의 이름은 상의 명칭으로 팔리지 않은 것이 거의 없다. 선인들의 이름을 매단 상들이 혹 그들을 욕되게 한다면 저 세상에서라도 얼마나 통탄해 할 것인가 생각하면 참 민망스럽기도 하다.

상과 인연이 없는 많은 시인과 작가들이여, 상에 너무 연연해 할 것이 없다. 어차피 이 시대의 상이 공정성을 잃은 것이라면 그대의 수상 경력은 결코 그대를 영예롭게 할 것이 못되지 않는가. 그때가 언제일지는 알 수 없지만 후세의 어느 현명한 비평가가 이 시대의 문학을 엄밀히 진단할 때에, 상을 타지 못한 불행한 그대들에게 '무상(無賞)'의 월계관을 씌워 축복해 주리라. 만일 그대가 좋은 작품을 만들어 이 지상에 남겨두기만 한다면—.

오늘의 한국시 왜 이렇게 되었는가

한국 시단의 오늘을 시의 전성기로 보는 사람들도 있는 모양이다. 시인의 수효가 만 명을 헤아리는 데에 이르렀고, 수많은 시집과 시지(詩誌), 그리고 시동인지 들이 매일 홍수처럼 쏟아져 나오고 있으니 그렇게 평가할 만도 할지 모른다. 그러나 시인다운 시인이 얼마나 되고, 시다운 시들이 얼마나 생산되고 있는가를 살펴본다면 긍정적으로만 평가하기는 어렵다.

부끄러운 고백을 하자면 나는 요즈음 별로 시를 읽지 않는다. 게을러서라기보다는 시를 읽는 것이 즐겁지 않아서이다. 아니 즐겁지 않은 정도가 아니라 시를 읽는 일이 오히려 고통스럽고 짜증이 난다. 시가 설령 재미있다 손치더라도, 거의 매일 우송되어 온 적지 않은 시집이나 잡지들을 섭렵한다는 것은 여간한 인내와 노력이 요구되는 일이 아니다. 하물며 재미없는 경우라면 그 작품들을 위해서 소중한 시간을 할애할 마음이 선뜻 생기겠는가. 나는 처음 몇 줄 읽어서 재미가 없으면 읽지 않고 넘어간다. 난해하거나 답답한 것도 외면한다. 그러니 평소 내가 관심을 갖고 있는 소수의 시인들 위주로 작품을 골라 읽게 마련이다.

오늘의 시라는 글이 어떻게 해서 이렇게 난삽하고 골치 아픈 글이 되었는가? 무엇이 시를 이 지경으로 끌어왔는가 한번 생각해 볼 일이다.

첫째, 자유시에 대한 그릇된 인식이 문제인 것 같다.

근대적 이념으로 흔히 내세운 것 중의 하나가 '자유'다. 근세에 이르면서 시의 세계에도 자유의 바람이 일기 시작했다. 원래 시는 통제된 글이다. 특히 정형시는 형식적인 틀을 지니고 있을 뿐만 아니라 율격과 압운 등의 규제를 받는다. 주지하다시피 정형시가 지닌 고정적인 틀로부터 벗어나고자 해서 생겨난 것이 자유시다. 얼핏 생각하면 자유시야말로 아무런 형식적 통제도 받지 않은 자유분방한 글처럼 생각될지 모른다. 그러나 자유시가 통제된 글이 아니라는 생각은 크게 잘못된 인식이다. 자유시는 정형시가 지닌 정해진 틀로부터 자유로울 뿐이지 형식의 통제로부터 벗어난 글은 아니다. 자유시는 그 내용에 가장 합당한 새로운 형식을 작품마다 창조해내는 시라고 할 수 있다. 자유시가 쓰기 쉬운 시라고 생각하면 이는 큰 오산이다. 작품마다에 가장 이상적인 형식을 창안해 내는 일이 어찌 쉬운 일이겠는가. 만일 어떤 시인이 자유시를 멋대로 써도 좋은 글이라고 착각하고 썼다면 이는 이미 시가 아니라 방종의 글에 불과할 것이다. '자유'에 '책임'이 따르듯 시인은 자신이 생산한 시에 대하여 준엄한 책임을 져야 한다.

시가 통제된 글이라는 것은 자유시에도 여전히 유효하다. 시어의 선택, 행과 연의 배치 그리고 운율의 설정에 이르기까지 자유시도 최선의 형식에 담기 위해서는 피나는 노력을 경주해야 한다. 작품 속에 쏟아 붓는 시인의 정성이 곧 독자들의 가슴속에 감동으로 되살아난다. 쉽게 쓰인 시가 감동을 불러일으키는 경우는 황소가 바늘귀를 뚫고 들어가는 일보다 흔치 않을 것이다.

둘째, 분별력 없는 아류들이 문제가 아닐 수 없다.

나는 우리 시단을 이렇게 만든 데 기여한 두 사람의 선배 시인을 지적하라면 김수영과 김춘수를 꼽는데 주저하지 않을 것이다. 이들은 공히 전통적인 시법에 반기를 든 분들이다.

김수영의 작업을 긍정적으로 평가하자면 우리시의 폭을 넓혔다고 할 수 있다. 시어와 시의 소재들을 개방하여 시의 영토를 확장했다. 속어와 비어(卑語), 외래어 할 것 없이 끌어다 썼고, 일상 속에서 그가 만난 사소한 체험들도 시 거리로 삼았다. 그는 대상과 표현에 구애받지 않고 제멋대로 썼다. 좋게 말하면 무애(無礙)한 자유인이었고, 나쁘게 말하면 건방진 안하무인(眼下無人)이었다. 그는 의도적으로 시의 위의(威儀)를 떨어뜨렸다고 할 수 있다. 원래 시는 귀족문학이라고 할 수 있는데 그런 시의 위상을 서민문학으로 끌어내린 것이다.

김춘수 시의 의의는 소위 '무의미의 시'라는 데에 있다. 무의미 시의 특징은 한마디로 현실의 재현이 아니라 비현실의 세계를 구축하는 것이다. 구상(具象)의 세계를 거부한 비구상화가들의 발상과 궤를 같이한 것이라 보아도 무방하다. 그는 의도적으로 현실적 정황을 파괴하여 낯설게 만든다. 거기에는 어떠한 지상적 논리와 질서도 배제된다. 말하자면 절대무비의 세계를 창조해내는 것이다. 존재하지 않은 세계를 만들어냈다는 데에 의미를 부여할 수 있다. 김춘수 역시 '무의미의 시'로 한국시의 영역을 넓히는 데 기여했다고 긍정적인 평가를 할 수 있다.

그런데 문제는, 김수영 · 김춘수의 작품들이 전통적인 시와는 달리 낯설었기 때문에 몇 비평가들과 잡지들의 주목의 대상이 되었던 것인데, 분별력이 흐린 시인들이 이들의 작품을 마치 시의 전범으로 받아들여 그들의 아류가 된 것이다. 그래서 시를 제멋대로 쓰는 것이 마치 멋인 줄 착각하고, 논리를 무시한 괴기스런 표현이 수준 높은 작품인 것처럼 잘못 인식하는 풍조가 만들어진 것이다.

어떤 사람이 이상한 악기를 하나 만들어냈다고 가정하자. 새로운 그 악기는 물론 음악을 다채롭게 하는 데 기여할 수 있을 것이다. 그러나 그 악기가 모든 음악을 연주하는 데 최상의 악기라고 잘못 판단하고 이를 고집하는 무리들이 횡행한다면 이는 문제가 아닐 수 없다. 시의 경우도 이와 같아서 하나의 새로운 유형의 출현은 그 가치가 인정되지만 그것을 마치 시의 전범인 것처럼 여기고 이를 모방하는 것은 개인이나 문단의 불행이 아닐 수 없다. 효빈(效顰)이라는 말이 있다. 월(越)나라의 미인 서시(西施)가 얼굴 찡그리는 것을 보고 한 추녀(醜女)가 이를 부러워한 나머지 흉내내다 웃음거리가 되었다는 고사인데 이와 다를 바 없다.

누가 뭐라고 해도 시는 정련된 언어 예술이어야 하며, 정결한 시정신을 담고 있는 것을 이상으로 삼는다. 시를 하찮은 말장난쯤으로 생각하는 것은 위험한 발상이 아닐 수 없다. 어떻게 색다른 시를 만들어 주목의 대상이 될 것인가보다는, 어떻게 감동적인 시를 낳아 긴 생명을 갖게 할 것인가 하는 데로 시단의 관심이 되돌아왔으면 싶다.

한국 현대시의 현황

한국 현대시의 출발을 20세기의 초로 잡는다면 한국 현대시의 역사는 이제 겨우 한 세기를 헤아리게 됩니다. 그럼에도 불구하고 한국 현대시는 괄목할 만한 발전을 했다고 평가할 만합니다. 우선 양적으로 따져보아도 만 명에 육박하는 시인들이 등장하여 50여 종의 시전문지와 수백 개의 동인지들 그리고 인터넷 등을 무대로 매월 수만 편에 이르는 작품을 양산해 내고 있습니다. 질적으로도 다양한 성향의 작품들이 심도 있게 모색되고 있으며 그 중에는 세계적 수준에 육박하는 작품들도 적잖이 생산되고 있는 실정입니다.

어느 사회나 비슷하리라고 생각합니다만, 한국 현대시의 현장은 두 가지 대립의 양상으로 설명될 수 있을 것 같습니다. 하나는 '전통'과 '혁신'의 대립이고, 다른 하나는 '순수'와 '효용'의 대립입니다.

전통을 표방한 대표적인 시 장르는 첫째 '時調'를 들 수 있습니다. 시조의 형식은 3장(행), 45음절 내외로 이루어진 정형시로 천년의 역사를 지닌 전통시입니다.

행여나 다칠세라 너를 안고 줄 고르면
떨리는 열 손가락 마디마디 에인 사랑
손 닿자 애절히 우는 서러운 내 가얏고여

정완영 「조국」 부분

그런데 오늘의 현대시조는 정형적인 틀에 얽매이지 않고, 행과 연도 다양하게 배열하는가 하면, 음절의 분량도 다소 신축성을 가지고 구사됩니다. 천 명 가까운 시조시인들이 활발하게 작품 활동을 하고 있습니다.

둘째는 전통정서를 지향하는 서정시파를 들 수 있습니다. 이들은 한계가 분명한 것은 아니지만, 정신주의 시파와 친자연파로 구분할 수도 있을 것 같습니다. 정신주의 시파는 불교의 선(禪)이나 노장(老莊) 사상 그리고 선(仙)의 세계에 뿌리를 두고 있습니다. 서구사상에 반하여 동양의 전통적인 정신세계에 가치를 부여하고자 합니다.

바람소리였던가.
돌아보면
길섶의 동자꽃 하나,
물소리였던가.
돌아보면
여울가 조약돌 하나,
들리는 건 분명 네 목소린데
돌아보면 너는 어디에도 없고
아무 데도 없는 네가 또 아무 데나 있는
가을산 해질 녘은
울고 싶어라.

내 귀에 짚이는 건 네 목소린데
돌아보면 세상은
갈바람 소리.
갈바람에 흩날리는
나뭇잎 소리.

오세영 「바람의 노래」 전문

한편 친자연파는 도시적 삶과 물질문명에 대한 불협화에서 비롯됩니다. 자연의 아름다움을 노래하며 청정한 자연 속에 묻혀 자연과의 합일의 상태에 이르고자 합니다.

나뭇잎 하나가
아무 기척도 없이 어깨에
툭 내려앉는다
내 몸에 우주가 손을 얹었다
너무 가볍다

이성선 「미시령 노을」 전문

전통주의에 대립적인 혁신파는 주로 서구 문화의 영향권에 놓여 있다고 할 수 있습니다. 특히 해체주의의 영향을 받은 반전통적인 실험시나 포스트모더니즘 등의 영향을 받은 도시시가 대표적입니다.

해체적인 실험시는 장르와 매체의 한계를 무너뜨리면서 그림이나 도형, 광고 같은 것을 시 속에 끌어들이기도 하고 야유와 욕설을 여과 없이 토해내기도 합니다.

▲▲▲ 우에

▲▲▲

그 上上峰에

⊙ 하나

그리고 그 ▲▲▲ 아래

▼▼▼ 그림자

그 그림자 아래, 또

▼▼▼ 그림자,

아래

다닥다닥다닥다닥다닥다닥다닥다닥다닥다닥

황지우 「'日出'이라는 한자를 찬, 찬, 히, 들여다보고 있으면」 부분

도시시는 자본주의 소비문화의 허구성과 모순을 비판하며 패러디의 기법을 즐겨 구사하기도 합니다.

1. '양쪽 모서리를'
함께 눌러주세요

나는 극좌와 극우의
양쪽 모서리를
함께 꾸욱 누른다

2. 따르는 곳
↓↓
극좌와 극우의 흰

고름이 쭈르르 쏟아진다

오규원 「빙그레 우유 200ml 패키지」

또 하나의 대립은 순수주의와 효용주의입니다. 전자는 예술성을 지향하는 순수시고, 후자는 실용성을 지향하는 리얼리즘의 시입니다. 순수시는 작품의 최상의 목표를 미의식에 두지만 리얼리즘의 시는 현실문제에 둡니다.

현재의 순수시파는 새로운 서정성을 들고나온 신서정주의와 비대상을 지향하는 무의미의 시파로 구분해 볼 수 있습니다. 신서정주의는 전통적인 정서에 바탕을 두면서 황량한 시대에 참신한 서정성의 회복을 꾀하는 경향입니다. 시가 물질문명이나 어떤 이념의 도구화로 전락하는 것을 거부하는 시파입니다.

바람을 안고 올랐다가
해를 안고 돌아오는 길

검정 염소가
아무 보고나 알은 체 운다

같이 가요
우리 같이 가요

지는 햇빛이
눈에 부시다

나태주 「하오의 한 시간」 전문

한편 시에서 메시지를 극단적으로 배제하려는 계열의 시가 소위 무의미의 시라는 것입니다. 그들은 지상적 세계를 거부합니다. 대상의 형태를 파괴하기도 하고 이질적인 대상들을 낯설게 결합하여 비현실적인 정황을 만들어냅니다.

눈보다도 먼저
겨울에 비가 오고 있었다.
바다는 가라앉고
바다가 있던 자리에 軍艦이 한 척
닻을 내리고 있었다.
여름에 본 물새는 죽어 있었다.
죽은 다음에도 물새는 울고 있었다.
눈보다도 먼저
겨울에 비가 오고 있었다.
바다는 가라앉고
바다가 없는 海岸線을
한 사나이가 이리로 오고 있었다.
한쪽 손에
죽은 바다를 들고 있었다.

김춘수 「처용단장」 부분

이들의 작품 속에는 비구상화의 그림처럼 아무런 일상적 의미가 담겨 있지 않습니다. 시를 작위적인 언어예술로 파악합니다. 시는 언어유희에 불과하다는 견해를 갖고 있습니다.

이들에 반해 시에 담긴 메시지를 중요시 여기고, 사회의 부조리를 시를 통해 개선해 보려고 시도한 현실참여적인 시파들이 있습니다. 일찍이 1920, 30년대의 사회주의 리얼리즘의 시들을 위시해서 1970, 80년대의 민주화를 위한 저항시들의 뒤를 이은 유파들입니다. 이들 계열은 오늘날 열악한 노동현장을 고발한 노동시,

우리 세 식구의 밥줄을 쥐고 있는 사장님
나의 하늘이다.

프레스에 찍힌 손을 부여안고
병원으로 갔을 때
손을 붙일 수도 병신을 만들 수도 있는 의사 선생님은
나의 하늘이다.

두 달째 임금이 막히고
노조를 결성하다 경찰서에 끌려가
세상에 죄 한번 짓지 않은 우리를
감옥소에 집어 넌다는 경찰관님은
항시 두려운 하늘이다.

박노해 「하늘」 부분

또는, 오염된 환경 문제를 각성시키고자 하는 환경시,

무뇌아를 낳고 보니
몸 안에 공장지대가 들어선 느낌이다.

젖을 짜면 흘러내리는 허연 폐수와
아이 배꼽에 매달린 비닐끈들.

최승호 「공장지대」

그리고 분단된 남북의 통일을 지향하는 민족시 등으로 활동하고 있습니다.

꿈에 네가 왔더라
스물세 살 때 홀쩍 떠난 네가
마흔일곱 살 나그네 되어
네가 왔더라
살아 생전에 만나라도 보았으면
허구한 날 근심만 하던 네가 왔더라
너는 울기만 하더라
내 무릎에 머리를 묻고
한마디 말도 없이
어린애처럼 그저 울기만 하더라
목놓아 울기만 하더라
네가 어쩌면 그처럼 여위었느냐
멀고먼 날들을 죽지 않고 살아서
네가 날 찾아 정말 왔더라
너는 내게 말하더라
다신 어머니 곁을 떠나지 않겠노라고
눈물어린 두 눈이
그렇게 말하더라 말하더라.

본인은 앞에서 두 개의 대립적인 관점에서 한국 현대시의 현황을 몇 가지 경향으로 구분하여 정리해 보였습니다. 한편 다른 각도에서 근래 한국 시단에 나타난 특징적인 몇 가지 성향을 다음과 같이 지적해 낼 수도 있을 것 같습니다.

첫째, 남성들보다는 여성 시인들의 활동이 왕성해지고 있다는 사실입니다. 문단의 중요한 등용문인 일간지들의 신춘문예 당선 시인들도 근년 들어 여성들이 압도적으로 많습니다. 페미니즘으로 인한 여성들의 적극적인 사회활동이 시단에서도 실현되고 있는 것으로 보입니다.

둘째, 운율을 지향하는 짧은 단형시에 대한 모색이 없지 않기는 합니다만, 대체적으로 산문적인 문체를 선호하는 경향이 짙습니다. 사건이나 스토리의 설정이라든지, 사설적이고 다변적인 서술 기법 등 소설적인 요소를 시 속에 끌어들이기도 합니다.

셋째, 외적인 정황을 노래한 시보다는 내면의 심리를 노래한 시가 많아지고 있습니다. 현대 도시인의 심리적 갈등과 고뇌를 그대로 쏟아놓는 작품들이 특히 젊은 시인들에 의해 많이 생산되고 있는 실정입니다.

지금까지 본인은 한국 현시단의 몇 가지 성향을 그야말로 주마간산격으로 살펴보았습니다. 그러나 아시다시피 시라는 장르의 글은 주관적인 서정성이 강하고, 시인이란 시대나 사회의 변화에 민감하게 반응하는 사람들이기 때문에, 그 변화무쌍한 시단의 현황을 몇 가지 유형으로 나누어 설명한다는 것은 객관적인 타당성을 얻기가 여간 어려운 일이 아닙니다. 다만 이 자리에서 본인이 이러한 시도를 해 본 것은 한국 시단의 실정에 밝지 못한 분들의 이해를 돕기 위해서 편이상 그렇게 나누어 본 것에 불과하다는 말씀을 덧붙이고 싶습니다.

서두에서도 이미 말씀드렸습니다만 한국의 현 시단은 헤아릴 수 없을 만큼 많은 시인들이 개인이나 혹은 문학단체들을 중심으로 다양한 성향의 시작 활동을 왕성하게 전개하고 있다는 사실을 거듭 말씀드리면서 이 글의 마무리를 짓고자 합니다. 감사합니다.

* 이 글은 2004년 여름 중국 칭도대학 문학세미나에서 발표한 글임.

풍요 속의 궁핍

한국 현대시의 연원을 신체시로 잡는다면 그 역사는 이제 한 세기에 접어든다. 유구한 역사의 흐름에서 본다면 100년이란 별로 긴 기간은 아니지만 한국 현대시는 그동안 괄목할 만한 발전을 했다고 평가할 수 있다. 더욱이 21세기에 들어서면서 한국시는 공전의 풍요를 누리고 있다. 수천 개의 문예지들이 앞을 다투어 발간되고, 수만 명을 헤아리는 시인들이 등장하여 매일 수천 편의 작품들을 생산해 내고 있으니 말이다. 오늘날 세계의 어느 곳에도 한국처럼 왕성한 시단을 가진 나라는 없는 것 같다. 한국은 지금 시인 공화국으로 시의 전성기를 누리고 있는 것처럼 보인다.

그런데 기현상은 이처럼 시를 생산하는 시인들은 많은데 시를 읽는 독자들은 별로 없다는 사실이다. 얼마 전 서울의 한 대형서점에 들러 시집 코너를 찾은 적이 있다. 수천 평의 광활한 공간인데 시집들을 진열해 놓은 서가는 겨우 둬 평에 지나지 않았다. 그것도 한쪽 귀퉁이에 초라하게 방치되어 있었다. 시집들이 그렇게 푸대접받는 이유는 간단하다. 찾는 사람이 없기 때문이다. 왜 독자들이 시를 외면하는 것일까? 이 이유도 자명하다. 시가 재미없고 따분한 글이 되고 말았기 때문이다. 시가 아름답고 감동적인 글이라면 사람들은 읽지 말라고 해도 밤을 새워가며 다투어 읽을 것이 아닌가.

도대체 시인들은 북적대는데 시가 외면당하는 까닭은 어디에 있는가. 왜 이런 기현상이 벌어지고 있단 말인가. 한마디로 말하면 그 책임은 전적으로 시를 만드는 사람들에게 있다. 그렇다면 어떤 문제점들 때문인지 따져보도록 하자.

1. 자유시에 대한 오해

정형시인 경우는 시가 될 수 있는 조건들이 정해져 있어서 그 조건이 갖춰지지 않으면 시가 되지 못했다. 따라서 시와 시 아닌 글의 한계가 분명했다. 그런데 자유시가 등장하면서 정형시가 지닌 여러 규제로부터 벗어나게 되었다. 그러자 시와 시 아닌 글의 한계가 모호해졌다. 자유시는 정형시와는 달리 정해진 틀에 구속됨이 없이 자유스럽게 쓰는 글이다. 그런데 '자유스럽게'에 대한 인식이 '제멋대로'로 잘못 이해되고 있는 것 같다. 그리하여 자유시는 자기가 쓰고 싶은 대로 아무렇게나 써도 되는 것처럼 쉽게 생각하는 경향이 없지 않다. 더군다나 시는 애매모호한 글이고, 비문장적인 표현도 허용되므로 산문보다 쓰기 쉬운 글이라고 얕잡아보는 것도 같다. 그래서 너도 나도 시인이 되겠다고 시를 지망하는 사람들이 넘쳐난 것이나 아닌지 모를 일이다. 이처럼 시를 쉽게 생각하고 달려든 사람들에 의해 쓰인 글이라면 보나마나 조잡할 것이 뻔하다.

자유시가 정말 멋대로 써도 되는 글인가? 천만의 말씀이다. 정형시의 정해진 틀에 따르지 않을 뿐이지 규제가 없는 글이라고 생각한다면 이는 큰 착각이다. 자유시는 표현하고자 하는 의미나 이미지를 적절한 운율에 담아 가장 능률적으로 살리기 위해 시어의 선택과 행들을 배열한다. 말하자면 한 편의 자유시를 쓴다는 것은 매 작품마다 그 내용에 가장 적절한 새로운 형식을 창조해 내는 작업이라고 할 수 있다. 정형시는 미리 정해진 틀이 있어서 그 틀에 맞게 수동적으로 끼워 넣는 글이지만 자유시는 작자가 작품마다 새로운 틀을 능동적으로 만들어 가는 글이다. 따라서 자유시는 자율과 책임을 요하는 보다 창의적인 시라고 할 수 있다. 그렇기 때문에 자유시가 정형시보다 오히려 더 쓰기가 까다롭고 힘든 글이다.

시는 함축과 간결을 지향하는 정제된 고급문학이다. 시는 분량이 짧고 모호성을 지닌 글이니까 부담없이 적당히 쓸 수 있는 것처럼 생각한다면 이는 위험천만한 착각이다. 그런데 현 시단에는 이러한 착각 속에서 무책임하게 쓰인 글들이 시라는 이름으로 적잖이 횡행하는 것 같다. 실로 시의 위의를 떨어뜨리는 불행한 일이 아닐 수 없다.

2. 운율에 대한 경시

중세 이전으로 거슬러 올라가면 문자로 기록된 모든 글들은 다 운문이었다. 글이란 일상적인 언어와는 달리 율동적인 가락에 실려야 된다고 생각했던 모양이다. 글에게 일상어와는 다른 감동과 운치를 부여하려 했던 것으로 보인다. 그러던 것이 실용문에서부터 번거로운 운율 장치가 떨어져나가기 시작했다. 그러다가 분량이 긴 산문들에서도 차차 운율이 경시되기에 이른 것이다.

자유시가 등장하면서 시도 운율의 속박으로부터 벗어나고자 한다. 운율이 시를 구속하는 굴레라고 생각하는 것 같다. 그러나 운율이 시의 구속물이 아니라 시를 능률적으로 지탱케 하는 장치라면 운율의 경시야말로 크게 어리석은 일이 아닐 수 없다.

노래가 인간의 정서 함양에 얼마나 소중한가는 설명을 필요로 하지 않는다. 그런데 노래가 우리의 심금을 울린 것은 가사의 내용에 앞서 그 가락 때문이다. 가수들의 노래를 듣고 청중들이 열광하는 것은 가사의 내용에 감동해서라기보다 리듬에 심취해서인 것이다. 리듬 곧 율동적 요소는 정서를 움직이는 동력이다.

만상의 동적 구조는 율동이다. 미미한 생명체의 움직임에서부터 거대한 천체의 운행에 이르기까지 이 세상의 모든 움직임은 율동적이다. 심장의 박동도 그렇고, 호흡의 간격도 그렇고, 보행의 동작도 그렇다. 사계의 흐름, 밤낮의 반복 등 율동 아닌 것이 없다. 수만 년 동안 세계의 율동적 구조에 길들어 살아온 인간은 리듬에 대한 감각이 생득적으로 체질화되었다고 할 수 있다. 그래서 같은 내용의 언어라면 운율에 실린 말이 보다 자연스럽고 효율적으로 심금을 파고든다. 우리는 『심청전』을 읽을 때보다 심청가를 들을 때 더욱 뭉클한 감동에 사로잡힌다.

시에서의 운율은 독자들의 가슴을 흔드는 원초적 장치다. 시에서 운율을 소홀히 하는 것은 전쟁터에 나가는 병사들이 무기를 소홀히 하는 것처럼 어리석은 일이다. 시의 운율은 독자들의 가슴을 공략하는 무기다. 인구에 회자되는 아름다운 작품들은 다 운율을 소중히 다룬 것들이다. 소월이나 미당의 시들 가운데 세상 사람들의 사랑을 받는 작품이 다 그렇지 않던가.

오늘의 시인들은 운율을 너무 소홀히 다루고 있는 것 같다. 특히 젊은 시인들은 거추장스러운 운율 같은 것에 매달리고 싶지 않다고 생각하는 모양이다. 그런데 시에서 운율이라는 것은 아무리 떨쳐버리려 해도 쉽게 떨어져 나가지 않는다. 마치 몸을 떠나지 않는 그림자처럼 문장에 매달려 따라다닌다.

정형시의 형태는 정형적인 운율을 담기 위해 그렇게 자리잡은 틀이다. 정형시의 각 행들이 일정하게 배행(配行)된 것은 가지런한 운율을 담기 위해서인 것이다. 행의 길이가 운율의 형태를 결정하는 바탕이 된다. 긴 행에는 유장한 운율이 짧은 행에는 촉박한 운율이 담기게 마련이다.

자유시의 배행은 정형시처럼 일정하지 않고 들쭉날쭉 자유스럽다. 따라서 자유시는 행마다 다양한 운율을 지녔다고 할 수 있다. 정형시는 작품 전체가 통일된 운율로 일관되지만 자유시는 다양한 운율이 혼재한 상태인 것이다. 시인들이 아무리 운율에 관심을 두지 않고 작품을 쓴다고 해도 운율은 스스로 행들 속에 자리를 잡는다. 비록 산문일지라도 분행하여 배열하면 운율이 살아난다. 그 운율이 조화와 균형을 지닌 미적 구조를 갖춘 것이든 아니든 간에 말이다.

시인들의 운율에 대한 무관심은 운율의 방치 행위라고 할 수밖에 없다. 자신의 작품이 누더기 같은 운율을 달고 있든 어떻든 방관하는 불성실한 태도다. 숙명적으로 떨쳐버릴 수 없는 운율이라면 방치하지 말고 돌봐야 할 일이다. 효율적인 운율을 의식하면서 분행에 고심해야 되고, 해조로운 운율을 살리기 위해 시어 선택에 신중해야 한다.

시어의 의미와 이미지들이 빚어내는 내재율까지를 고려한다면 작품 속에 운율을 담는 일이 결코 만만치 않다. 귀찮다고 방치하는 것은 게으름이며 자기기만이다. 자신의 작품이 보다 감동적으로 독자의 흉금에 가 닿기를 바란다면 운율을 결코 소홀히 다루어서는 안 된다.

3. 독선적 발언

모든 발언은 들어줄 상대를 전제로 해서 시도된다. 독백조차도 자신을 청자로 설정된 담화라고 할 수 있다.

문학작품들은 세상을 상대로 한 작자의 발언이다. 시 역시 세상을 향해 쏟아내는 시인들의 발언이다. 그런데 그 발언이 의미를 가지려면 발화자와 수화자 사이에 의사소통이 이루어져야 한다. 아무리 중요한 발언이라도 수신자와의 코드가 맞지 않아 소통이 이루어지지 않는다면 이는 도로에 지나지 않는다.

오늘의 시가 독자들로부터 외면을 당하게 된 중요한 이유 중의 하나는 '난해성'이다. 무엇을 말하고 있는지 이해하기 어렵기 때문에 시를 가까이 하려 하지 않는다.

물론 시는 통상적인 발언들과는 달리 까다로운 글이다. 함축과 간결을 지향하는 글이기 때문에 이해가 쉽지 않다. 더욱이 선시(禪詩)와 같은 심오한 정신의 세계를 다룬 것이거나 고도의 은유나 상징적 장치가 구사된 작품인 경우는 일반인의 접근이 어렵다. 이럴 경우는 독자들의 노력 여하에 따라 발신자(시인)와의 코드를 맞출 수 있다.

그런데 현 시단에는 수신자(독자)를 아예 무시한 독선적 발언들이 범람하고 있다. 물론 이전에도 이해되기를 거부하며 쓰인 작품들이 없지 않았다. 심층심리를 작품화하려는 초현실주의의 시와 대상의 속박으로부터 벗어나고자 하는 무의미 혹은 비대상의 시들이다.

초현실주의의 시는 소위 자동기술법에 의해 머리에 떠오르는 이미지와 상념들을 아무런 여과도 없이 그대로 쏟아 놓은 것이다. 그러니 거기에는 질서도 논리도 규범도 없다. 어떠한 윤리의식이나 이념의 규제도 받지 않은 혼돈된 언어의 토사물인 셈이다. 그야말로 수신자를 의식하지 않는 일방적인 배설이다.

무의미시의 시 쓰기는 미술에서의 비구상화가 그렇듯이 대상으로부터의 자유를 모색한다. 그러나 언어 구조물인 시는 비구상화처럼 대상을 완전히 떠날 수 없으므로 대상 자체를 변형시키거나 이질적인 대상들을 낯설게 결합시킴으로 관습적인 기존의 세계로부터 벗어나고자 한다. 이 역시 의도적으로 수신자와의 의사소통을 거부하는 일방적인 발언이다.

오늘의 한국 현대시가 독자를 무시한 독선적 발언들로 넘친 것은 앞에 얘기한 두 경향과 더불어 소위 포스트모더니즘이라고 하는 서구적 풍조의 영향 때문이라고 판단된다. 모든 분야가 다 그렇지만 시에서도 새로운 시도가 자꾸 모색되어야 한다. 그래야 시문학의 지평을 넓힐 수 있기 때문이다. 그러나 새로운 시도가 긍정적인 것이 아닐 경우엔 문제가 없지 않다.

나는 보수적일지는 몰라도 문학에서의 효용론을 옹호하는 편이다. 세계를 긍정적으로 변화시키는 데 기여하지 못한 작품은 존재의의가 없다고 생각한다. 독자들의 마음을 움직이는 어떤 감동적인 요소를 작품은 지니고 있어야 한다. 그런데 독자들에게 전달되기를 거부하는 그런 작품에서는, 아니 독자를 답답하고 짜증스럽게 하는 그런 작품에서는 감동성을 기대하기 어렵다.

작품의 생산이 작자의 울적한 심리를 해소하는 작업쯤으로 생각하는 사람들이 없지 않은 것 같다. 물론 자기만족의 일방적인 독설이 심리적 갈등을 해소하는 방법이 될 수도 있을 것이다. 만일 자신의 심리적 갈등 해소만을 위한 작품이라면 혼자서 즐길 것이지 세상에 내놓을 일이 아니다. 이는 세상을 불쾌하고 답답하게 만드는 공해물에 지나지 않기 때문이다.

시인이 시를 생산하는 것은 배설이 아니라 출산이다. 산모가 아이를 낳듯 시인은 잉태와 산고의 고통을 거쳐 시를 탄생시키는 것이다. 그렇게 해서 태어난 시는 많은 사람들의 가슴속에 감동을 심으며 세상을 긍정적으로 변화시킨다.

4. 미의식의 문제점

나는 시에 이념이나 윤리의식을 고집하는 계몽주의자는 아니다. 그러나 시가 아름다워야 한다고 주장하는 심미주의자의 편에 선다. 시가 예술이기 위해서는 아름다움을 창조해 내는 작업이어야 한다. 내용이 아름답든지 아니면 표현 형식이 아름답든지 간에 아름다운 요소를 지니고 있어야 한다. 만일 어떤 시가 아름다움과 무관하다면 예술이라고 부를 수 없다. 해체주의자들 가운데는 그동안의 시들이 아름다웠으니 이젠 아름다움과 상관없는 시를 만들어 냄직도 하다는 주장을 펼지 모른다. 설령 그러한 글이 있다면 예술이 아닌 새로운 장르의 명칭을 만들어 시와 구별해야 할 일이다.

오늘의 젊은 시인들의 작품을 대하면 미의식에는 별로 관심이 없는 것처럼 보인다. 미적인 정서보다는 자극적인 감각에 더 많이 의존하는 것 같다.

울적한 심리나 불쾌한 감정을 작품화할 경우 어떻게 아름답게 표현할 수 있느냐고 반문할지도 모른다. 물론 시가 아름다운 것만을 대상으로 하지는 않는다. 경우에 따라서는 불만스런 것들에 대한 비난, 질시, 혐오의 감정을 노래하기도 하고, 더 나아가서는 이를 시정하기 위해 규탄, 선동, 저항의 수단으로 시가 사용될 수도 있다. 그러나 이러한 격한 감정을 노래하는 경우라도 그것이 시라는 이름의 글로 불리기를 바란다면 미의식을 잃지 말아야 한다. 시는 격렬한 감정을 그대로 쏟아낸 구호나 격문이나 욕설과 같은 생경한 글일 수는 없다. 위트, 풍자, 역설, 비유, 상징 등 시적 장치의 여과를 통해 순화되어야 한다. 그래야 비속을 벗어나 시의 품격을 갖춘 글이 되고, 동양의 전통적 시관인 소위 온유돈후(溫柔敦厚)를 지니게 된다. 유연함이 시의 덕목이며, 힘이며 또한 아름다움이다.

한편 미의식의 저속화가 문제가 아닐 수 없다. 더덕더덕 짙게 분칠한 여인의 얼굴이 저속하게 느껴지듯 지나친 수사로 치장한 글이 또한 우리를 역겹게 한다. 진실이 담겨 있지 않은 미사여구는 조화(造花)와 같아서 생명력이 없다. 짙은 화장이 혐오스럽게 느껴지는 것은 본연의 얼굴을 감추는 가식이기 때문이리라. 아름다움은 진실을 바탕으로 할 때 감동으로 다가온다. 예로부터 기어(綺語)를 꺼려했던 이유가 바로 여기에 있었던 것이다.

현 시단에는 진실을 바탕으로 한 절실한 작품보다는 관념 위주의 화사한 능변들이 적지 않은 것도 같다. 이러한 작품들에서 감동을 기대하는 것은 마치 연목구어(緣木求魚)와 같은 격이 아니겠는가.

5. 시정신의 퇴락

시정신이란 좁게는 개별적인 시 작품들이 지니고 있는 정신을 가리키기도 하고, 넓게는 다른 문학 장르와는 달리 시를 시 되게 하는 시문학의 정신적 특성을 이르는 말이기도 하다. 전자를 협의의 시정신 그리고 후자를 광의의 시정신으로 구분할 수 있다.

개별적인 작품들 속에 담겨 있는 협의의 시정신들이 모여 한 시인의 시정신을 형성하고, 동시대를 살고 있는 시인들의 시정신이 그 시대의 시정신을 형성하게 되며, 시공을 초월해서 시인들이 지닌 보편적인 시정신이 시문학의 특성을 드러내는 광의의 시정신이 된다. 따라서 협의의 시정신은 구체적이고 개별적인 것이라면 광의의 시정신은 보편적이며 종합적인 것이라고 할 수 있다.

인간은 무엇인가를 실현하고자 언어를 구사한다. 아무런 목적의식이 없는 발언은 존재하지 않는다. 그 목적의식을 '욕망'이라고 해도 무방하다. 시라는 형식의 글도 분명 목적의식을 지니고 있다. 말하자면 시는 시인의 욕망 실현의 한 수단이라고 할 수 있다.

그런데 시를 통해 실현코자 하는 시인들의 욕망은 보통 사람들이 성취하고자 하는 욕망과는 같지 않다. 지금까지 수많은 사람들의 심금을 울려온 좋은 시들을 살펴보건대, 그 작품들 속에 서려 있는 시인의 욕망은 세속적인 것과는 사뭇 다르다. 그것은 부귀나 명리를 지향하지 않는 맑고 깨끗한 승화된 욕망이다. 진 · 선 · 미를 추구하고 염결(廉潔)과 절조(節操)와 자연을 소중히 여기는 정신이다. 이는 우리의 전통적인 선비정신과 상통한 것으로 보인다. 나는 이 '선비정신'을 이상적인 시정신으로 삼고자 한다.

오늘의 많은 시들이 감동으로 다가오기는커녕 오히려 울적함과 불쾌함으로 우리를 괴롭힌다. 시가 욕설인가 하면 말장난이요, 잡배들의 장타령처럼 저속한가 하면 술 취한 자의 주정처럼 거친 푸념 같기도 하다. 시가 이처럼 난삽하게 된 요인은 무엇인가? 나는 그 원인의 하나가 시정신의 상실 때문이라고 본다. 오늘의 시에는 청렬한 시정신을 담고 있는 작품들이 흔치 않다. 고결한 선비정신을 지닌 시인들이 많지 않다.

오늘날 실추된 시의 위의(威儀)를 회복하기 위해서는 무엇보다도 시정신을 되살리는 일이 급선무다. 양질의 상품 생산을 독려하는 운동이 있는 것처럼 오늘의 시단에 청렬한 시정신을 불러일으키는 운동이 절실히 필요하다. 어떤 이는 '자유'를 핑계 삼아 청렬한 시정신으로 우리시의 정체성을 수립하자는 데 선뜻 동의하지 않을지도 모른다. 그러나 우리의 현대시가 어디로 가든 오불관언 방관 방치한다면 이는 태만을 넘어 자신의 소임을 저버리는 죄악이 아닐 수 없다. 우리시가 긍정적이고 바람직한 방향으로 발전해 갈 수 있도록 모색하는 것이 어찌 우리의 소중한 책무가 아니겠는가.

시는 언어의 정련 못지않게 정신의 정련을 필요로 한다. 시인은 언어를 다루는 기술자이기 이전에 정신을 다스리는 수행자여야 한다.

6. 풍요 속의 궁핍

나는 이 글의 첫머리에서 현금의 우리 시단을 시인이나 작품의 생산량으로 보아 공전의 풍요를 누리고 있는 시의 전성기라고 평했다. 그럼에도 불구하고 오늘의 시가 독자들로부터 외면당하고 있는 것은 '난삽성' 때문이라고 보았고, 그 난삽성의 요인을 다섯 가지 입장에서 비판했다.

첫째, 자유시에 대한 잘못된 인식으로 말미암아 시를 너무 안이하게 생각하는 폐단이다. 그리하여 함량미달의 조잡하고 불성실한 작품들이 생산된다.

둘째, 운율에 대한 등한시다. 운율은 시를 흥겹게 하는 무기인데 이를 소홀히 하여 시에서의 감동성이 상실되었다.

셋째, 독선적 발언이 문제다. 소통을 전제로 하지 않은 일방적인 발언이 시를 난해하고 역겹게 만들어 독자들로 하여금 시를 멀리하게 했다.

넷째, 미의식에 대한 문제다. 미의식에 대한 무관심으로 예술성이 부족한 작품이 생산되거나 혹은 저급한 미의식으로 진실성이 결여된 가식적인 작품들이 생산되기도 한다.

다섯째, 시정신의 퇴락이다. 진 · 선 · 미와 염결 절조 친자연을 추구하는 선비정신을 이상적인 시정신이라 할 수 있는데 이의 쇠퇴로 말미암아 시의 위의가 실추되고 말았다.

물론 현 시단에도 시인의 심혈을 기울여 빚어낸 역작과 수작들이 적지 않다는 사실을 부인하는 것은 아니다. 다만 긍정적인 작품보다는 부정적인 작품들이 상대적으로 많다고 판단되기 때문에 비판적인 입장에서 거론했을 뿐이다. 말하자면 현 시단은 작품의 풍요한 생산에도 불구하고 수많은 사람들의 심금을 울릴 감동적인 작품은 흔치 않아 보인다. 한마디로 풍요 속의 궁핍이라고 진단할 수 있을 것 같다.

궁핍을 벗어나는 길은 분명하다. 시가 다시 감동성을 회복하는 일이다. 시인들이 감동적인 작품을 만들어내기만 한다면 떠났던 독자들은 다시 되돌아올 것이다.

설화시의 의미와 시정신

대담자 : 홍해리, 임보

장　소 : 시수헌(詩壽軒, 우이시회 사랑방)

일　시 : 2006년 10월 20일

[홍] : 오늘의 이 자리는 『시와 시학』사의 기획에 의해 마련된 것입니다. 우선 시집 『장닭 설법』의 간행을 축하해 마지않습니다. 몇 번째의 시집인가요?

[임] : 감사합니다. 열두 번째의 시집입니다.

[홍] : 우리야 자주 만나는 사이이긴 합니다만 시에 대해서 진지하게 이야기를 나눈 적은 그렇게 많지 않았던 것 같습니다. 오늘은 시집 『장닭 설법』의 성격과 평소 임보 시인이 지향하시는 시적 경향에 관하여 이야기를 들었으면 합니다. 우선 『장닭 설법』의 특징부터 말씀을 들어볼까요?

[임] : 내 시의 특징 가운데 하나가 비록 짧은 시라 할지라도 이야깃거리를 담고 있다는 것을 들 수 있을 것입니다. 말하자면 서사적인 요소를 지니고 있다는 것이지요. 소설이 가지고 있는 서사성을 시에 끌어들여 시를 재미있게 만들어 보자는 의도입니다. 나는 서사성을 지닌 시를 보통의 서정시와 구분하는 뜻으로 '설화시(說話詩)' 라고 명명하고 있는데, 『장닭 설법』은 바로 그런 설화시들로 묶인 것입니다.

[홍] : 오늘의 한국 현대시는 시인의 수효라든지 작품의 생산량을 본다면 한국시문학사의 전성기를 누리고 있다고 해도 과언이 아닐 것 같습니다. 그러나 많은 작품들이 기대한 만큼 독자들의 사랑을 받고 있는 것 같지는 않습니다. 이처럼 독자들로부터 소외된 것은 한마디로 말하면 시가 난삽하고 재미없는 글이 되고 말았기 때문이라고들 합니다. 서사성을 시에 끌어들여 재미있게 만든다고 하셨는데, 그 설화시가 현대시의 문제점을 극복하려는 한 방편으로 시도된 것이라 보아도 무방하겠습니까?

[임] : 그렇습니다. 대중들이 시를 떠난다는 것은 문제가 아닐 수 없습니다. 어떤 이들은 시의 대중화를 시의 저급화 혹은 통속화로 잘못 판단하고 시의 고고한 위의를 고집하는 경우도 없지 않습니다. 그러나 시는 오묘한 사상이나 깊은 철학과는 달라서 일반인들이 쉽게 접근할 수 없는 것이 결코 자랑일 수 없습니다. 시는 아름다움을 창조해 내는 언어의 예술품입니다. 좋은 그림이나 아름다운 음악을 대중들이 자연스럽게 받아들이고 즐기듯이 시 역시 좋은 시라면 대중들이 즐겁게 향유할 수 있어야 한다는 생각입니다.

[홍] : 그래서 독자들로 하여금 시를 즐겁게 접할 수 있도록 이야기를 끌어들이고자 한 것이군요.

[임] : 시도 누군가를 상대로 한 담화입니다. 담화의 궁극적인 목적은 듣는 이를 설득하는 것이 아니겠습니까? 시의 경우는 정서적인 공감을 얻어내는 것이라고 할 수 있습니다. 담화가 보다 설득력을 지니게 하기 위해서 시에서는 비유나 역설 활유 등의 다양한 기법을 즐겨 쓰고 있지 않습니까? 그와 마찬가지로 이야기 형식도 능률적인 설득의 한 방법이라고 생각할 수 있습니다.

[홍] : 전달하고자 한 내용을 극화한다고 말해도 좋을 것 같군요. 그 이야기들은 작자의 상상력에 의해 순수하게 창조된 것들인가요?

[임] : 상상력에 의해 만들어진 순수 허구인 것도 있고, 몸소 체험을 통해 얻은 것들에 약간의 변형을 가한 것도 있고, 전통 설화나 고전의 작품 속에서 모티프를 얻은 경우도 있습니다.

[홍] : 수년 전에 간행하신 선시집(仙詩集) 『구름 위의 다락마을』에 수록된 작품들도 이야기 시들로 기억이 되는데 '설화시' 와 맥을 같이 하는 것인가요?

[임] : 그렇습니다. 『구름 위의 다락마을』에 수록된 작품들이야말로 대표적인 설화시라고 할 수 있습니다. 화자가 신선의 세계를 주유하면서 보고 듣고 느낀 것들을 이야기로 엮어 형상화한 연작이었지요.

그 시들에는 특별히 '선시(仙詩)' 라는 명칭을 달기는 했습니다만 '선(仙)' 이라는 하나의 테마에 묶인 설화시집인 셈입니다.

[홍] : 『장닭 설법』에 수록된 작품들의 서술형식이 다양하더군요. 일기(日記), 독백(獨白), 전기(傳記) 등의 여러 형식을 구사하기도 하고, 그림의 삽입이라든지 동일한 작품 내에서 다양한 활자체를 원용하는 등 다채로운 표현 기법을 시도하고 있는데 그럴 만한 어떤 이유가 있는 건가요?

[임] : 정형시는 고정된 형식의 틀이 있지만 자유시의 형식은 개방되어 있으니까 매 작품마다 표현하고자 하는 내용에 적절한 형식을 만들어낸다고 할 수 있습니다. 또한 필요하다면 기존의 다른 문학 장르의 형식, 예를 들면 일기나 편지나 기행문, 보도문 등의 형식을 빌어서 표현할 수도 있다는 생각입니다. 경우에 따라서는 논문 형식의 주(註)를 붙일 수도 있고 대담 형식의 시도 가능하리라고 봅니다.

한편 시는 언어예술이니까 그 표현 매체가 언어여야 한다는 것은 당연합니다. 그러나 언어의 기능만으로는 도저히 표현할 수 없는 경우 부분적으로 타 매체를 이용해서 능률적인 표현을 꾀할 수 있다면 나는 허용하고 싶습니다. 그러나 주 매체인 언어를 등한시하고 타 매체 위주의 시각예술화 하려는 해체적 경향은 찬성하지 않습니다. 그것은 언어예술의 범주를 벗어난 것으로 판단되기 때문입니다.

「파리똥」이란 작품에서 다양한 화자들의 발언 내용을 활자체를 달리하여 구분해 보았습니다. 발언의 주체들을 일일이 말로 설명한다는 것이 번거롭게 생각되어 아예 활자체를 달리하여 발언의 주체를 구분해 본 것입니다. 시뿐만 아니라 인쇄로 표현되는 언어예술인 경우 다양한 활자체의 구사는 물론, 더 나아가서는 문자의 다양한 색채 인쇄를 통한 능률적인 표현도 가능하리라 봅니다.

[홍] : 전의 시집 『운주천불』에 수록된 작품들은 짧은 단시들이었는데 이번의 『장닭 설법』에 수록된 작품들은 비교적 긴 분량의 작품들이군요. 작품의 길이에 관해서는 평소 어떤 견해를 갖고 계신가요?

[임] : 나는 짧은 시를 선호합니다. 가능하다면 시는 짧을수록 좋지 않을까 하는 것이 평소의 내 지론입니다. 시문학의 특성이 그 짧음에 있을 뿐만 아니라 짧은 시는 독자들에게 부담을 덜어 주어 좋을 것 같다는 생각입니다. 너무 긴 시는 읽기도 전에 독자를 압도하여 접근하기 어렵게 만듭니다. 앞에서 시와 멀어져 가는 독자들 얘기를 했습니다만 독자들의 관심을 시로 다시 끌어오기 위해서는 '짧고 재미있는 시'의 역할이 필요할 것으로 보입니다. 그래서 사단시(四短詩)라는 네 마디 짧은 시를 시도하여 『운주천불』에 묶었던 것입니다.

그런데 『장닭 설법』에 수록된 작품들은 서사성을 중요시하다 보니 자연히 길어졌습니다. 산문시의 특성을 지닌 것들이 많다고 할 수 있습니다. 그러나 막상 읽어 가면 별로 지루하게 느껴지지는 않을 것으로 생각됩니다. 앞으로는 서사성을 지닌 설화시라도 더욱 간결하게 표현해 보도록 노력해 볼 작정입니다.

[홍] : 그러니까 독자로부터 소외당한 오늘의 현대시가 안고 있는 문제를 해결하는 한 방편으로 임보 시인께서는 독자들이 부담없이 읽고 즐길 수 있는 짧고 재미있는 시를 쓰자는 제안을 한 것이군요. 그런데 시에 재미를 부여하는 것은 서사성뿐만 아니라 다른 요소들도 생각

해 볼 수 있지 않겠습니까?

[임] : 물론입니다. 흥미를 유발하는 방법은 다양할 것입니다. 흥미로운 소재 선택의 문제에서부터 그 소재를 흥미롭게 다루는 구성의 문제 그리고 효과적인 표현에 이르기까지 이루 다 헤아릴 수 없겠지요. 모호한 상징, 눈부신 비유, 예상을 뒤엎는 역설 등 흥미를 유발하는 장치는 다양합니다. 그 가운데서도 특별히 관심을 기울여야 할 것은 운율의 중요성에 대한 인식이라고 생각합니다.

[홍] : 우리의 현대시에서 율격이나 압운 같은 운율에 관심을 기울이는 시인은 별로 많지 않은 것 같은데 운율이 그처럼 중요한 까닭을 어떻게 설명할 수 있겠습니까?

[임] : 음악이 우리에게 감동을 불러일으키는 것은 그 리듬 때문입니다. 시가 감동적인 것 역시 내용과 더불어 그 운율의 몫이 적지 않다고 봅니다. 아직도 많은 사람들이 소월이나 미당의 시에 심취하는 것은 그 운율성 때문이라고 해도 과언이 아닙니다. 그런데 현대시는 시가 운문이라는 사실을 아예 망각하고 만 것 같습니다. 마치 자유시는 운율로부터도 해방된 것처럼 잘못 생각하고 있는 것 같습니다. 그러나 분행 배열한 모든 시에는 자동적으로 운율이 형성되게 마련입니다. 그러므로 표현하고자 하는 의미나 이미지에 얼마나 잘 어울리는 운율을 실현시키느냐가 감동적인 시를 만드는 관건이 아닐 수 없습니다. 운율에 무관심한 시인의 작품은 마치 찢어진 누더기를 걸치고 있는 신사에 비유해도 좋을 것 같습니다.

[홍] : 아까도 그런 말씀이 없지 않았습니다만 시를 너무 흥미 위주로 만들다 보면 통속화 될 염려도 없지 않은데 그 문제에 대해서는 어떻게 생각하시는지.

[임] : 통속소설처럼 시도 흥미에 기울다 보면 통속시로 전락하지 않을까 하는 우려지요? '흥미' 가 시의 목적이라면 그런 염려를 할 만도 합니다. 그러나 흥미는 목적이 아니라 무엇인가를 전달하기 위한 수단이어야 합니다. 그 무엇을 나는 시정신이라는 말로 즐겨 사용합니다. 시에서의 재미나 흥미는 그 작품 속에 담겨 있는 시정신을 효율적으로 전달하기 위한 수단이어야 한다는 것이지요. 흔히 쓰는 비유입니다만 과일의 맛과 영양분의 관계로 이해하면 쉬울 것 같습니다.

[홍] : 그렇다면 시정신이 문제가 되겠군요. 시정신이 무엇인지 설명해 주셨으면 합니다.

[임] : 시정신을 몇 마디로 설명한다는 것은 어려운 일입니다. 넓게 생각하면 지금까지 쓰여진 모든 시들 속에 담겨 있는 정신의 총체를 포괄해야 되는 일이니까요. 그러나 세상 사람들이 즐겨 읽는 좋은 시작품들 속에 공통적으로 들어 있는 정신이라고 한정한다면 그렇게 어려울 것도 없습니다. 고전적인 훌륭한 작품들 속에 서려 있는 정신은 '바람직한, 건전한 것' 입니다. 소위 동양의 전통적인 시관인 사무사(思無邪)나 온유돈후(溫柔敦厚)의 정신이 주도하고 있습니다. 진 · 선 · 미를 소중히 여기고 지조, 염결, 친자연을 지향하는 정신입니다. 나는 이를 우리 선조들의 선비정신과 통하는 것으로 봅니다. 바람직한 시정신은 곧 선비정신이라는 생각이지요.

무릇 모든 언술은 욕망의 표현입니다. 그런데 좋은 시에 담긴 시인의 욕망은 세속적인 욕망과는 다릅니다. 말하자면 세속적인 욕망을 넘어서고자 하는 승화된 욕망입니다. 시인에게서만 볼 수 있는 고결한 정신입니다. 바로 선비정신이지요. 나는 이를 시정신의 전범으로 삼고자 합니다.

[홍] : 요즈음 발표된 시들 가운데는 겉으로 보기에 산문과 구분하기 어려운 글들도 적지 않은 것 같습니다. 말하자면 문체상 시와 비시의 구분이 애매한 것들도 없지 않은데 이럴 경우 시로 불릴 수 있는 글이 되려면 시정신이 문제가 되겠군요.

[임] : 자유시는 특정한 형식의 규제를 받지 않으니까 외견상 산문에 가까운 시들도 적지 않습니다. 그럴 경우 시정신을 시와 비시를 구분하는 평가의 기준으로 삼아도 무방할 것 같습니다. 뿐만 아니라 바람직한 시와 그렇지 못한 시를 구분하는 경우에도 시정신이 평가의 한 바로미터가 될 수 있을 것으로 보입니다.

[홍] : 요즈음 시의 감동성 회복에 관한 자성의 목소리가 높은데 어떤 시가 좋은 시라고 생각하십니까?

[임] : 예술 작품을 놓고 그 우열을 따지는 것은 매우 어려운 문제입니다. 보는 이의 개성과 가치관과 성향이 제각기 다르기 때문에 객관적인 평가는 가능하지 않습니다. 그러나 좋은 작품은 역시 많은 사람들에게 공감을 불러일으킵니다. 말하자면 많은 사람들이 읽고 감동을 하게 된다면 좋은 작품이라고 할 수 있을 것입니다. 앞에서 거론한 바

있는 시에서의 재미의 문제도 궁극적으로는 감동성의 문제로 귀결되는 것이라 하겠습니다. 현대 자유시는 아무런 제약이 없습니다. 따라서 감동적인 언어 구조물을 만들어 낼 수 있다면 어떠한 내용과 형식도 허용될 수 있다고 봅니다.

[홍] : 앞으로 어떤 경향의 작품들을 계획하고 계시는지 말씀해 주실 수 있겠습니까?

[임] : 아직도 욕심은 많습니다. 십여 년 전부터 계획하고 있었던 잠언시집 『산상문답(山上問答)』을 마무리지어야겠는데 잘 진전이 되지 않는군요. 연시 연작인 『푸른 가시연꽃의 노래』도 시집으로 묶어볼 생각입니다. 즐거운 육담(肉談)을 소재로 한 '육시(肉詩),' 토속적인 들꽃을 노래한 '야생화시' 도 계속 써 보고 싶고, 한편 아름다운 산문에 대한 유혹도 떨쳐버리지 못하고 있습니다.

[홍] : 좋은 말씀 많이 들었습니다. 오늘의 대담은 이것으로 마무리 짓도록 하겠습니다. 더욱 좋은 글 많이 쓰시기 바랍니다.

[임] : 감사합니다.

(시집 『장닭설법』에서)